INSELERBE

Rieke Husmann, Jahrgang 1976, aufgewachsen in Emden/Ostfriesland, lebt heute mit ihrer Familie in Oldenburg. Nach dem Pädagogikstudium war sie in verschiedenen Einrichtungen tätig und arbeitet heute als Referentin in der Erwachsenenbildung.

RIEKE HUSMANN

INSELERBE

Kriminalroman

emons:

Bibliografische Information der Deutschen Nationalbibliothek
Die Deutsche Nationalbibliothek verzeichnet diese Publikation in der Deutschen Nationalbibliografie; detaillierte bibliografische Daten sind im Internet über http://dnb.d-nb.de abrufbar.

MIX
Papier aus verantwortungsvollen Quellen
FSC® C083411
FSC
www.fsc.org

Umschlagmotiv: Montage aus iStockphoto.com/winyuu, iStockphoto.com/Juergen Sack, iStockphoto.com/soleg
Gestaltung Innenteil: César Satz & Grafik GmbH, Köln
Druck und Bindung: CPI – Clausen & Bosse, Leck
Printed in Germany 2020
ISBN 978-3-7408-0867-9
Originalausgabe

1

Kriminalrat Onken warf Hauptkommissarin Hella Brandt einen verwunderten Blick zu. »Schwanger?«

»Ja, wenn alles gut geht, werde ich in sieben Monaten ein Kind bekommen«, antwortete Hella lächelnd. »Wie Millionen andere Frauen in unserem Land auch. Sehen Sie darin ein Problem?«

»Im Prinzip natürlich nicht.« Er stutzte. »Dann gratuliere ich doch erst mal.«

»Danke!«

Er beugte sich leicht nach vorn. »Trotzdem. Wie stellen Sie sich das praktisch vor? Sie sind immerhin Leiterin des Kriminalermittlungsdienstes. Diese Arbeit lässt sich sicher nicht in Teilzeit erledigen. Von der langen Elternzeit einmal ganz abgesehen.«

»Teilzeit? Wer spricht hier von Teilzeit? Natürlich werde ich weiterhin voll arbeiten. Und für die Zeit vor und nach der Geburt wird es sicherlich eine Lösung geben. Ich beabsichtige übrigens, nur drei Monate in Elternzeit zu gehen. Das ist kaum mehr als ein verlängerter Urlaub.«

Kriminalrat Onken sah sie skeptisch an. »So kurz, sind Sie sich sicher? Ich meine …«

»Ich bin mir sicher, Herr Kriminalrat.«

»Trotzdem, es gibt so viele Unwägbarkeiten, über die wir …«

»Entschuldigen Sie bitte«, unterbrach Hella ihren Vorgesetzten, als sich ihr Handy bemerkbar machte. »Das ist vermutlich wichtig.« Sie nahm das Gespräch an.

»Kannst du reden?«, fragte Lars Mattes, ein junger Kommissar aus ihrem Team. »Oder …?«

»Was ist passiert?«, fragte Hella.

»Ich habe gerade mit einer Ärztin gesprochen. Dr. Frauke Beckmann. Sie ist in ein Pflegeheim gerufen worden, in dem eine Patientin verstorben ist. Hier in Wittmund. Sie sollte wohl nur einen Totenschein ausstellen, hat aber Bedenken. Sie meint, Anzeichen für ein Tötungsdelikt bemerkt zu haben.«

»Ist die Ärztin noch vor Ort?«

»Ja, sie wartet auf uns.«

»Fahr direkt hin und schick mir die Adresse. Ich bin in spätestens einer halben Stunde da.«

»Alles klar! Bis gleich«, antwortete Lars und legte auf.

Hella erhob sich und reichte Kriminalrat Onken die Hand. »Es tut mir leid, aber wir müssen das Gespräch zu einem anderen Zeitpunkt fortführen. Wir haben einen verdächtigen Todesfall.«

»Aber bitte zeitnah. Das Problem bedarf der Lösung.«

Hella lag eine Antwort auf der Zunge, die sie aber hinunterschluckte. Onkens antiquierte Vorstellungen von Mutterschaft würden warten müssen. Ihr Entschluss stand fest. Sie wollte drei Monate nach der Geburt wieder Vollzeit arbeiten. Leon, ihr Lebensgefährte, würde für mindestens ein Jahr seine Arbeit aufgeben und sich um das Kind kümmern. Wie es danach weiterging, mussten sie noch entscheiden.

»Vielen Dank für Ihre Zeit«, verabschiedete sich Hella von ihrem Chef. »Ich melde mich bei Ihnen für einen neuen Termin.«

Hella fuhr auf die B 210 auf. Das Gespräch mit Kriminalrat Onken hatte sie seit Wochen vor sich hergeschoben. Jetzt, Ende November, befand sie sich bereits im dritten Monat. Ihre Schwangerschaft war nicht geplant gewesen, und Hella hatte lange überlegt, wie sie damit umgehen sollte. Dabei hatte es sicher eine große Rolle gespielt, dass sie mit sechzehn einen Sohn zur Welt gebracht hatte, den sie auf Druck ihrer Eltern zur Adoption hatte freigeben müssen. Während der Ermittlungen in einer Vermisstensache war sie auf einen jungen Mann getroffen, Benjamin Weiher, zu dem sie sich gleich hingezogen gefühlt hatte. Nach und nach hatte sich herausgestellt, dass er ihr leiblicher Sohn war. Trotz anfänglicher Schwierigkeiten hatten sie sich inzwischen mehrere Male getroffen, zuletzt in ihrer kleinen Bauernkate direkt hinter dem Nordseedeich. Leon hatte etwas Feines für sie gekocht, und der Abend zu dritt war sehr entspannt verlaufen.

Das zweigeschossige Backsteingebäude des Pflegeheims lag im Süden von Wittmund und war direkt über die B 210 zu erreichen, die hier im Bogen um den Ort herumführte. Hella parkte neben Lars' Auto und betrat das Gebäude durch den Haupteingang. Da der Empfangsbereich nicht besetzt war, klopfte sie an die Tür mit der Aufschrift »Teamleitung«.

Eine junge Frau hinter einem Schreibtisch sah sie fragend an. »Wie kann ich Ihnen helfen?«

Hella stellte sich vor und erkundigte sich, in welchem Zimmer sich die Ärztin und Lars aufhalten würden. Wortlos stand die Angestellte auf und führte Hella über einen langen Flur zu einer Tür, an der sie anklopfte. Gleich darauf traten sie ein. Hella nickte Lars zu, der ihr die Heimleiterin und die Ärztin vorstellte.

Hella schätzte Frauke Beckmann auf Anfang dreißig. Einen Kopf kleiner als Hella, kurze dunkle Haare, energischer Gesichtsausdruck. Die Ärztin trat auf sie zu und reichte ihr die Hand.

»Die Symptome sind eindeutig. Frau Detlefsen ist keines natürlichen Todes gestorben. Ich habe zwar im Totenschein ›ungeklärt‹ angekreuzt, bin aber überzeugt davon, dass sie erstickt wurde.«

Die Heimleiterin, die Hella als Sybille Bernhardt vorgestellt worden war, räusperte sich laut. »Frau Dr. Beckmann, ich bitte Sie. Wir haben doch gerade darüber gesprochen, dass es quasi ausgeschlossen ist, dass …«

»Danke, Frau Bernhardt«, unterbrach Hella sie. »Darf ich Sie bitten, mit meinem Kollegen in Ihrem Büro auf mich zu warten? Herr Mattes wird Ihre Aussage aufnehmen, ich komme dann gleich nach.«

Die Heimleiterin schluckte, fügte sich aber. Lars begleitete sie aus dem Zimmer und schloss die Tür hinter sich.

»So, Frau Dr. Beckmann. Fangen wir noch einmal von vorn an.« Hella zeigte auf eine Sitzgruppe in der Ecke des Zimmers. »Wollen wir uns setzen?«

»Aber sollten wir nicht Frau Detlefsen …?«

»Gleich! Erzählen Sie erst mal.«

Frauke Beckmann erzählte, dass sie die Vertretung von Ludwig Grosshans sei, der bis vor zwei Wochen das Pflegeheim betreut hatte und nun erkrankt sei. Sie sei am frühen Morgen um kurz nach sieben angerufen worden und, da sie bei einem Notfall gewesen war, erst gegen acht im Pflegeheim eingetroffen. Die alte Dame war vom Frühdienst tot aufgefunden worden, und die Altenpflegerin sei davon ausgegangen, dass sie in der Nacht eines natürlichen Todes gestorben war. Schon bei der ersten oberflächlichen Untersuchung hatte die junge Ärztin bei Edda Detlefsen rote Punkte unter den Augenlidern bemerkt und die Heimleitung informiert. Anschließend sei es zu einer heftigen Auseinandersetzung über die Frage gekommen, ob die Polizei informiert werden müsse.

Frauke Beckmann hatte betont, dass sie das Patientenzimmer seit ihrem Eintreffen nicht verlassen und die alte Dame nur einer ersten Untersuchung unterzogen habe.

»Mir war es wichtig«, fügte die Ärztin hinzu, »dass ich keine Spuren verwische oder überdecke. Sie müssen wissen, ich habe ein Praktikum in der Rechtsmedizin absolviert, mich später dann aber anders entschieden.« Sie lächelte. »Trotzdem hängen mir noch immer die Warnungen des Kollegen dort in den Ohren. Er sagte immer …«

»Das war natürlich richtig, Frau Dr. Beckmann«, unterbrach Hella die junge Ärztin sanft. »Haben Sie außer mit Frau Bernhardt mit jemandem über Ihren Verdacht gesprochen?«

»Ja, mit einer Pflegerin, aber mir fällt der Name gerade nicht ein.«

»Kein Problem. Zeigen Sie mir doch bitte noch die Innenseite der Augenlider.«

Die junge Ärztin nickte und ging zum Bett, das in der Nähe des Fensters stand. Sie zog sich Latexhandschuhe über, bevor sie vorsichtig die Tagesdecke zur Seite nahm, mit der Edda Detlefsen bis über den Kopf zugedeckt worden war. Anschließend zog sie vorsichtig eines der oberen Augenlider nach oben und beleuchtete es mit einer kleinen Taschenlampe, die sie in der anderen Hand hielt. Deutlich waren hier die roten Pünktchen zu sehen.

»Danke«, sagte Hella und trat einen Schritt vom Bett zurück. »Auch wenn es nicht Ihre Aufgabe ist ... können Sie mir eine Einschätzung abgeben, wie lange Frau Detlefsen tot ist?«

»Ich dachte mir schon, dass Sie die Frage stellen. Ich habe, nachdem ich den Tod festgestellt hatte, direkt die Temperatur von Frau Detlefsen gemessen und ebenso die des Raumes festgestellt. Die Totenstarre war bereits voll ausgebildet. Um es kurz zu machen, ich tippe auf gestern Abend zwischen neunzehn Uhr und Mitternacht. Alle Daten habe ich schon Ihrem Kollegen gegeben.«

»Vielen Dank. Ich vermute, er hat auch Ihre Handynummer?«

»Ja, Sie können mich jederzeit erreichen.«

Nachdem die junge Ärztin das Zimmer verlassen hatte, rief Hella beim zuständigen Staatsanwalt an, der ihr versprach, sich direkt um einen richterlichen Beschluss zu kümmern, damit der Leichnam der alten Dame nach Oldenburg in die Rechtsmedizin gebracht werden konnte. Anschließend forderte Hella die Kriminaltechniker aus Aurich an.

Nachdem sie das Zimmer versiegelt hatte, machte sie sich auf den Weg ins Büro der Heimleiterin.

Lars saß zusammen mit Frau Bernhardt an einem Tisch. Als Hella auf sie zukam, stand die Heimleiterin auf und bot ihr einen Platz an. »Darf ich Ihnen einen Kaffee bringen lassen?«

Hella lehnte dankend ab und zog sich einen Stuhl vor.

»Ich habe schon ein paar Informationen über den Ablauf in der Einrichtung bekommen«, sagte Lars. »Mit der Pflegerin, die Frau Detlefsen heute Morgen tot aufgefunden hat, können wir gleich noch sprechen. Sie ist bis Mittag im Haus.«

Hella nickte und wandte sich an die Heimleiterin. »Wir brauchen eine Liste aller Todesfälle der letzten drei Jahre.«

»Ich weiß nicht, ob ich das so einfach darf«, begann Sybille Bernhardt. »Die Angehörigen …«

»Stellen Sie die Liste bitte zusammen, spätestens morgen haben Sie einen richterlichen Beschluss dazu.« Hella machte sich eine Notiz. »Was können Sie mir zu Frau Detlefsen sagen?«

Erneut schien die Heimleiterin zu überlegen, ob sie die Information verweigern sollte. Schließlich zuckte sie mit den Schultern. »Frau Detlefsen ist seit gut einem halben Jahr in unserem Haus. Sie ist in diesem Jahr vierundsiebzig geworden und hat keine direkten Verwandten, die sich um sie kümmern könnten. Also einen Ehemann oder Kinder. Das ist zumindest mein Informationsstand.«

»Wo hat sie vorher gelebt?«

»Sie hat ein Haus auf Wangerooge. Die ärztliche Versorgung ist dort natürlich nicht so gut wie auf dem Festland. Es gibt dort zwar einen ambulanten Pflegedienst, den sie auch in Anspruch genommen hat, aber die Unterstützung reichte am Schluss nicht mehr aus. Sie hatte Schwierigkeiten beim Laufen, erschwerend kam eine Altersdemenz hinzu.«

»Führen Sie eine Besucherliste?«

Sybille Bernhardt warf ihr einen verständnislosen Blick zu. »Das ist hier kein Gefängnis, Frau Brandt. Nein, wir sind ein offenes Haus. Unsere Gäste können selbstverständlich jederzeit Besuch bekommen. Wir bitten nur darum, die Mittags- und Nachtruhe zu respektieren.«

»Der Empfang im Eingangsbereich ist also nicht immer besetzt?«

»Nein, nur zu den üblichen Besuchszeiten. Heute hat sich die Mitarbeiterin leider krankgemeldet. An solchen Tagen achten halt alle mehr darauf, wer sich so im Haus aufhält. Sie wissen schon, was ich meine.«

»Gab es denn Diebstähle in den letzten Monaten?«, fragte Hella.

»Nein, ich bin jetzt drei Jahre in diesem Haus, und seitdem

ist nichts vorgefallen. Aber wir haben von anderen Häusern in der Region gehört, die von solchen … ja … wahrscheinlich Diebesbanden heimgesucht wurden. In Aurich und Emden vor ein paar Monaten, und in Leer gab es letztes Jahr auch einen Vorfall.«

»Wir benötigen auch eine Liste Ihrer Mitarbeiter mit Angaben, in welchen Bereichen sie eingesetzt werden beziehungsweise wer von ihnen regelmäßig Kontakt mit Frau Detlefsen hatte.«

Hella schien es, als realisierte Frau Bernhardt erst jetzt, welche Konsequenzen die Ermittlungen haben könnten. Sie sah zwischen Hella und Lars hin und her, während sich ihre Miene weiter verfinsterte. »Muss das denn alles sein? Ich meine, es ist doch gar nicht klar, was überhaupt passiert ist. Das alles, was Sie jetzt hier veranstalten, wird Wellen schlagen. Sie wissen doch, wie die Leute sind. Wenn erst mal ein Gerücht in der Welt ist, ist es nicht mehr aufzuhalten. Können Sie nicht warten, bis eindeutig feststeht, was passiert ist?«

»Ich verstehe, was Sie meinen, Frau Bernhardt. Ich gebe Ihnen mein Wort, dass wir so diskret wie nur irgend möglich vorgehen. Aber wenn es sich bei dem Tod von Frau Detlefsen tatsächlich um ein Tötungsdelikt handelt, zählt jede Stunde.«

Die Heimleiterin schüttelte mit geschlossenen Augen den Kopf. Schließlich sah sie Hella flehend an. »Das kann unser Ende bedeuten. Ich meine, wenn das Gerücht in die Welt gesetzt wird, dass ein Mitarbeiter schuld am Tod eines Bewohners ist. Dass hier jemand ermordet wurde. Verstehen Sie das denn nicht?«

2

Helene Nissen war Anfang fünfzig, gelernte Altenpflegerin und seit über zehn Jahren im Pflegeheim tätig. Sie war zwei Köpfe kleiner als Hella, stämmig, hatte die halblangen Haare mit einem Haargummi zusammengebunden und besaß ein freundliches Gesicht, dem Hella die Anstrengungen des Tages ansah.

Die Pflegerin beteuerte, nichts Ungewöhnliches bemerkt zu haben, als sie am frühen Morgen bei Frau Detlefsen ins Zimmer hineingeschaut hatte.

»Ist das üblich, dass Sie die Bewohner so früh wecken?«, fragte Lars.

»Ich wollte sie nicht wecken, Herr Kommissar. Es geht lediglich darum, nachzuschauen, ob die Bewohner Hilfe brauchen. Ich hätte auch beinahe das Zimmer wieder verlassen, weil ich dachte, dass Frau Detlefsen noch schläft, aber dann … Ihre Gesichtsfarbe kam mir ungewöhnlich blass vor. Da bin ich näher ans Bett getreten und habe ihren Puls gefühlt.«

»Nur den Puls?«

Helene Nissen nickte. »Sie war nicht die erste Tote, die ich am Morgen im Bett gefunden habe. Mit der Zeit hat man schon einen Blick dafür.« Sie schien kurz zu überlegen. »Nein, ich habe sie nur am linken Handgelenk berührt. Mehr nicht. Ist sie denn wirklich …?« Die Pflegerin schluckte. »Ich meine …«

Hella beugte sich vor. »Das können wir noch nicht mit Gewissheit sagen. Aber es gibt Verdachtsmomente, denen wir nachgehen müssen. Was haben Sie gemacht, nachdem Sie sicher waren, dass Frau Detlefsen nicht mehr am Leben war?«

»Meine Chefin angerufen. Sie will immer sofort informiert werden, wenn …«, sie stutzte, »ich meine natürlich, wenn einer der Bewohner stirbt. Frau Bernhardt ist dann gleich gekommen.«

»Sie haben im Zimmer von Frau Detlefsen auf sie gewartet?«

Helene Nissen schüttelte den Kopf. »Nein, ich musste weiterarbeiten. Aber Frau Bernhardt war schnell da. Sie hat sich dann um alles gekümmert.«

»Sie haben Frau Detlefsen betreut, seit sie in dieses Pflegeheim gekommen ist?«, fragte Lars und fuhr fort, als Frau Nissen nickte: »Bekam sie viel Besuch?«

»Das kann ich nicht genau sagen. Wir haben hier drei Schichten, und ich bin natürlich nicht jedes Wochenende hier«, wich Helene Nissen der Frage aus.

»Das verstehe ich«, sagte Lars mit einem freundlichen Lächeln. »Aber Sie haben schon hin und wieder bei ihr Besuch gesehen?«

»Doch, das schon. Die Leute von der Insel halt. Und das ist nicht so einfach, weil die Fähren selten fahren. Und jeden Tag unterschiedlich.«

»Haben Sie mitbekommen, wie die Bekannten oder Freunde hießen?«

»Nein, nicht direkt.«

Lars schaute sie fragend an und wartete darauf, dass sie weiterredete.

»Edda hat nur manchmal von ihnen gesprochen. Oke, glaube ich. Und von einer Theda hat sie gesprochen. Den anderen Namen habe ich vergessen. Oder waren es zwei? Man hört so viel hier, wenn man das alles behalten wollte …«

»Hatte sie im Haus auch Freunde?«

Helene Nissen schüttelte wieder den Kopf. »Nein, ich glaube nicht. Aber ich kann mich gern umhören.«

»Gab's vielleicht eine Kollegin, die sich besonders um sie gekümmert hat?«, fragte Hella.

Helene Nissen schaute sie misstrauisch an. »Wie meinen Sie das?«

»Kommt es denn nicht vor, dass sich das Personal zu manchen Bewohnern mehr hingezogen fühlt als zu anderen?«, formulierte es Hella vorsichtig.

»Das ist hier unsere Arbeit. Viel Zeit haben wir sowieso nicht. Hin und wieder mal zuhören, was die Alten so erzählen, ja, das geht gerade noch. Aber auch nur, während man arbeitet. Die Zeit ist knapp bemessen, und selbst wenn alles glattläuft, ist man froh, am Ende der Schicht alles geschafft zu haben.«

Hella reichte der Pflegerin eine Visitenkarte. »Rufen Sie mich bitte an, wenn Ihnen noch etwas einfällt.«

Helene Nissen nickte und verließ das Büro, das die Heimleiterin Hella und Lars zur Verfügung gestellt hatte.

»Wie bekommen wir heraus, wer sich hier besonders um Frau Detlefsen gekümmert hat?«, fragte Lars.

»Warten wir ab, ob es ein Testament gibt und wer etwas erbt. Kannst du bitte zur Sicherheit überprüfen, ob sie wirklich keine Angehörigen hat? Nicht, dass wir später eine Überraschung erleben.«

Jemand klopfte an die Tür, Lars stand auf und öffnete sie.

»Moin!« Roland Radmeier, der Leiter der Kriminaltechnik, nickte den beiden Ermittlern zu. »Wo wartet hier Arbeit auf mich?«

»Komm rein«, forderte ihn Hella lachend auf.

Radmeier wandte sich um und winkte jemandem zu. Kurz darauf trat ein weiterer Beamter der Kriminaltechnik ins Büro und schloss die Tür.

Hella begrüßte auch ihn, erklärte ihnen die Situation und fügte hinzu: »Nehmt bitte jeden Gegenstand mit, der sich dazu eignen könnte, das Opfer erstickt zu haben.«

Roland Radmeier stöhnte. »Dir ist schon klar, wie viele Menschen in solch einer Einrichtung zum Beispiel ein Kissen in die Hand nehmen?«

»Tut mir leid, Roland. Vielleicht gibt es ja noch Entwarnung von der Rechtsmedizin aus Oldenburg, aber wenn nicht, wird das wohl die Suche nach der berühmten Nadel im Heuhaufen. Lars zeigt euch das Zimmer.«

Hella lehnte sich auf dem Stuhl zurück und ordnete ihre Gedanken. Wenn Dr. Marianne Wolters, Oberärztin in der Oldenburger Außenstelle des Instituts für Rechtsmedizin der MH Hannover, die Vermutung der jungen Ärztin bestätigte, würden sie sämtliche Mitarbeiter und Bewohner des Hauses befragen müssen und zusätzlich die Nachbarn der Einrichtung. Das Haus lag am Ende einer Sackgasse. Jeder Besucher, ob zu Fuß, mit dem Fahrrad oder dem Auto, musste die Straße entlangkommen, um zum Pflegeheim zu gelangen. Das waren weitere Zeugenbefragungen, die viel Zeit kosten würden.

Hella griff nach dem Handy und erstattete Kriminalrat Onken Bericht. Gleichzeitig bat sie ihn, weitere Beamte aus anderen Dienststellen bereitzustellen, sobald klar war, dass ein Tötungsdelikt vorlag.

Kurz darauf meldete sich der Staatsanwalt und teilte ihr mit, dass alle notwendigen Beschlüsse vorliegen würden. Hella rief das Bestattungsinstitut an, das üblicherweise die Überführungen nach Oldenburg übernahm, und erteilte den Auftrag. Ihr nächster Anruf galt Dr. Wolters vom Rechtsmedizinischen Institut.

»Frau Brandt, wie geht es Ihnen?«

Hella hatte während ihrer Zeit bei der Kriminalpolizei in Oldenburg regelmäßig mit der erfahrenen Oberärztin zu tun gehabt und war einige Male mit ihr aneinandergeraten. Nach ihrem Wechsel nach Wittmund hatte sich ihr Verhältnis aber deutlich verbessert.

»Alles gut!«, antwortete Hella.

»Das freut mich. Die Provinz ist ja nicht für alle geeignet. Ob Sie es glauben oder nicht, aber ich liebäugle nach meiner Pensionierung mit einem Haus oder einer Wohnung auf einer der Ostfriesischen Inseln. Leider steigen die Preise von Jahr zu Jahr. Sie haben nicht zufällig einen Tipp für mich?«

»So spontan nicht. Wann ist es denn so weit bei Ihnen?«

»Vier Jahre noch. Ich habe meine Fühler auch schon ausgestreckt, aber bisher war jedes Mal jemand schneller – oder man könnte auch sagen, besser bei Kasse.«

»Wo suchen Sie?«

»Spiekeroog wäre wunderbar, Juist und Wangerooge eventuell auch.«

»Ich kann gern meinen Lebensgefährten fragen. Er hat gute Kontakte nach Spiekeroog.«

»Oh, das wäre toll, danke! Ich nehme jede Unterstützung

an.« Sie lachte. »Sonst lande ich am Schluss noch auf Mallorca. Eine schöne Insel, aber alles über dreißig Grad ist nicht meine Welt.« Sie seufzte. »Aber um mit mir über meine Pensionspläne zu sprechen, haben Sie sicher nicht angerufen.«

Hella erklärte ihr die Situation, Dr. Wolters versprach ihr, den Leichnam nach Möglichkeit noch am selben Tag zu obduzieren und Hella über die vorläufigen Ergebnisse zu informieren. Hella legte auf und sah zum Fenster hinaus. Sie beobachtete, wie die Mitarbeiter des Bestattungsinstituts vorfuhren und den Leichnam unter Aufsicht von Roland Radmeier abholten.

»Fangen wir schon mit den Befragungen an?«, fragte Lars Hella, als sie die Bürotür hinter sich schlossen und vom Flur aus den beiden Kollegen der Kriminaltechnik zusahen.

»Wir haben weder einen gesicherten Todeszeitpunkt noch überhaupt die Bestätigung, dass es sich um ein Tötungsdelikt handelt. Ich habe Onken um Verstärkung gebeten, falls wir hier großflächige Befragungen durchführen müssen. Lass uns bis morgen warten!«

»Okay! Ich versuche, noch heute so viel wie möglich über Frau Detlefsen herauszubekommen.«

»Leon! Wo bist du?« Hella stand auf dem Parkplatz des Polizeikommissariats und hatte ihr Smartphone ans Ohr gedrückt.

»Noch bei der Arbeit.«

Leon war jahrelang als Surflehrer durch die Welt gereist. Hella hatte ihn während einer Ermittlung auf der Insel Spiekeroog kennengelernt, auf der er in den Sommermonaten eine kleine Surfschule betrieben hatte. Kurz vor der Abreise nach Hawaii, wo er einen Job angeboten bekommen hatte, hatte Leon sich für Hella und Deutschland entschieden. Im Moment arbeitete er für eine Firma in Wilhelmshaven, die exklusive Surfbretter herstellte.

»Wird es spät bei dir?«

Leon lachte. »Das war eigentlich meine Frage. Ich wollte Gesa zum Essen einladen. Wie sieht es bei dir aus?«

Gesa war ihre einzige Nachbarin. Sie wohnte knapp zweihundert Meter von ihrer Bauernkate entfernt, war Anfang achtzig und liebte es, hin und wieder mit Hella ein Glas Whisky hoch oben auf dem Deich sitzend zu trinken.

»Wenn, dann heute Abend«, antwortete Hella.

»Ein neuer Fall?«

»Es sieht ganz danach aus. Aber vor morgen können wir nicht mit der wirklichen Arbeit beginnen.«

»Ich rufe Gesa an. Fisch oder Fleisch?«

Hella lachte. »Solange es viel ist, ist mir alles recht.«

»Das bekomme ich hin«, antwortete Leon, der in ihr Lachen eingestimmt hatte. »Bis später.« Er hielt kurz inne und fügte leise hinzu: »Ich liebe dich!«

Enno Franzen kam auf Hella zu, als sie gerade ihre Bürotür öffnete. »Hast du eine Minute für mich?«

Hella trat zur Seite. »Komm rein.«

Enno war ihr Stellvertreter und hatte sich seinerzeit ebenfalls auf die Leitung des Kriminalermittlungsdienstes beworben. Die ersten Monate hatte er ihr das Leben schwer gemacht, bis sie eine Art Waffenstillstand geschlossen hatten.

»Ein Tötungsdelikt, habe ich gehört?«, fragte er vor Hellas Schreibtisch stehend.

»Vermutlich, ja. Wir warten auf die Rechtsmedizin.« Hella ahnte, worauf Ennos Besuch hinauslief.

»Okay. Wahrscheinlich schnell aufgeklärt. Das sind ja in aller Regel die …«

»Enno, was genau willst du von mir?«

Er zog den Stuhl vor und setzte sich. »Wenn du so fragst … Ich habe gehört, dass du schwanger bist?«

Hella seufzte innerlich. Hatte Kriminalrat Onken so schnell seine Fühler nach einem Nachfolger ausgestreckt?

»Interessant! Wo hast du das denn gehört?«

Er fuhr sich mit der flachen Hand vom Kinn über den Hals, senkte kurz den Kopf und sah sie dann lächelnd an. »Von Onken, und das weißt du auch.«

»Nicht unbedingt. Es hätte ja auch mein Gynäkologe gewesen sein können. Aber du hast noch nicht gesagt, warum du jetzt hier bist. Wolltest du mir gratulieren?«

Hella schien ihren Kollegen kurz aus der Fassung gebracht zu haben. Er schluckte und starrte auf seine Hände. Schließlich sah er auf. »Natürlich! Gratulation, Hella!«

»Danke!«

»Hast du denn schon eine Vorstellung, wie es weitergehen soll? Ich meine, du wirst doch sicher eine Weile wegbleiben oder vielleicht sogar auch für ein paar Jahre.«

»Enno, wenn dir Kriminalrat Onken schon eine absolut vertrauliche Information gesteckt hat, dann hättest du ihn vielleicht genau das auch fragen sollen.«

»Entschuldige, ich wollte dir nicht zu nahe treten, aber das betrifft uns nun mal hier alle. Ich denke, wir haben ein Recht darauf ...«

»Morgen früh!«, unterbrach sie ihn scharf. »Um neun haben wir Teamsitzung. Da wirst du, genau wie die Kollegen, informiert.«

Enno schluckte. »Immerhin bin ich dein Stellvertreter, und da ...«

»Morgen, Enno. Hast du sonst noch etwas auf dem Herzen?«

Er stand auf und sagte säuerlich: »Nein, habe ich nicht.«

Hella sah ihm nach, als er aus ihrem Büro ging. Sie ärgerte sich darüber, nicht souveräner mit der Situation umgegangen zu sein. Aber Ennos Vorstoß hatte sie kalt erwischt. Träumte er wirklich davon, schnell ihren Posten übernehmen zu können? Hatten die Männer in den letzten fünfzig Jahren nichts dazugelernt?

Jemand klopfte an die noch offene Tür. Lars trat ein und schloss sie hinter sich. »Franzen macht Stimmung gegen dich. Er behauptet, dass du die Leitung nicht mehr lange innehaben wirst?«

»Setz dich doch, Lars.« Hella wartete, bis ihr junger Kollege Platz genommen hatte. »Hat er nicht gesagt, warum er das annimmt?«

»Andeutungen hat er gemacht.«

»Sind alle Kollegen im Haus?«

»Ich glaube, ja.«

Sie stand auf. »Okay, dann auf in den Kampf!«

Fünf Minuten später saßen die acht Beamten des Kriminalermittlungsdienstes im kleinen Konferenzraum der Einheit zusammen. Alle schauten gespannt auf Hella, die vorn neben der Leinwand stand – alle bis auf Enno Franzen.

»Ich war heute bei Kriminalrat Onken und habe ihm mitgeteilt, dass ich schwanger bin. Normalerweise wäre das kein Grund, es hier im Team kundzutun, aber bevor Gerüchte aufkommen, möchte ich euch gern selbst informieren. Wenn alles gut geht, bekomme ich im Juni nächsten Jahres ein Kind.«

Erstaunte Gesichter sahen sie an, nur Lars lächelte.

»Ich kann nicht ausschließen, dass ich während der Schwangerschaft den ein oder anderen Tag krankheitsbedingt fehlen werde. Ebenso würde ich euch bitten, Süßigkeiten und vor allem Schokolade nicht unbewacht auf euren Schreibtischen liegen zu lassen.« Bis auf Enno lachten die Kollegen, aber selbst ihr Stellvertreter konnte ein kurzes Schmunzeln nicht unterdrücken. »Die Frage, die ihr euch jetzt sicher stellt, dreht sich vermutlich um die Zukunft. Ich habe vor, nach der Geburt meines Kindes für drei Monate in Elternzeit zu gehen. Kollege Franzen wird während dieser Zeit die komplette Leitung unserer Einheit übernehmen. Nach den drei Monaten werde ich in Vollzeit zurückkehren. Das war's, was ich euch in dieser frühen Phase der Schwangerschaft mitteilen wollte.«

Arno Behrens, Oberkommissar und seit fünfzehn Jahren in Wittmund, und Lennard Schuster, ein junger Kommissar, dessen Frau vor einem Jahr ihr drittes Kind bekommen hatte, standen fast gleichzeitig auf und gingen auf Hella zu, um ihr zu gratulieren. Nach und nach folgten die anderen Teammitglieder, als Letztes reichte ihr Enno die Hand. »Dann gratuliere ich doch auch noch mal«, sagte er mit ernster Miene.

»Können wir noch reden?«

Sie warteten, bis die Kollegen den Raum verlassen hatten.

»Wenn ich vorhin etwas zu schroff gewesen bin, tut es mir leid«, begann Hella.

Enno nickte.

»Ich kann doch auf deine Unterstützung setzen?«, fuhr Hella fort.

Enno schwieg zunächst. Schließlich räusperte er sich leise. »Ich hätte es besser gefunden, du hättest zunächst mit mir gesprochen.«

»Hättest du das im umgekehrten Fall auch gemacht? Angenommen, deine Frau wäre im zweiten Monat schwanger gewesen.«

Enno warf ihr einen irritierten Blick zu. »Das ist doch etwas vollkommen anderes. Meine Frau arbeitet nicht hier und schon gar nicht als Chefin.«

»Hätte doch sein können, dass du auch für ein oder zwei Monate in Elternzeit gehst. Von den stressigen Nächten einmal ganz abgesehen. Würdest du dir nicht freinehmen, wenn deine Frau krank wäre und euer Kind nicht versorgen könnte? Vielleicht wärst du auch nicht immer voll bei der Sache, weil deine Gedanken …«

»Schon gut, ich verstehe, was du sagen willst.«

Da bin ich mir nicht so sicher, dachte sich Hella und wiederholte ihre Frage. »Kann ich auf deine Unterstützung bauen?«

»Brauchst du Hilfe beim aktuellen Fall?«, wich Franzen ihr aus.

Hella seufzte innerlich. »Danke fürs Angebot, Enno. Es wird schon gehen.«

3

»Frau Dr. Wolters!«, begrüßte Hella die Rechtsmedizinerin am Telefon. »Ich hatte noch gar nicht mit Ihrem Anruf gerechnet.«

»Das nehme ich dann mal als Kompliment«, antwortete Marianne Wolters lachend. »Aber zur Arbeit. Meinen Bericht bekommen Sie morgen gegen Mittag. Wie versprochen, schon mal das Wichtigste vorab.«

Hella sah auf die Uhr. Kurz nach vier am Nachmittag. Dr. Wolters musste gleich mit der Obduktion begonnen haben, nachdem der Leichnam der alten Dame in Oldenburg eingetroffen war.

»Die Kollegin vor Ort hatte absolut recht mit ihrer Annahme. Frau …«, es entstand eine kurze Pause, Hella hörte, wie jemand eine Seite umblätterte, »Frau Detlefsen ist erstickt worden. Neben den klassischen Symptomen habe ich Faserpartikel in der Lunge gefunden. Bevor Sie fragen, die Analyse läuft. Ebenso werden Sie noch ein bis zwei Tage warten müssen, bevor ich Ihnen etwas über mögliche DNA-Spuren sagen kann. Weiter habe ich schwach ausgebildete Hämatome gefunden, die darauf hindeuten, dass sich das Opfer gewehrt hat. Zu guter Letzt natürlich die Tatzeit.« Dr. Wolters holte hörbar tief Luft und fuhr nach einer kurzen Pause fort. »Aufgrund der Daten der Kollegin vor Ort …«, wieder entstand ein für Dr. Wolters ungewöhnliches kurzes Innehalten, »… also von Frau Beckmann, und gleichzeitig habe ich noch eigene Daten erhoben. Ich war ja leider nicht vor Ort, aber gut. Offiziell werde ich die Zeit zwischen zwanzig und vierundzwanzig Uhr angeben. Sie fragen jetzt sicher gleich nach meiner persönlichen Einschätzung, die wie immer in keinem Bericht auftauchen wird. Ich an Ihrer Stelle würde mich auf die Zeit zwischen einundzwanzig Uhr dreißig und dreiundzwanzig Uhr konzentrieren und mit noch mehr Vorbehalt auf zweiundzwanzig Uhr, eventuell ein paar Minuten früher. Noch Fragen?«

»Wie immer absolut präzise und auf den Punkt gebracht. Vielen Dank für Ihren schnellen Anruf.«

»Keine Ursache, Frau Hauptkommissarin. Ich wünsche Ihnen einen geruhsamen Feierabend.«

Hella informierte den Staatsanwalt über den vorläufigen Bericht und bat Kriminalrat Onken um die zuvor besprochene Unterstützung. Onken hatte bereits vorgearbeitet und sagte Hella im ersten Zug vier Ermittler zu, die sich spätestens um zwölf Uhr am nächsten Tag in Wittmund einfinden würden.

Anschließend machte sich Hella auf den Weg zu Lars und setzte ihn über die aktuelle Entwicklung in Kenntnis. »Bist du weitergekommen?«, fragte sie.

»Ich wollte gerade bei dir reinschauen.« Er hielt inne. »Ich habe zwar heute Mittag schon gratuliert, aber vielleicht darf ich noch einmal sagen, dass ich mich für dich freue. Wenn es irgendwas gibt, was ich tun kann, jederzeit gern.«

»Danke, Lars. Du könntest mich hin und wieder mit deinen Teekochkünsten heimsuchen. Dem Kaffee muss ich jetzt wohl etwas abschwören.«

Lars grinste. »Gern. Sehr gern sogar.«

»Was hast du gefunden?«

Lars wurde schlagartig ernst. »Du wirst es nicht glauben, aber Frau Detlefsen hat einen Sohn. Luca Detlefsen. Neununddreißig Jahre, adoptiert. Soweit ich das bisher recherchieren konnte, hat sie regelmäßig Pflegekinder bei sich aufgenommen. Der besagte Junge kam mit drei Jahren zu ihr, und als er acht war, hat sie ihn adoptiert.«

»Wo lebt er?«

»Die letzte Meldeadresse war in Oldenburg. Allerdings hat er sich dort abgemeldet, beziehungsweise der Vermieter hat das getan. Das war 2013. Er ist bisher nirgendwo wieder im Register aufgetaucht. Entweder hat er es einfach vergessen, ist ausgewandert – oder er lebt auf der Straße. Vorausgesetzt, er lebt überhaupt noch. In den Social Media kann ich ihn nicht finden, was schon mal extrem ungewöhnlich ist. Ich bin aber dran und gebe, wie immer, mein Bestes.«

»Daran habe ich bisher nie gezweifelt«, sagte Hella und bemerkte die leichte Röte in Lars' Gesicht. »Aber du hast noch mehr?«

»Testament! Ich habe die Notare angeschrieben und vor einer halben Stunde eine Nachricht bekommen. Es gibt ein Testament. Den Beschluss habe ich bereits mit dem Staatsanwalt abgesprochen. Morgen sollten wir das Dokument haben.«

»Ich bin beeindruckt.« Als sie Lars' Blick bemerkte, fügte sie hinzu: »Das ist nicht pädagogisch gemeint. Du leistest bessere Arbeit als manch ein altgedienter Kollege. Übrigens: Es gibt tatsächlich etwas zu erben. Edda Detlefsens Haus ist um die sechshunderttausend Euro wert, vermutlich sogar mehr. Ich habe einen befreundeten Immobilienmakler angerufen, der wiederum einen Kollegen auf Wangerooge gefragt hat.«

»Mindestens?«

»Das Haus liegt in bevorzugter Lage, ist so groß, dass problemlos zwei Ferienwohnungen eingerichtet werden könnten, wenn nicht sogar drei. Wenn sich die Anwärter gegenseitig überbieten, können es auch schnell bis zu achthunderttausend werden, hat der Makler auf Wangerooge gemeint.«

»Dann bin ich jetzt besonders gespannt auf das Testament«, sagte Lars und konzentrierte sich wieder auf seine Recherche.

»Wie geht es dir?«, fragte Gesa, als sie am Abend vor dem Kamin saßen und dem lodernden Feuer zusahen. Leon hatte darauf bestanden, die Küche frei von, wie er es nannte, störenden Zuschauern zu haben.

»Erstaunlich gut. Keine Übelkeit oder sonstige Schrecklichkeiten. Bis auf eine fürchterliche Empfindlichkeit bei jeglichen Gerüchen und einen irren Drang, Schokolade oder andere Süßigkeiten in mich reinzustopfen, geht es mir phantastisch.«

»Das freut mich für dich.«

»Auf unseren Whisky müssen wir wohl leider eine Weile verzichten«, ergänzte Hella mit einem Schulterzucken.

Gesa machte eine wegwerfende Handbewegung. »Es ist jetzt sowieso zu kalt auf dem Deich.« Sie warf einen Blick auf Hellas noch flachen Bauch und grinste. »Bald würdest du da auch gar nicht mehr hochkommen.«

Gesa meinte die in der Nähe von Hellas Haus in den Deich eingelassenen fünfundvierzig Stufen bis zur Deichkrone. In den Sommermonaten hatten die beiden Frauen hier regelmäßig gesessen und zusammen auf die Nordsee oder, bei Ebbe, aufs Watt geschaut.

»Hallo!«, protestierte Hella. »Ich werde dir schon noch beweisen, dass ich auch im neunten Monat problemlos die paar Stufen hinauflaufe.«

Gesa warf ihr einen strengen Blick zu. »Kommt gar nicht in Frage. Du hast ab sofort Deichverbot.«

Leon schaute ins Wohnzimmer und schien Gesas Ermahnung mitbekommen zu haben. »Da schließe ich mich doch gleich mal an.« Als Hella protestieren wollte, fügte er schnell hinzu: »In zehn Minuten ist die Vorspeise auf dem Tisch. Ich muss eiligst wieder in die Küche.« Im nächsten Augenblick zog er die Tür hinter sich zu.

Gesa warf Hella einen bedauernden Blick zu. »Zwei zu eins.«

»Okay, keine Deichgänge mehr. Alles andere ist erlaubt.«

Gesa beugte sich vor und umarmte Hella. »Ich bin mir sicher, dass alles gut gehen wird. Aber versprich mir, dass du bei der Arbeit aufpasst.«

Hella küsste Gesa auf die Wange. »Versprochen!«

Leon zog Hella liebevoll an sich. »Sag mal, ist der neue Fall … ich meine … Ist es gefährlich für dich?«

Hella zog die Decke über sie beide und seufzte tief. »Das weiß ich noch nicht. Im Moment sieht alles sehr harmlos aus. Eine alte Dame, die in ihrem Bett erstickt wurde und ein Haus auf Wangerooge zu vererben hat.«

Leon nickte und schwieg eine Weile. »Gibt es nicht besondere Vorschriften für schwangere Polizisten im Außendienst?«

»Jetzt fang du nicht auch noch an«, antwortete sie eine Spur zu energisch. Sie schloss die Augen für einen Moment und atmete tief durch. »Entschuldige … Ja, so was gibt es. Ich darf keinen Gefahren ausgesetzt werden. Aber das habe ich auch nicht vor. Ich will auch keine Verdächtigen durch die Nacht verfolgen oder in eine Schießerei verwickelt werden. Normale Befragungen sind meiner Meinung nach überhaupt kein Problem.«

Leon nickte. An seinem Gesichtsausdruck konnte Hella ablesen, dass sie ihn nicht überzeugt hatte.

Sie gab ihm einen Kuss auf die Wange und kuschelte sich in seine Arme. »Versprochen! Ehrlich, Leon! Und jetzt wird geschlafen!«

4

»Guten Morgen!«, begrüßte Hella Lars lächelnd, der aussah, als habe er die ganze Nacht hinter seinem Laptop verbracht.

»Hallo!«, murmelte er.

»Schlechte Laune?«

»Ich komme einfach nicht weiter mit dem Sohn von Edda Detlefsen. Er ist wie vom Erdboden verschluckt.« Lars sah auf. »Wie viel würde er eigentlich erben?«

»Das kommt darauf an, ob er im Testament genannt wird. Wenn nicht, hat er Anspruch auf einen Pflichtteil. Das ist die Hälfte von dem, was ihm normalerweise zustehen würde«, erklärte Hella.

»Also die Hälfte, da er ja der einzige Verwandte in direkter Linie ist. Sprich: drei- bis vierhunderttausend Euro.« Er stieß einen Pfiff aus. »Nicht schlecht, Herr Specht! Allerdings muss er dafür aus der Versenkung auftauchen.«

Hella nickte. »Ich rufe nachher mal bei einem Kollegen in Oldenburg an, der sich in der Obdachlosenszene auskennt. Vielleicht kann er uns weiterhelfen.«

»Okay! Das Testament sollte auch gleich da sein.«

Hella verließ Lars' Büro und traf auf dem Flur auf Enno.

Er grüßte sie mit einem kaum merklichen Nicken und verschwand in der Gegenrichtung. Hella stöhnte leise. Offensichtlich würde dieser Kelch nicht an ihr vorübergehen.

In ihrem Büro ging sie eine Reihe von Berichten durch, die sie abzeichnen musste, sprach kurz mit den einzelnen Beamten über den Fortgang ihrer jeweiligen Ermittlungen und rief schließlich in Oldenburg an.

»Hallo, Stefan, Hella Brandt hier«, begrüßte sie Oberkommissar Stefan Koopmann, einen guten Bekannten aus ihrer Zeit in Oldenburg.

»Hella! Verdammt, wie lange hast du nichts mehr von dir hören lassen?«

Hella lachte. »Kann ich daraus schließen, dass du mich vermisst hast?«

»So was von! Du hast den alten Herren hier noch richtig Feuer unterm Arsch gemacht. Und dann verschwindest du von heute auf morgen. Wittmund, habe ich gehört. Sag mir sofort, dass das nicht stimmt. Bist du jetzt hinter Schafdieben her?«

»Bisher ist mir noch keiner über den Weg gelaufen«, antwortete Hella. »Aber wer weiß …«

»Echt jetzt? Wittmund? Das liegt doch kurz vor dem Ende der Welt. Danach kommt nur noch Wasser, Wasser, Wasser. Und das ist auch noch salzig.«

»Stefan, ich lade dich gern in mein neues Haus ein. Es liegt übrigens direkt hinter dem Deich. Du weißt schon, kurz vor dem …«

Stefan Koopmann stöhnte theatralisch. »Verrückt! Vollkommen verrückt! Sag, was kann ich für dich tun? Oder hast du nur wegen einem kleinen Plausch angerufen?«

»Luca Detlefsen, neununddreißig, letzte Meldeadresse: Theodor-Heuss-Straße. Aber im Jahr 2013 hat ihn der Vermieter sozusagen abgemeldet. Da verliert sich die Spur.«

»Und du vermutest jetzt, dass er auf der Straße lebt?«

»Das wäre eine Möglichkeit. Kennst du ihn?«

»Detlefsen. Nein, nie gehört. Allerdings spielen in der Szene Nachnamen nicht so eine große Rolle. Wenn überhaupt, dann der Vorname, aber häufig auch Spitznamen. Luca, sagst du?«

»Ja. Neununddreißig.«

»Auch das Alter bringt nicht viel. Die meisten sehen um viele Jahre älter aus. Was war er von Beruf?«

»Tut mir leid. Wissen wir nicht.«

»Ich habe von einem Luke gehört. Der könnte vom Alter passen. Allerdings ist er mir nie begegnet. Kann ich dich unter der Nummer erreichen? Ich muss mich umhören.«

Hella nannte ihm zusätzlich ihre Handynummer und dankte ihm für seine Mühe, bevor sie das Gespräch beendete. Lars war kurz zuvor gekommen und hatte eine Teekanne auf ihrem Besprechungstisch abgestellt. Jetzt goss er die hellbraune Flüssigkeit in die bereitstehenden Tassen.

»Das ist ein Fenchel-Anis-Kümmel«, klärte er.

Hella setzte sich zu ihm und roch argwöhnisch an dem Gebräu.

»Absolut trinkbar. Das wird ganz sicher dein Lieblingsgetränk in den nächsten Monaten«, fuhr Lars fort.

Hella nippte daran und stellte die Tasse wieder hin. »Abwarten.« Sie lächelte. »Und, hast du was für mich? Unsere Unterstützung kommt um zwölf.«

»Immer mit der Ruhe«, sagte Lars. »Also, das Testament ist da. Offensichtlich hat Frau Detlefsen ihren Sohn nicht mehr auf dem Schirm gehabt. Er ist nicht berücksichtigt.«

Hella rollte mit den Augen. »Mach es nicht so spannend!«

»Fünf Personen sollen erben. Vier von ihnen leben auf Wangerooge. Ich vermute, es sind Freunde oder etwas Ähnliches. Eine Person wohnt in Wittmund. Ich habe sie noch auf einer anderen Liste gefunden.«

»Mitarbeiterin des Pflegeheims?«

»Richtig! Annette Petersen. Sie erbt zwanzigtausend Euro. Das sind offensichtlich nicht alle Ersparnisse der alten Dame. Ich habe von ihrer Bank die Auszüge zugeschickt bekommen. Sie hat hunderttausend Euro auf dem Konto. Frau Petersen ist übrigens erst vor drei Monaten mit ins Testament aufgenommen worden.«

»Interessant. Dann werden wir uns wohl als Erstes mit ihr unterhalten müssen. Und die restlichen vier Erben?«

»Sie bekommen den Rest des Geldes und das Haus. Keine Ahnung, ob sie da dann gemeinsam drin wohnen wollen«, fügte Lars grinsend hinzu.

»Wohl eher nicht. Wenn du nicht direkt mit dem Erblasser verwandt bist, hast du nur einen Freibetrag von zwanzigtausend Euro. Der Rest muss versteuert werden.«

»Also die Hälfte des Hauses, im besten Fall sind das vierhunderttausend, die wiederum durch vier geteilt. Das macht mit dem Bankvermögen hundertfünfundzwanzigtausend.

Zwanzigtausend sind steuerfrei, der Rest mit wie viel Prozent?«

»Das hängt wohl von der Steuerklasse ab«, antwortete Hella. »Sagen wir, dreißig Prozent, also blieben dann für jede der vier Personen über neunzigtausend Euro. Tötet man dafür einen Menschen?«

Lars zuckte mit den Schultern. »Kommt drauf an, wie dringend man das Geld braucht. Auch für Frau Petersen können die zwanzigtausend so wichtig sein, dass sie deshalb zum Kissen greift. Außerdem ist nicht gesagt, dass die erbenden Freunde von dem Sohn wussten. Dann wären die geerbten Beträge doppelt so hoch gewesen.«

»Wir sollten überprüfen, ob diese Frau Petersen schon häufiger etwas geerbt hat, und auch, wie das Pflegeheim damit umgeht, wenn Mitarbeiter von Bewohnern bedacht werden.«

Hella sah auf die Uhr. »Wir müssen. Die Kollegen warten bestimmt schon.«

Lars nickte, und sie schlenderten ins benachbarte Sitzungszimmer und begrüßten die vier Polizisten.

Nachdem Hella einen kurzen Überblick über die Fakten gegeben hatte, teilte sie die Kollegen auf. Eine Gruppe würde die Anwohner der Straße befragen, eine andere die Bewohner des Altenheims. Für den nächsten Tag wurde für neun Uhr eine Teamsitzung angesetzt, um die ersten Ergebnisse auszutauschen.

Als der letzte der Kollegen den Raum verlassen hatte, nahm Hella noch einen Schluck Tee, winkte Lars zum Aufbruch, um Frau Petersen im Pflegeheim zu befragen. Sie hatte an diesem Nachmittag Dienst, wie Lars in Erfahrung gebracht hatte.

»Erzählen Sie uns etwas über Frau Detlefsen«, forderte Hella eine halbe Stunde später Annette Petersen auf. Die Pflegerin war in Hellas Alter, schlank, hatte kurze dunkelblonde Haare und trug kein Make-up. Sie sah trotz der frühen Nachmittagsstunde müde aus und schaute die beiden Kommissare misstrauisch an.

»Warum fragen Sie mich danach?«

»Wir befragen alle Mitarbeiter des Hauses«, antwortete Hella und sah sie mit schräg gelegtem Kopf an.

»Was soll ich sagen? Edda war eine liebe Person, trotz ihrer beginnenden Demenz. Sie müssen wissen, manchmal werden Menschen in ihrer Situation giftig und unausstehlich, aber bei ihr war das nicht so.«

Hella entschied sich für den Frontalangriff. Vor der ersten Frage hatte sie sich eine Weile mit der Altenpflegerin über die Arbeit in der Einrichtung unterhalten und bemerkt, dass diese sehr vorsichtig und zurückhaltend geantwortet hatte.

»Sie haben Frau Detlefsen geduzt?«

Annette Petersen erschrak, als sei sie bei etwas ertappt worden. »Wie meinen Sie das?«, fragte sie schließlich mit unsicherer Stimme.

»Frau Petersen, das war doch eine ganz einfache Frage«, entgegnete Hella ruhig. »Haben Sie Frau Detlefsen geduzt?«

»Ja, sie wollte es so. Warum auch nicht? Wir haben uns auf Anhieb gut verstanden. Da kann man sich doch duzen.«

»Dann kannten Sie Frau Detlefsen ja auch besonders gut«, brachte sich Lars in die Befragung ein. »Hat sie sich hier in der Einrichtung wohlgefühlt?«

Annette Petersen zögerte. »Es ging ja nun mal nicht anders. Sie hatte keine Familie, und auf der Insel war das mit der Versorgung auch nicht so leicht.«

»Sie hat sich also nicht wohlgefühlt?«

»Das habe ich nicht gesagt. Aber wer verlässt schon gern seine gewohnte Umgebung, das Haus oder die Wohnung, die Familie, Freunde und Bekannten? Niemand. Das war bei Frau Detlefsen auch nicht anders.«

»Erzählen Sie!«, forderte Lars die Altenpflegerin auf.

»Edda, also Frau Detlefsen, hat ihre Insel vermisst. Sie wäre so gern dort geblieben, gerade jetzt, wo es ihr immer schlechter ging. Und sie hat damit gehadert, dass sie immer vergesslicher wurde. Ihr war vollkommen klar, worauf das hinauslaufen würde.«

»Sie haben darüber mit ihr gesprochen?«, fragte Lars.

»Manchmal, wenn sie besonders niedergeschlagen war. Während unserer Schicht bleibt nicht so wirklich Zeit dafür, aber ich bin immer mal wieder eine Weile danach hiergeblieben und habe ihr etwas Gesellschaft geleistet. Sie war eine wirklich kluge Frau. Wären die Zeiten anders gewesen, hat sie immer gesagt, hätte sie gern studiert. Aber damals, so kurz nach dem Krieg und schon gar als Frau, da gab es wohl nicht so viele Möglichkeiten wie heute.«

Hella beugte sich etwas vor und sah die Altenpflegerin direkt an. »Sie sind also mit Frau Detlefsen befreundet gewesen, haben sie nach der Arbeit besucht und sich ein wenig um sie gekümmert.«

Annette Petersen schwieg und widersprach nicht.

»Sie haben von der fortschreitenden Demenz gesprochen, die Frau Detlefsen große Sorge bereitete. Ich kann das verstehen. Wenn man sein Leben lang selbstständig war, möchte man nicht am Ende wie ein kleines Kind enden.« Annette Petersen nickte zaghaft. »Ich könnte auch verstehen, wenn Frau Detlefsen den Wunsch gehabt hätte, diese Phase nicht mehr zu erleben.«

Annette Petersen sah sie entrüstet an. »Was wollen Sie damit jetzt sagen? Sie meinen doch nicht etwa …?« Es schien ihr die Sprache verschlagen zu haben.

»Sie hat Sie also nicht um Hilfe gebeten?«

Annette Petersen starrte Hella mit aufgerissenen Augen an. »Sind Sie verrückt? Das würde für mich niemals in Frage kommen.« Sie atmete schwer und schien kurz davor zu sein, aus dem Raum zu flüchten. »Niemals!«

»Hat Ihnen Frau Detlefsen Geld versprochen, wenn …«

»Nein!«, schrie die Altenpflegerin und sprang auf. »Ich muss mir das hier nicht gefallen lassen. Ich habe nichts mit dem Tod von Edda zu tun. Schon gar nicht so, wie Sie es sich denken.«

Lars stand jetzt neben Annette Petersen und sprach ruhig auf sie ein. »Bitte, setzen Sie sich wieder. Wir sind noch nicht fertig. Sie möchten doch auch nicht, dass wir Sie mit aufs Kommissariat nehmen und dort offiziell verhören. Setzen Sie sich wieder, und wir bringen das Gespräch in aller Ruhe zu Ende.«

Annette Petersen stand mit geballten Fäusten vor Lars und schien kurz vor einer weiteren Explosion zu stehen.

»Bitte, Frau Petersen. Es ist wirklich besser, wenn wir hier und jetzt über das alles sprechen. Das verstehen Sie doch, oder?«

Langsam entspannte sich die Altenpflegerin und sank zurück auf den Stuhl. Hella nickte Lars unmerklich zu – als Aufforderung, die Befragung fortzuführen.

»Frau Petersen«, sprach er sie direkt an. »Es ist so, dass Frau Detlefsen Ihnen zwanzigtausend Euro vermacht hat. Wussten Sie davon?«

Annette Petersen reagierte zunächst nicht. Erst als Lars seine Frage wiederholte, zuckte sie leicht mit den Schultern und sagte leise. »Nicht genau. Edda hat gesagt, dass …« Sie senkte den Kopf noch weiter nach unten, sodass Hella und Lars sie kaum mehr verstehen konnten. »Sie hat gesagt, dass sie mir helfen wollte. Ich habe … mein Ex-Mann hat mich mit Schulden sitzen gelassen. Ich habe für ihn unterschrieben, und jetzt will die Bank von mir das Geld. Aber ich habe keins. Mein Sohn ist erst zehn. Was hätte ich denn machen sollen? Ablehnen? Sie hat nicht gesagt, wie sie es …«

»Ich vermute, dass die Bank das Geld jetzt unmittelbar von Ihnen fordert?«, stellte Lars mit ruhiger Stimme die nächste Frage.

Wieder erhielt er ein Nicken.

»Wenn Sie nicht zahlen, würde Ihr Konto gepfändet?«

Sie nickte erneut.

»Wie lange haben Sie noch Zeit?«

Über Annette Petersens Wangen liefen die Tränen. »Vier Wochen«, flüsterte sie. »Vier Wochen nur.«

Hella reichte der Altenpflegerin ein Taschentuch und wartete, bis sie sich beruhigt hatte.

»Ich muss Sie leider noch einmal fragen, ob Frau Detlefsen darüber nachgedacht hat, freiwillig aus dem Leben zu scheiden.« Annette Petersen schwieg und starrte auf ihre Hände. »Frau Petersen, schauen Sie mich bitte an«, forderte Hella sie auf.

Langsam sah die Altenpflegerin hoch. »Ich weiß schon, was

Sie sagen wollen. Aber ich habe nichts mit dem Tod von Edda zu tun. Das müssen Sie mir glauben!«

»Wo waren Sie am Sonntagabend zwischen neunzehn und zweiundzwanzig Uhr?«, stellte Hella die nächste Frage.

»Zu Hause.«

»Kann Ihr Sohn das bestätigen?«

Sie schüttelte den Kopf. »Er hat bei einem Freund geschlafen. Sie hatten gestern schulfrei und wollten …« Sie schluckte. »Sie spielen so ein Computerspiel. Ich kenne mich da nicht aus.«

»Sie waren also allein zu Hause?«, fragte Lars.

»Ja, ich habe ferngesehen. Eine Musikshow im zweiten Kanal.«

Hella schob ihr ein Plastikröhrchen über den Tisch. »Wir brauchen von Ihnen eine DNA-Probe zum Abgleich.«

Annette Petersen schluckte, griff aber nach dem Röhrchen, zog das Wattestäbchen heraus und fuhr sich damit einmal durch die Mundinnenhöhle.

»Danke«, sagte Hella. »Das wär's fürs Erste.«

»Kann ich gehen?«, fragte die Altenpflegerin mit ungläubiger Miene.

Hella reichte ihr eine Visitenkarte. »Kommen Sie morgen zu uns ins Kommissariat. Dort müssen Sie dann das Protokoll unterschreiben.«

Abrupt stand Annette Petersen auf, griff nach der Karte und verließ eilig den Raum.

Im selben Augenblick meldete sich Hellas Handy. Sie wartete, bis die Altenpflegerin die Tür geschlossen hatte, und nahm das Gespräch an.

»Guten Tag, Frau Dr. Wolters!«

»Guten Tag, Frau Hauptkommissarin. Ich hoffe, ich störe nicht.«

»Alles gut! Gibt es Neuigkeiten?«

»So könnte man es nennen. Das Labor hat bei Frau Detlefsen eine hohe Dosis eines Beruhigungsmittels im Blut nachgewiesen. Ich dachte mir, dass Sie das sicher gleich wissen möchten.«

»Eine tödliche Dosis?«

»Verstorben ist sie daran nicht, wenn das Ihre Frage war. Da ihre Organe für ihr Alter in ausgesprochen guter Verfassung waren, gehe ich mit hoher Wahrscheinlichkeit davon aus, dass sie keinen größeren Schaden davongetragen hätte.«

»Sind so die geringen Abwehrspuren zu erklären?«

»Dazu wäre ich sofort gekommen, Frau Brandt. Ja, sie wird sich trotz der hohen Dosis im Todeskampf gegen das Kissen – oder was immer als Tatwaffe benutzt wurde – gewehrt haben. Das ist eine automatische Reaktion, die letztlich gar nicht zu steuern ist. Allerdings gehe ich tatsächlich davon aus, dass der Widerstand nur gering war. Alles Weitere finden Sie im Bericht, der jetzt doch erst heute Abend bei Ihnen sein wird.«

»Sind die Tabletten verschreibungspflichtig?«

»In jedem Fall«, antwortete die Rechtsmedizinerin und nannte ihr die Substanz. »Irgendein Kollege wird es ihr in den letzten Jahren verschrieben haben. Das wird sicher Ihre leichteste Aufgabe sein.«

»Ich werde mir Mühe geben, Frau Dr. Wolters.«

Hella verabschiedete sich von der Rechtsmedizinerin und informierte Lars über die Untersuchungsergebnisse.

»Das entlastet Frau Petersen nicht unbedingt«, sagte er nachdenklich. »Sie hat ein Motiv, die Gelegenheit, sprich, sie kennt die Örtlichkeiten hier und konnte sicher ungesehen ins Haus kommen, und sie hatte Zugriff auf die Mittel und hätte der alten Frau problemlos die Medikamente verabreichen können. Gut, die eigentliche Tatwaffe war für jedermann zugänglich.« Er nickte nachdenklich. »Sprechen wir hier von einer Tötung auf Verlangen, und die zwanzigtausend sind quasi der Lohn?«

»Hätte Frau Petersen nicht raffiniertere Methoden wählen können? Ihr wird klar sein, dass sie mit einer Freiheitsstrafe rechnen muss, selbst wenn sie eindeutig nachweisen kann, dass Frau Detlefsen sie darum gebeten hat.«

»Vielleicht hat Frau Petersen das starke Beruhigungsmittel besorgt, dann wäre es lediglich Sterbehilfe«, vermutete Lars. »Allerdings ist sie quasi dafür bezahlt worden, das könnte die Rechtslage schon wieder ändern.«

»Das ist mir im Moment noch zu viel Spekulation. Die nächsten Tage werden zeigen, in welche Richtung es geht.«

Lars stimmte ihr nickend zu. »Hat die Kriminaltechnik sich schon geäußert, womit Frau Detlefsen erstickt wurde?«

»Nein, das wird auch wohl noch dauern. Ich bin mir nicht einmal sicher, ob die das vor Ort überhaupt prüfen können. Eventuell müssen die Kollegen vom LKA eingeschaltet werden.«

Lars stand auf. »Ich hole uns mal einen Tee. Besondere Wünsche, Chefin?«

5

Hella und Lars sprachen nach und nach mit den weiteren Mitarbeiterinnen der Einrichtung. Die Heimleiterin hatte die Mitarbeiter, die keinen Dienst hatten, ins Haus gebeten.

Drei der Altenpflegerinnen bestätigten, dass Frau Detlefsen die Diagnose Demenz schwer zu schaffen gemacht hatte und die Krankheitssymptome in den letzten zwei Monaten verstärkt aufgetreten waren. Die Pflegerinnen sagten aus, dass es Tage gegeben habe, an denen die alte Dame niemanden in ihrer Umgebung erkannt hatte und immer wieder lautstark darum gebeten hatte, nach Hause gebracht zu werden. An anderen Tagen war sie weniger beeinträchtigt gewesen, konnte sich aber an die vorherige Phase nur schemenhaft erinnern.

Keine der Pflegerinnen war von Frau Detlefsen offensichtlich um Sterbehilfe gebeten worden. Das Beruhigungsmittel wurde nur bei ausdrücklicher Anweisung durch einen Arzt an die Bewohner ausgegeben. Hella bat Roland Radmeier, die Ausgabenlisten einzusehen und den Bestand zu kontrollieren. Der Leiter der Kriminaltechnik machte sich noch am selben Nachmittag auf den Weg nach Wittmund.

Gegen achtzehn Uhr lehnte sich Lars erschöpft auf dem Stuhl nach hinten. Soeben hatten sie die letzte Befragung abgeschlossen. »Schluss für heute?«

Hella reckte sich. »Seit wann machst du eher schlapp als ich?«

Lars rollte mit den Augen. »Seit heute, Chefin.« Er stand auf und wartete, bis Hella ihm folgte.

Auf dem Parkplatz des Pflegeheims standen inzwischen erheblich mehr Autos als gegen Mittag. Die Kennzeichen waren bunt gemischt. Hella vermutete, dass es sich um Angehörige und Freunde der Bewohner handelte. Wahrscheinlich war der Besucherandrang am Sonntag noch erheblich größer gewesen.

So gesehen hatte sie kaum Hoffnung, dass die Kollegen, die die Anwohner befragt hatten, Ergebnisse vorweisen konnten.

»Bis morgen, Lars«, verabschiedete sie sich von ihrem Kollegen. »Und komm nicht auf die Idee, bis in die Nacht hinein die Protokolle zu schreiben. Das erledigen wir morgen im Büro.«

Lars hob die Hand zum Abschiedsgruß und lief zu seinem Wagen.

»Ich würde gern beim nächsten Mal mit zu deinem Arzt kommen«, sagte Leon wie beiläufig, als sie am Abend vor dem Kamin saßen.

»Händchen halten?«, fragte Hella schmunzelnd.

»Klar, warum nicht«, antwortete Leon ernst.

Hella stöhnte in Gedanken. Beim letzten Arzttermin war ihr aufgefallen, dass viele Schwangere mit ihrem Partner im Wartezimmer saßen. Dass Leon daran Interesse haben würde, war ihr nicht in den Sinn gekommen.

»Ich habe gelesen«, fuhr Leon fort, »dass man jetzt schon eine Ultraschalluntersuchung machen kann und dabei auch schon was sieht.«

»Kann man machen, muss man aber nicht.« Hella spürte, wie unsicher sie bei dem Thema war. Natürlich hatte das Kind in ihrem Bauch zur Hälfte Leons Gene. Und eigentlich sollte sie sich doch über sein Interesse freuen. Warum war das dann nicht so?

»Du möchtest nicht, dass ich mitkomme?«, fragte er jetzt direkt.

Hella zögerte und zuckte schließlich mit den Schultern. »Ehrlich gesagt habe ich mir darüber noch keine Gedanken gemacht. Klar kannst du mitkommen. Und wir können auch eine Ultraschalluntersuchung machen lassen. Dr. Grote hat es mir schon angeboten. Ja, warum nicht?«

Leon rückte näher an sie heran und legte den Arm um ihre Schulter. »Sag einfach, wenn du lieber allein gehen möchtest. Das ist auch okay.«

Hella seufzte. »Ich muss mich wohl erst daran gewöhnen,

dass ich jetzt nicht mehr nur für mich allein verantwortlich bin. Und vor allem daran, dass es unser gemeinsames Kind ist. Verstehst du, was ich meine?«

Er nickte und küsste sie zärtlich auf die Wange. »Ja, mir geht es auch nicht viel anders. Ich war auch ewig nur auf mich konzentriert, auf die Arbeit und die vielen Reisen. Surfen war mir wichtiger als alles andere. Aber das weißt du ja.«

»Kriegen wir das hin?«, fragte Hella leise.

Er lächelte. »Auf jeden Fall. Wir beide kriegen alles hin.«

»Guten Morgen, Herr Kollege!«, begrüßte Hella Lars, der wie erwartet bereits an seinem Schreibtisch saß und Protokolle tippte.

»Ich bin bald fertig. Eins noch.«

Hella verließ kopfschüttelnd sein Büro und fragte sich, ob sie in seinem Alter auch so auf die Arbeit fixiert gewesen war. Schnell gestand sie sich ein, dass sie vermutlich noch mehr Ehrgeiz gezeigt hatte. Nach ihrem Wechsel zur Oldenburger Kriminalpolizei und schon gar, seit sie in Wittmund angefangen hatte, hatte sich ihr Fokus immer weiter ins Private verschoben. Was würde erst passieren, wenn das Baby auf der Welt war? Sie schob den Gedanken zur Seite und beeilte sich, in ihr Büro zu kommen. Vor ihrer Tür wartete Enno und grüßte sie mit einem bemüht freundlichen Lächeln.

»Hast du ein paar Minuten für mich?«

»Selbstverständlich, Enno.« Sie schloss die Tür und trat zur Seite.

»Wollen wir uns kurz setzen?«, fragte er und trat an ihren Besprechungstisch.

»Können wir tun, aber ich habe leider nur zehn Minuten. Gleich kommen die Kollegen, die gestern mit uns die Befragung durchgeführt haben.«

Sie setzten sich.

»Es geht noch einmal um die Zukunft unserer Einheit«, begann Enno. »Ich weiß natürlich, was du gestern angekündigt hast, und es ist dein gutes Recht, auch mit einem kleinen Kind wieder Vollzeit zu arbeiten.« Er legte eine kurze Pause ein. »Um es kurz zu machen, du musst ja gleich ins Meeting. Ich denke, es ist an der Zeit, dass wir die Leitung des Kommissariats auf Augenhöhe und zusammen angehen.«

Hella blieb ruhig und wartete, ob er seine Gedanken noch weiter ausführen würde. Als er sie fragend ansah und offensichtlich erwartete, dass sie sich äußerte, antwortete sie: »Ich weiß nicht genau, was dir so vorschwebt, aber letztendlich kann nur einer von uns hier die Verantwortung tragen. Und das bin ich. Selbstverständlich bist du mein Stellvertreter, und von daher habe ich dich immer als gleichwertigen Partner angesehen. Trotzdem muss *ich* am Ende des Tages für alles geradestehen.«

»Du wirst drei oder gar vier Monate pausieren«, warf Enno ein. »Und wer weiß, vielleicht entscheidest du dich dann ja auch noch anders und ...«

»Nein, Enno. Meine Entscheidung steht. Was willst du wirklich von mir? Lass uns offen darüber sprechen.«

»Die Kollegen reden schon. Zum Beispiel sind nicht alle in der Einheit damit zufrieden, dass du unseren Youngster so bevorzugst und er quasi deine rechte Hand ist.«

»Mit wem ich wann zusammenarbeite, ist meine Entscheidung. Außerdem kann ich mir nicht vorstellen, dass du die Arbeit machen möchtest, die Lars im Moment macht. Er arbeitet bis zu zwölf Stunden am Tag, rennt hinter jeder noch so unwichtig erscheinenden Kleinigkeit her, schreibt Protokolle, bis ihm die Finger glühen, und zeigt mehr Engagement als wir alle zusammen. Tut mir leid, aber er ist bisher die richtige Wahl für mich. Siehst du das anders?«

Enno atmete schwer und ließ sich Zeit für seine Entgegnung. »Darum geht es doch gar nicht. Wenn Lars dein kleines Hündchen sein will und jeden Stock apportiert, den du ihm hinwirfst, ist das sein Problem.«

Hella hätte Enno liebend gern aus dem Büro geworfen, aber ihr war klar, dass das der falsche Weg gewesen wäre. »Tut mir leid, Enno. Ich finde, du sprichst reichlich respektlos über einen

Kollegen, der sich für unsere Einheit den Arsch aufreißt. Ich kann nur hoffen, dass du diesen Ton nicht unter den anderen Kollegen anschlägst. Damit würdest du definitiv eine rote Linie überschreiten.«

Enno lachte hämisch. »Klar, und wo die rote Linie anfängt, bestimmst mal wieder du. Sauber!«

»In diesem Fall ist das durchaus meine Aufgabe«, entgegnete Hella scharf. »Ich werde es nicht akzeptieren, wenn du die Kollegen aufwiegelst. Wir können über alles diskutieren, aber der Weg geht eindeutig über meinen Schreibtisch.«

Enno stand auf. »Ist das die gleiche Augenhöhe, von der du gerade gesprochen hast? Also ich stelle mir darunter etwas anderes vor.« Grußlos verließ er ihr Büro und ließ die Tür offen stehen.

Hella sah ihm kopfschüttelnd hinterher. Was war nur in ihren Kollegen gefahren, dass er sich so aufplustern musste? Ging es darum, dass sie schwanger war und ihm plötzlich bewusst wurde, dass eine Frau seine Vorgesetzte darstellte? Oder spürte er, dass sie angreifbar geworden war? Hatte er schon die ganze Zeit gehofft, dass sie schwanger werden und den Platz für ihn frei machen würde? Und nun war genau diese Hoffnung zerplatzt? Hella würde sich vor ihm in Acht nehmen müssen.

Sie klappte den Laptop auf und begann, das Protokoll der Befragung von Annette Petersen durchzulesen, als ihr Handy klingelte. Sie warf einen Blick aufs Display und nahm das Gespräch an.

»Stefan! Hast du was für mich?«

»Moin, erst mal! So viel Zeit muss sein. Oder habt ihr es in Wittmund so eilig?«

Hella seufzte. »Entschuldige, Stefan. Ein herzliches Hallo!«

»Dann kann ich ja beginnen. Also, ich habe mich umgehört und mir dafür das Personalausweis-Foto besorgt. Kann ich dir übrigens gleich schicken, falls ihr es noch nicht habt.«

»Danke, das wäre klasse.«

»Das Foto ist leider schon annähernd zehn Jahre alt, aber ich habe trotzdem einen seiner alter Kumpel gefunden, der mir bestätigt hat, dass Luca – oder Luke, wie er in der Szene genannt wird – seit 2013 obdachlos war und, zumindest im Sommer, auf der Straße lebte. Dieser besagte Kumpel hat ihn das letzte Mal vor zwei Jahren gesehen. Angeblich hatte Detlefsen einen Job bekommen und in der Folge dann vermutlich auch eine richtige Bleibe. Wie ihr ja schon wisst, hat er sich aber nirgendwo angemeldet. Mein Informant ist sich sicher, dass er seinen alten Freund seither nicht mehr in Oldenburg gesehen hat. Da die Szene nicht so groß ist, gehe ich davon aus, dass er sich auch nicht mehr in der Stadt aufhält.«

»Hat dein Informant eine Ahnung, wo Luca Detlefsen die Arbeit bekommen hat?«

»Nicht wirklich, würde ich mal sagen. Er hat was von Hamburg gemurmelt, aber es klang nicht so, als ob man der Aussage viel Gewicht beimessen sollte. Wenn du mich fragst, ist der Job vermutlich nicht so ganz legal, und seine Unterkunft wird sozusagen vom Arbeitgeber gestellt.«

»Stefan, danke dir für deinen raschen Einsatz. Du hast was gut bei mir.«

»Komme ich gern drauf zurück. Wer weiß, vielleicht verläuft sich ja mal einer unserer Kandidaten in Ostfriesland, und du kannst ihn für mich einbuchten.«

Hella lachte. »Kein Problem! Und falls du noch etwas von Luca Detlefsen hören solltest …«

»… rufe ich dich auf der Stelle an. Mache ich doch glatt. Soll ich die Bande hier in Oldenburg von dir grüßen?«

»Tu das! Beim nächsten Besuch in der Stadt schaue ich bei euch rein, und wir trinken einen …«, Hella wollte »Kaffee« sagen, als ihr einfiel, dass sie schwanger war, »… Tee miteinander.«

Stefan Koopmann lachte. »Jetzt sag nur noch, dass du keinen Kaffee mehr trinkst, sondern …«

»Keine Angst, Stefan. Wir können natürlich auch einen Kaffee trinken. Bis dann!«

»Bis dann!«, verabschiedete sich ihr Kollege und legte auf.

Hella erteilte einem der beiden Ermittler das Wort, die mit der Befragung der Anwohner beauftragt waren.

»Positiv war, dass alle Anwohner, die wir erreicht haben, am Sonntag zumindest überwiegend zu Hause waren. Wie sich aber schnell herausgestellt hat, ist der Sonntag wohl der Hauptbesuchstag. Die Anwohner haben sich in den ganzen Jahren an den Verkehr gewöhnt und scheinen nicht mehr darauf zu achten. Hinzu kam natürlich, dass es während der für uns interessanten Zeit schon dunkel war.«

»Also tote Hose?«, fragte Lars.

»Fünfundneunzig Prozent der Aussagen sind letztlich nutzlos. Nur zwei könnten für uns von Bedeutung sein. Ein älterer Herr, der kurz vor dem Pflegeheim wohnt und dort auch einige der Bewohner kennt, hat ein Taxi beobachtet. Es fuhr gegen zwanzig Uhr zur Einrichtung und gleich darauf wieder zurück. Ob ein weiteres Taxi zu einem späteren Zeitpunkt den oder die vermutlichen Besucher wieder abgeholt hat, konnte er uns leider nicht sagen. Bis zwanzig Uhr hat er auf jeden Fall in seinem Sessel am Fenster gesessen. Danach hat er die ›Tagesschau‹ gesehen und den ›Tatort‹. Von daher konnte er die Zeit auch relativ genau eingrenzen.«

»Der zweite Zeuge?«, fragte Hella.

»Ist ein Zehnjähriger, der auf seine Mutter gewartet hat. Der Vater hat geschlafen, weil gegen Mitternacht seine Schicht anfängt. Nun ja, er saß auch am Fenster und hat ein wenig Detektiv gespielt. Eine seiner selbst gestellten Aufgaben war es, die Nummernschilder der vorbeifahrenden Autos aufzuschreiben.«

Hella beugte sich vor. »Wie viele und von wann bis wann?«

»Da er auch die Uhrzeit mitnotiert hat, war das leicht festzustellen. Zumindest, wenn die Uhr in seinem Zimmer richtig ging, was ich selbstverständlich kontrolliert habe. Das erste Auto hat er um kurz nach achtzehn Uhr sozusagen registriert, das letzte um genau zwanzig Uhr zehn. Zusammen sind es fünfunddreißig Kennzeichen.«

»Also fünfunddreißig Fahrzeuge«, fasste Hella zusammen.

Der Beamte nickte. »Wir haben bereits von dreiunddreißig

Fahrzeugen den Halter ermittelt. Bleiben zwei, die nicht im System sind. Die Vermutung liegt nahe, dass sich der Junge verschrieben hat, oder es handelt sich um gefälschte Kennzeichen.«

»Gute Arbeit, Kollegen. Wenn ich euch richtig verstanden habe, fehlen euch noch einige Anwohner.«

Wieder nickte der Beamte. »Ungefähr ein Drittel. Wir haben also sicher noch heute damit zu tun. Die Liste ist bereits in der Datenbank und kann abgerufen werden.«

»Danke.« Hella wandte sich an die beiden Kollegen, die die Bewohner befragt hatten. »Wollt ihr gleich weitermachen?«

Ein junger Oberkommissar aus Aurich nickte. »Wir hatten nicht so die Probleme, die Zeugen überhaupt anzutreffen, dafür aber andere Widrigkeiten zu überwinden. Die alten Herrschaften konnten nur sehr schwer die Tage auseinanderhalten, und bei manchen sind wir gar nicht durchgedrungen mit unseren Fragen. Einige kannten Frau Detlefsen allerdings sehr gut. Vielleicht fange ich mit dem Bericht an, bevor ich zu den Abendstunden am Sonntag komme.« Er sah auf seine Notizen und sprach weiter. »Frau Detlefsen wurde als eine Frau beschrieben, die nicht viel Kontakt zu anderen Bewohnern hatte und ihn auch wohl nicht aktiv gesucht hat. Gleichwohl wird sie als freundlich und zuvorkommend beschrieben. Mehrere Bewohner haben sie auch selbstbewusst und intelligent genannt. Dass sie sehr unter der fortschreitenden Demenz gelitten hat, habe ich auch mehrfach gehört. Alles zusammengenommen scheint es sich hier bei unserem Opfer um eine angenehme Zeitgenossin gehandelt zu haben. Wir haben unter den Bewohnern niemanden gefunden, der oder die ihr etwas Schlechtes nachgesagt hat. Das scheint, wenn ich die Kommentare richtig interpretiere, sehr selten zu sein. Es gibt durchaus Streit und Anfeindungen unter den Bewohnern, was vermutlich beim Zusammenleben auf so engem Raum kein Wunder ist.«

»Gab es Andeutungen, dass Frau Detlefsen an Suizid gedacht hat?«, fragte Hella den jungen Oberkommissar.

»Schwer zu sagen. Wir haben hier vorsichtig nachgefragt, haben aber immer auf Granit gebissen. Das scheint unter den

Bewohnern ein Tabuthema zu sein. Oder sie wissen etwas Konkretes und wollen die Person, die Beihilfe geleistet hat, schützen. Aber wie gesagt, wir sind da nicht weitergekommen, und ich kann hierzu keine verwertbare Aussage treffen.«

»Okay. Was ist mit dem Sonntagabend?«, fragte Hella weiter.

»Ein Bewohner hat uns auch von einem Taxi berichtet. Vermutlich ist das eher ungewöhnlich und deshalb aufgefallen. Die Zeit konnte von dem Zeugen nicht eingegrenzt werden, er sprach von Sonntagnachmittag oder Sonntagabend. Interessanter ist aber, dass der Zeuge sich sicher ist, dass die vier Personen, die im Taxi vorgefahren sind, Frau Detlefsen besucht haben.«

»Wieso ist er sich da so sicher?«, fragte Hella nach.

»Zuerst hat er die vier Personen aus dem Taxi aussteigen sehen. Aus dem Fenster seines Zimmers kann Herr Jakobs, das ist der Zeuge, direkt auf die Einfahrt des Pflegeheims sehen. Kurz darauf war er auf dem Flur, als ihm die vier Personen entgegenkamen und im Zimmer von Frau Detlefsen verschwanden.«

»Beschreibung?«

»Da blieb er sehr vage. Ein Mann und drei Frauen. Auf jeden Fall weit über fünfzig. Er kann nicht beschwören, ob er sie wiedererkennen würde.«

Hella hatte eine Ahnung, um wen es sich handeln konnte. Für morgen oder übermorgen stand auf jeden Fall ein Abstecher auf die Insel an. Bis dahin würden sie herausbekommen haben, welches Taxiunternehmen die Fahrt übernommen hatte und welche Strecke zurückgelegt worden war.

»Weitere Beobachtungen der Bewohner?«

Der Auricher Oberkommissar nickte. »Eine ältere Dame, Frau Sörens, behauptet, dass ein etwa vierzigjähriger Mann bei Frau Detlefsen war. Leider geht es da nicht um den Sonntag, sondern um die Woche zuvor. Den genauen Tag konnte mir Frau Sörens nicht nennen, aber sie war sich sicher, den Mann vorher noch nie gesehen zu haben. Und so, wie ich sie einschätze, sieht sie eine ganze Menge von dem, was in der Einrichtung passiert.« Der Oberkommissar warf noch einen Blick auf seine Notizen, bevor er abschließend sagte. »Das waren die wichtigsten Punkte.«

»Danke! Ich würde vorschlagen, dass ihr zunächst die Protokolle erstellt und anschließend die Kollegen bei der Ermittlung der Fahrzeughalter, die der Junge notiert hat, unterstützt. Wir sehen uns dann heute um siebzehn Uhr wieder hier.«

Hella beendete das Arbeitstreffen und verabredete sich kurz darauf mit Lars in ihrem Büro.

6

Jemand klopfte an Hellas Bürotür, und Lars trat gleich darauf ein und setzte sich an den kleinen Besprechungstisch. Hella klappte ihren Laptop zu und nahm ihn mit zum Tisch.

»Haben wir schon das Taxiunternehmen gefunden?«, fragte sie.

»Gerade eben habe ich mit dem Geschäftsführer gesprochen. Er sucht mir die Fahrt heraus und sollte sich jeden Augenblick wieder melden.« Lars hob sein schnurloses Telefon hoch.

»Okay, warten wir ab, was da kommt. Aber ich habe so eine Ahnung, wer im Taxi saß.«

»Die Erben?«

»Liegt nahe, oder? Ein Gemeinschaftsausflug zum Festland.«

»Das wäre natürlich der Hammer! Zur Tatzeit sind alle Erben vor Ort.« Er grinste breit. »Klingt nach Agatha Christie.«

Hella schüttelte genervt den Kopf. »Etwas mehr Ernsthaftigkeit, Lars!«

»Ich bitte dich! Ein Mord zu viert? So etwas gibt es nur bei …«, begann Lars und verstummte, als er Hellas Blick bemerkte.

Dieser Fall bringt mich schon jetzt an meine Grenzen, dachte Hella und überlegte, ob ihre Stimmung etwas mit ihrer Schwangerschaft zu tun hatte.

»Entschuldige, Lars«, sagte sie schließlich. »War nicht so gemeint.« Sie atmete tief durch.

»Kollege Franzen?«, fragte Lars.

»Könnte man so formulieren. Er steht quasi in den Startlöchern für den Chefsessel.« Sie rollte mit den Augen. »Du bist ihm auch ein Dorn im Auge.«

»Ist mir klar. Das übliche Gerede. Mir macht das nichts. Lass uns unsere Arbeit machen, und gut ist's. Wenn Franzen das nicht kapiert, ist das sein Problem.«

»Und leider auch meins.«

In diesem Augenblick klingelte Lars' Telefon, er nahm das Gespräch entgegen und schaltete anschließend laut. »Meine Chefin hört jetzt mit, Herr Kunze. Können Sie den letzten Satz noch einmal wiederholen?«

»Es geht ja um den Sonntag. Ich habe meinen Mitarbeiter jetzt erreicht und auch die Fahrt gefunden. Also, um achtzehn Uhr ist der Wagen telefonisch bestellt worden. Fährhafen Harlesiel. Eine halbe Stunde später hat der Fahrer sie abgeholt ...«

»Sie?«, fragte Hella.

»Genau ... vier Personen. Drei Männer, eine Frau. Alle im fortgeschrittenen Alter. Jörg kann Ihnen da sicher mehr zu sagen.« Er hielt kurz inne. »Jörg Meier, einer meiner Fahrer. Guter Mann, Sie können ihm vertrauen.«

»Also gegen neunzehn Uhr dreißig hat Herr Meier die vier Personen am Hafen von Harlesiel abgeholt?«, fragte Lars.

»Richtig. Vielleicht waren es auch ein paar Minuten früher. Er hat sie zum Altersheim hier in Wittmund gefahren. Aber das wissen Sie ja schon. Sie haben in bar bezahlt, und Jörg hat die nächste Fahrt angenommen.«

»Ihr Unternehmen hat die vier Personen an diesem Sonntag nicht wieder abgeholt?«, fragte Lars weiter.

»Nein, zumindest habe ich keine weitere Fahrt an diesem Tag zum Altersheim. Ob die gleichen Leute oder einer von ihnen noch mal von einem unserer sieben Fahrzeuge gefahren wurde, kann ich so nicht sagen. Aber nicht vom Heim aus, das ist sicher.«

»Haben Sie die genaue Uhrzeit, zu der sich Ihr Fahrer wieder gemeldet hat?«, fragte Hella.

Sie hörte ein leises Stöhnen. »Am Wochenende ist bei uns die Hölle los. Ich habe keinen Eintrag gefunden. Klar ist aber, dass Jörg anschließend noch zwei Fahrten hatte und dann Feierabend gemacht hat.«

»Wann war das?«

»Kann ich nicht genau sagen. Jörg nimmt das Auto meistens mit nach Hause. Sie müssen ihn schon selbst fragen.«

»Machen wir«, sagte Lars. »Ich habe gerade mitgeschrieben,

und Sie müssen dann noch das Protokoll unterschreiben. Sind Sie morgen hier in der Gegend, Herr Kunze?«

»Lässt sich machen«, sagte der Taxiunternehmer.

»Wir brauchen noch die Adresse und Telefonnummer von Herrn Meier«, sagte Hella. »Er hat heute frei?«

»So ist es«, antwortete Kunze und nannte die gewünschten Daten. »Ich habe ihm schon gesagt, dass Sie sich wahrscheinlich bei ihm melden werden.«

»Danke, Herr Kunze. Und bis morgen«, beendete Lars das Gespräch.

Sie parkten vor einem kleinen Siedlungshaus aus den fünfziger Jahren des letzten Jahrhunderts. Dem Haus sah man schon von außen an, dass es dringend renovierungsbedürftig war. Von den Fenstern bröckelte die Farbe, und das Holz schien an manchen Stellen schon zu verrotten. Das Dach war mehrfach geflickt, die Ziegel waren mit Moos bedeckt und einzelne von ihnen gesprungen.

Hella und Lars stiegen aus und gingen aufs Tor zu. Der Garten war ungepflegt. Zwei der Sträucher schienen vertrocknet, andere mussten dringend geschnitten werden.

»Guten Tag, Herr Meier«, begrüßte Lars den untersetzten kleinen Mann, der ihnen die Tür geöffnet hatte. »Wir hatten vorhin telefoniert. Dürfen wir kurz reinkommen?« Er stellte Hella vor und ging, nachdem Jörg Meier zur Seite getreten war, ins Haus hinein.

Das Innenleben des Hauses schien fast genauso lange keine Renovierung mehr gehabt zu haben wie der Außenbereich. Das Tapetenmuster im Flur war aus den Siebzigern, die Möbel ähnlich alt. Meier bat sie in die Küche und bot ihnen etwas zu trinken an. Lars und Hella lehnten dankend ab.

»Ihr Chef hat uns bereits über die Fahrt am Sonntag informiert«, begann Lars die Zeugenbefragung. »Sie haben also die Gruppe, drei Frauen und ein Mann, gegen neunzehn Uhr dreißig in Harlesiel abgeholt?«

»Ja. Eine halbe Stunde Fahrt. Und fertig.«

»Können Sie uns noch etwas über Ihre Fahrgäste erzählen? Sie kamen ja vermutlich mit der Fähre von Wangerooge?«

»Davon gehe ich aus. Ich habe sie direkt am Fährhaus abgeholt. Was sollte man sonst da machen?«, antwortete Jörg Meier.

Ihm war anzusehen, dass ihm der Besuch der beiden Kommissare nicht zusagte. Hella versuchte zu ergründen, warum ihm nicht wohl in der Haut war. Hatte es etwas mit dem Zustand des Hauses zu tun?

»Ihre Fahrgäste haben sich doch sicher während der Fahrt unterhalten«, fuhr Lars fort.

Er zuckte mit den Schultern. »Weiß ich nicht. Ich habe mir abgewöhnt, darauf zu hören.«

»Und Sie? Haben Sie nicht mit Ihren Fahrgästen gesprochen?«

»Nein, warum sollte ich? Kein Bedarf. Das ist doch jedes Mal der gleiche Mist.«

»Können Sie uns die vier beschreiben?«, fragte Hella.

»Die waren älter. Keine Ahnung, aber so um die siebzig, schätze ich. Sonst waren sie ganz normal. Ich habe sie kurz beim Einsteigen gesehen, und der Mann, der neben mir saß, hat die ganze Zeit geschwiegen.«

»Aber Sie würden sie wiedererkennen?«, fragte Lars.

»Weiß nicht. Ich bin in solchen Sachen nicht so gut. Woher sollte ich auch wissen, dass das wichtig ist?«

»Sie wissen also nicht, worüber sich Ihre Fahrgäste unterhalten haben?«, fragte Hella noch einmal nach. Sie konnte sich nicht vorstellen, dass Jörg Meier während der halbstündigen Fahrt nicht mal ein paar Gesprächsfetzen aufgefangen hatte. Die Taxifahrer, die sie kannte, waren immer bemüht, mit dem Gast ein paar Worte zu wechseln.

»Hatte ich das nicht schon gesagt?«, fragte Jörg Meier ungehalten.

»Haben Ihre Fahrgäste angekündigt, wieder am Pflegeheim abgeholt werden zu wollen?«, schob Hella die nächste Frage hinterher, ohne auf Meier einzugehen.

»Nein. Bei mir nicht.«

Lars warf Hella einen fragenden Blick zu, sie nickte.

Der junge Kommissar stand auf und reichte Jörg Meier die Hand. »Vielen Dank für Ihre Zeit. Wenn Sie morgen kurz bei uns vorbeikommen, um das Protokoll zu unterschreiben?«

»Morgen? Wenn ich Zeit habe zwischen den Fahrten.«

Hella, die inzwischen neben Lars stand, nickte dem Taxifahrer zu. »Falls wir noch weitere Fragen haben, melden wir uns. Sie sind doch in den nächsten Tagen erreichbar?« Die letzten Worte hatte sie deutlich akzentuiert ausgesprochen und ihre Stimme etwas erhoben.

Jörg Meier schaute für einen Moment erschrocken auf, nickte dann aber. »Klar bin ich das.«

»Etwas merkwürdig, dieser Herr Meier«, sagte Lars, als sie wieder im Auto saßen.

»Ja, so ganz schlau bin ich aus ihm auch nicht geworden. Stellt sich die Frage, ob wir ihn und seine Aussage überhaupt brauchen. Die vier Besucher finden wir auch so.«

»Wäre schon interessant, zu erfahren, was die vier so im Taxi besprochen haben.«

Hella startete den Motor. »Wir sind hier nicht im Fernsehkrimi. So einfach wird die Auflösung nicht sein.«

Lars zuckte mit den Schultern und schrieb, während Hella zurück zum Kommissariat fuhr.

»Hast du noch etwas über Annette Petersen herausbekommen?«, fragte Hella, als sie auf dem Hof des Polizeigebäudes nach einem Parkplatz suchte.

»Woher weißt du, dass ich recherchiert habe?«

»Hast du nicht?«, fragte Hella gespielt ernst.

»Ein wenig«, gab Lars zu. »Dass sie durch ihren Ex-Mann verschuldet ist, hat sie uns ja verraten. Ohne Beschluss wäre ich da ohnehin nicht weitergekommen. Ich bin die sozialen Netzwerke durchgegangen und habe ihren Facebook-Account gefunden. Die meisten Postings sind nicht öffentlich, also nur für Freunde zu sehen. Sie ist allerdings in zwei Facebook-Gruppen.«

Inzwischen gingen sie auf den Hintereingang zu, Lars hielt die Tür auf, Hella ging voraus. Kurz darauf saßen sie in Hellas Büro zusammen.

»Facebook-Gruppen?«, nahm die Hauptkommissarin das Gespräch wieder auf. Sie ahnte bereits, was Lars unternommen hatte.

»Leider sind die Nachrichten in der Gruppe auch nur für Mitglieder zu sehen. Mir blieb nichts anderes übrig, als mich undercover anzumelden. Die eine Gruppe besteht aus Menschen, die in Krankenhäusern, Alten- und Pflegeheimen und zum Beispiel Hospizen arbeiten. Die haben mich schnell aufgenommen. Die andere Gruppe ist eine Art Selbsthilfegruppe von Frauen, die sich vom Partner getrennt haben oder von ihm verlassen wurden.« Lars grinste. »Als Mann habe ich da wenig Chancen, aufgenommen zu werden. Ohnehin kommt man nur rein, wenn man von jemandem empfohlen wird. Also von einem Gruppenmitglied.«

»Wie ist dein Name?«

Lars warf ihr einen verwunderten Blick zu. »Woher weißt du …«

»Du hast also ein neues Facebook-Profil unter einem Frauennamen erstellt. Und wie weiter?«

Lars seufzte. »Okay, du hast natürlich recht. Wieder einmal. Die Mitglieder sind nicht einzusehen, aber die drei Administratoren der Seite. Ich habe mich sozusagen an eine dieser Frauen herangemacht.«

Hella musste unwillkürlich schmunzeln. »Viel Glück! Und jetzt rück endlich raus mit den Infos, die du aus der anderen Gruppe hast.«

»Jawohl, Chefin!« Er grinste, wurde aber gleich darauf wieder ernst. »Alles habe ich noch nicht durch, aber es gibt da Diskussionen um das Thema Sterbehilfe, an denen sich Petersen beteiligt hat. Sie hat keine klare Stellung bezogen, aber wenn du mich fragst, ist ihre Meinung dazu nicht so eindeutig, wie sie uns hat weismachen wollen.« Lars hob die Hände, als Hella zu einer Frage ansetzen wollte. »Natürlich habe ich die entsprechenden

Stellen ausgedruckt, und du bekommst sie umgehend auf den Schreibtisch.«

»Und?«, fragte Hella, die ahnte, dass Lars noch etwas in der Hinterhand hatte.

»Es gibt gerade wieder eine neue Diskussion. Es geht da um die quasi staatliche Sterbehilfe in Belgien, aber auch um die Praxis in Italien. Ich habe mich auch eingebracht und mich als Befürworter der Sterbehilfe geoutet. Das gab erst mal ordentlich Widerspruch, und ich habe noch etwas Benzin ins Feuer gegossen. Vielleicht beißt Petersen ja an und nimmt Kontakt zu mir auf. Warten wir's ab!«

»Gute Arbeit, Herr Kollege. Ich frage jetzt mal nicht nach, ob du heute Nacht geschlafen hast.«

»Habe ich!«, sagte Lars, aber seine müden Augen schienen das im selben Augenblick zu widerlegen. »Wie machen wir weiter? Wangerooge?«

»Ich habe Arno Behrens auf die Diebstähle in Altersheimen angesetzt. Er informiert sich bei den Kollegen vor Ort. Zweitens ...« Hella trat an die Flipchart und schrieb den ersten Punkt aufs Papier, bevor sie den Namen von Edda Detlefsens Sohn hinzufügte. »... müssen wir Luca Detlefsen finden.«

»Wie?«, fragte Lars achselzuckend.

»Hamburg. Kennst du da einen Kollegen, der uns weiterhelfen kann?«

Lars schüttelte den Kopf. »Nein, sonst hätte ich schon was gesagt. Offizielle Anfrage?« Er hielt kurz inne und schien zu überlegen. »Allerdings ... Franzen hat mal drei Jahre in der Hansestadt gearbeitet. Soll ich ihn fragen?«

Hella seufzte. »Das muss ich wohl machen. Eventuell kennt auch mein Kontaktmann in Oldenburg einen Ansprechpartner in Hamburg. Wir werden sehen.«

»Wenn der Sohn quasi untergetaucht ist, wird es ziemlich schwierig, oder?«

»Relevant wird er für uns nur, wenn er mit dem Tod seiner Mutter etwas zu tun hat. In diesem Fall wird er vermutlich über kurz oder lang auftauchen. Allerdings würde ich an seiner Stelle eher später auf den Plan treten. Für uns eventuell zu spät.«

Hella schrieb den dritten Punkt auf. »DNA-Spuren. Wenn der Täter oder die Täterin nicht extrem vorsichtig vorgegangen ist, wird bald etwas vorliegen. Wir brauchen Vergleichsproben.« Sie schrieb das letzte Wort an die Flipchart. »Punkt vier: Wer hat das Beruhigungsmittel verabreicht, und wo kommt es her?«

Lars nickte. »Haben wir schon Infos von Roland zu den Medikamentenbeständen im Pflegeheim? Lässt sich das überhaupt nachweisen? Meines Wissens werden nur die Opiate registriert.«

»Ich frage ihn später.« Hella schrieb die Tatzeit auf. »Punkt fünf. Wer war zu dieser Zeit im Pflegeheim? Wer hatte Zutritt zu Edda Detlefsens Zimmer?«

»Die Spätschicht, die Bewohner und eventuell noch Besucher, die um diese Zeit regelwidrig im Haus waren.«

»Wann wird das Heim abgeschlossen?«, fragte Hella.

Lars blätterte in seinen Unterlagen. »Um zweiundzwanzig Uhr. Eine Stunde früher ist die Besuchszeit zu Ende. Eine wirkliche Kontrolle, ob noch Fremde im Haus sind, scheint es aber nicht zu geben.«

»Ich werde die Kollegen aus Aurich bitten, eine Liste anzufertigen – mit allen Personen, die sich zwischen zwanzig und dreiundzwanzig Uhr im Heim aufgehalten haben.«

Als letzten Punkt schrieb Hella »Facebook« an die Flipchart. »Okay! An die Arbeit!«

7

»Hast du kurz Zeit für mich, Enno?«, fragte Hella ihren Kollegen, nachdem sie ihn durch die offen stehende Tür gesehen hatte.

Enno schaute auf und schien einen Moment zu überlegen, nickte dann aber und zeigte auf den Stuhl vor seinem Schreibtisch. Hella schloss die Tür und setzte sich.

»Zwei Dinge wollte ich mit dir besprechen«, begann sie und wartete, bis ihr Kollege ein weiteres Mal genickt hatte. »Unser Verhältnis hat sich in den letzten Tagen rapide verschlechtert. Da keiner von uns beiden vorhat, sich versetzen zu lassen, sollten wir darüber reden, bevor das ganze Team da mit reingezogen wird.«

»Ist das nicht schon so? Immerhin sind alle von deiner Auszeit betroffen.«

Hella atmete innerlich tief durch. »Selbst wenn, dann wäre es noch wichtiger, dass wir eine gemeinsame Basis haben.«

Enno zuckte mit den Schultern. »Wie ist dein Vorschlag?«

»Vorschlag? Den habe ich nicht, und ich denke, so einfach ist das auch nicht. Lass uns darüber reden. Wenn ich dich richtig verstanden habe, fühlst du dich nicht ausreichend eingebunden in die Leitung unserer Einheit.«

»Nett ausgedrückt.«

»Dann drück es anders aus, aber sag endlich, was du denkst. Alles andere führt zu unnötigen Streitereien.« Sie brach ab und wartete, ob Enno sich äußern würde. Als er schwieg, fuhr sie fort. »Ich sehe das so: Wenn ich nicht hier vor Ort bin, sei es wegen einer Ermittlung oder auch, weil ich Urlaub habe oder für die Wochen in Mutterschutz gehe, bist du als mein Stellvertreter für alles zuständig und verantwortlich. Ich habe dir bisher keine Vorschriften gemacht und habe es auch in Zukunft nicht vor.«

»Klingt gut, aber nur in der Theorie«, antwortete Enno.

»Das heißt?« Hella musste sich zwingen, ruhig zu bleiben. Wenn sie etwas hasste, waren es Menschen, die nicht zu dem stehen konnten, was sie eigentlich dachten.

»Alles ist auf dich zugeschnitten. Du entscheidest, wer die interessanten Fälle übernimmt, du entscheidest, wer mit dir arbeitet, du bist selbst dann noch am Ruder, wenn du gar nicht da bist. Wie soll ich hier die Monate managen, wenn mir keine Kompetenz zugebilligt wird?«

Hella spürte, dass ihr Stellvertreter um den heißen Brei herumredete. Er konnte nicht sagen, dass er sie lieber heute als morgen aus Wittmund wegwünschte, hatte aber auch keine konkreten Vorstellungen, was sich verbessern sollte. Sein einziger Wunsch schien zu sein, dass Hella sich für Jahre der Kindererziehung widmen möge.

»Okay, ich schlage vor, dass du die Teamsitzungen in den nächsten Wochen leitest. Wir bereiten sie gemeinsam vor, für den Rest bist du verantwortlich. Für die Urlaubsplanung bist du ja ohnehin zuständig. Ich schlage vor, dass du in den nächsten Wochen auch die Einteilung der Kollegen übernimmst und ihre Ermittlungen begleitest und abzeichnest. Einverstanden?«

Enno schien von Hellas Vorstoß vollkommen überrascht zu sein. Er schluckte und schien sich fieberhaft eine Antwort zu überlegen. Schließlich nickte er. »Einverstanden! Wie lange?«

»Sechs Wochen? Dann bin ich wieder dran, und wir sehen, ob der fliegende Wechsel funktioniert.«

Hellas Stellvertreter nickte, schien aber immer noch das Gefühl zu haben, über den Tisch gezogen worden zu sein. »Und wenn wir unterschiedlicher Meinung sind?«

»Dann werden wir uns einigen müssen«, antwortete Hella und fügte in Gedanken hinzu: Genau so, wie wir es vorher auch gemacht haben.

»Gut, versuchen wir es«, sagte Enno. »Du hattest noch eine zweite Sache?«

Hella erklärte ihr Anliegen und fragte nach seinen Kontakten in Hamburg. Ein Moment vermutete sie, dass ihr Stellvertreter die Hilfe ablehnen würde, dann hellte sich seine Miene plötzlich auf. »Du hast Glück. Ich kenne einen Kollegen, der hat oder hatte zumindest mit der Drogenszene zu tun. Davon sprechen wir doch?«

»Das oder das Rotlichtmilieu. Oder beides. Eventuell auch Schutzgelderpressung oder Geldwäsche.«

»Oder beides«, fügte Enno Franzen hinzu. »Schon verstanden. Ich werde ihn gleich anrufen.«

Hella stand auf. »Perfekt. Lars und ich werden übrigens für ein, zwei Tage auf Wangerooge ermitteln müssen. Vermutlich fahren wir morgen mit der ersten Fähre. Geht das von deiner Seite aus in Ordnung?«

»Kein Thema.«

Hella nickte und machte sich auf den Weg in ihr Büro. Der Deal mit Enno war gewagt, aber im Moment sah sie keinen anderen Ausweg aus der Situation. Rein formal würde sie weiter die Leitung innehaben und für alle Entscheidungen die volle Verantwortung tragen müssen. Genau aus diesem Grund würde sie ihren Stellvertreter noch mehr im Auge behalten. Gleichzeitig war das Modell eine gute Vorbereitung auf ihre Auszeit. Während der drei oder vier Monate würde Franzen die alleinige Leitung übernehmen, aber falls es Probleme geben sollte, würden die letztlich auf Hella zurückfallen.

Sie wählte die Nummer von Roland Radmeier, der sich sofort meldete. »Hella, dich wollte ich schon den ganzen Vormittag anrufen.«

»Moin, Roland! Dann leg mal los!«

»Wir haben vier Kissen, drei Handtücher, zwei Tischdecken und je eine Wolldecke und die Bettdecke untersucht. Um es kurz zu machen, Spuren der alten Dame waren an allen Teilen zu finden, aber nur an einem Kissen haben wir besondere Merkmale gefunden, die auf den Erstickungstod hinweisen.«

»Fremd-DNA?«

»Langsam, Frau Kollegin. Eins nach dem anderen. Also: In einer solchen Einrichtung hantieren eine Menge Personen mit den genannten Dingen. Von daher ist es nicht verwunderlich, dass wir von fünf weiteren Personen DNA-Spuren gefunden haben. Ich benötige also Vergleichsproben von allen Mitarbeitern des Pflegeheims, die unmittelbar etwas mit der alten Dame zu tun hatten. Die Proben schicken wir nach Oldenburg und sehen dann weiter.«

»Kommt!«

»Im Zimmer haben wir unzählige DNA-Spuren sichergestellt. Es wird eine Weile dauern, bis sie alle analysiert sind. Ich verspreche mir nicht viel davon.«

»Wie lange?«

»Vier bis sechs Tage. Es grenzt schon an ein Wunder, dass die bisherigen Ergebnisse vorliegen.«

»Fingerabdrücke?«

»Natürlich. Aber auch hier brauche ich Vergleichsmaterial.«

»Kommt ebenfalls!«

»Im Grunde genommen bin ich damit schon durch. Es gab keine Anzeichen, dass das Zimmer durchsucht wurde. Keine verschlossene Schublade wurde aufgebrochen, Geld und andere Wertgegenstände sind vorhanden. Ob hier etwas fehlt, kann ich natürlich nicht sagen, aber es weist erst mal nichts auf einen Einbruch hin.«

»Der Täter könnte gestört worden sein.«

»Hätte und könnte. Nicht mein Bereich. Wie gesagt, ich habe keine Spuren für einen Einbruch gefunden.«

»Das habe ich notiert, Roland. Dann habe ich hier noch einen Punkt auf dem Zettel.«

»Und ich dachte schon, du fragst gar nicht mehr«, warf Radmeier lachend ein.

»Du hättest mich schon noch darauf hingewiesen. Was ist mit den Recherchen zu dem Beruhigungsmittel, das Frau Detlefsen verabreicht wurde?«

»Ganz so einfach, wie ich mir das vorgestellt habe, ist es nicht. Zunächst ein paar grundlegende Informationen: Fast alle Bewohner des Pflegeheims bekommen Medikamente, die ihnen vonseiten der Ärzte verschrieben wurden. Geliefert werden sie von einer Apotheke in Wittmund. Allerdings geht das nicht so ab, wie du und ich es kennen. Es gibt keine Packungen, aus denen dann, von wem auch immer, die Tabletten herausgenommen werden können.«

»Sondern?«

»Es gibt sozusagen tägliche Rationen. Die sind alle verblistert, also einzeln eingepackt, und mit Einnahmedatum und Patientennamen versehen.«

»Wie lange im Voraus?«

»Hella, ich komme doch sofort dazu. Also, die Apotheke liefert montags und donnerstags jeweils am Nachmittag. Fünf der Bewohner bekommen oder bekamen in den letzten drei Monaten regelmäßig das besagte Medikament, unser Opfer ist nicht darunter. Zusammengefasst bedeutet das, ich kann letztlich nicht überprüfen, ob etwas am Bestand fehlt, weil es keinen Bestand in dem Sinne gibt.«

»Verstehe! Wenn unsere Beruhigungstabletten also aus diesen Apothekenlieferungen kommen, müssen sie einem anderen Bewohner vorenthalten worden sein.«

»Oder er beziehungsweise sie hat das Medikament bewusst nicht genommen und an Frau Detlefsen weitergegeben. Oder sie hat davon gewusst und es sich aus dieser Quelle besorgt.«

Hella seufzte. »Also letztlich ist die Spur kalt?«

»Wenn du es so ausdrücken willst. Aber eigentlich sollte es nicht unbemerkt bleiben, wenn jemand sein Medikament nicht einnimmt. Solche schweren Hämmer bekommt niemand verschrieben, wenn es nicht notwendig ist.«

»Das könnte ein Ansatzpunkt sein.« Hella ärgerte sich, dass sie nicht selbst darüber nachgedacht hatte. War ihr der Biss abhandengekommen? Hör sofort auf, alles auf deine Schwangerschaft zu schieben, mahnte sie sich und fügte laut hinzu: »Das müsste sich überprüfen lassen. Danke für den Hinweis, Roland.«

»Dafür nicht!«

»Nicht so bescheiden, Herr Kollege. Du lieferst immer ausgezeichnete und schnelle Arbeit. Auch an deine Kollegen.«

»Gebe ich weiter, Hella.« Er räusperte sich. »Ich habe gehört, dass du Nachwuchs erwartest?«

»Die Buschtrommel war selbst in Aurich zu hören?«, antwortete Hella und schluckte eine weitere Bemerkung hinunter. »Ja, Roland. Ich erwarte ein Kind.«

»Dann gratuliere ich mal von ganzem Herzen.« Er hielt kurz inne und fügte dann hinzu: »Aber du bleibst uns erhalten?«

»Das ist zumindest mein Plan. Drei Monate Pause, dann geht es weiter.«

»Tough! Respekt! Ich wünsch dir alles Gute für die kommende Zeit.«

Hella verabschiedete sich, legte das Telefon aber nicht aus der Hand. Der nächste Anruf galt Dr. Wolters in Oldenburg.

Die Rechtsmedizinerin begrüßte sie freundlich und begann sogleich mit ihrem mündlichen Bericht. »Ich habe meine Angaben zur Todeszeit noch einmal überprüft und keinen Fehler in der Berechnung gefunden. Grundlage waren, wie schon erwähnt, unter anderem die Daten der Kollegin vor Ort. Raum- und Körpertemperatur, Ausprägung der Leichenstarre und weitere Kriterien. Mit diesen Daten und meinen eigenen konnte ich, inoffiziell wie immer, den Todeszeitpunkt auf zweiundzwanzig Uhr festlegen. Plus/minus fünf Minuten. Es hat sich also nichts an meiner ursprünglichen Berechnung geändert.«

Hatte Dr. Wolters Zweifel an ihren eigenen Angaben?, fragte sich Hella. Bisher hatte sie noch nicht erlebt, dass die Rechtsmedizinerin ihre einmal getroffenen Aussagen erneut kontrollierte. »Sie kennen Frau Dr. Beckmann persönlich?«

»Nein, nicht persönlich.«

Was sollte das nun schon wieder heißen?, wunderte sich Hella.

»Indirekt«, fuhr Dr. Wolters fort. »Sie hat in Hannover in der Rechtsmedizin gearbeitet. Ein halbes Jahr, hörte ich. Bevor sie sich dann wohl anders orientiert hat.«

»Ja, davon hat sie mir erzählt.« Hella wartete, ob die Rechtsmedizinerin sich noch weiter über ihre Kollegin äußern würde, aber Dr. Wolters schien das nicht für notwendig zu halten.

»Gut, dann gehe ich erst mal von dem bisher genannten Todeszeitpunkt aus«, fuhr Hella fort. »Haben Sie DNA-Spuren am Leichnam gefunden?«

»Ja. Von mehreren Personen. Allerdings in erster Linie an der rechten Hand, was vermuten lässt, dass es im Zuge einer Begrüßung zu dem Kontakt kam. Mit zwei Personen ist die alte Dame allerdings näher in Berührung gekommen. Die Stellen, an denen wir die DNA gefunden haben, würden zum mutmaßlichen Tathergang passen. Details finden Sie in meinem Bericht.«

Hella parkte vor dem Pflegeheim und ging schnellen Schrittes auf den Haupteingang zu. Bis zum Meeting um siebzehn Uhr mit allen beteiligten Kollegen hatte sie noch eineinhalb Stunden Zeit.

Sybille Bernhardt fand sie in ihrem Büro. Die Heimleiterin bat sie herein. »Was kann ich für Sie tun?«

Hella setzte sich auf den angebotenen Stuhl und schilderte ihr Anliegen. Roland Radmeier hatte ihr die fünf Namen der Bewohner, die regelmäßig das Beruhigungsmittel einnahmen, gemailt.

»Ja, diese fünf Bewohner kenne ich natürlich. Ich verstehe nur noch nicht genau, worauf Sie hinauswollen.«

»Wer verteilt bei Ihnen in der Einrichtung die Medikamente?«

»Alle festen Mitarbeiterinnen im Pflegebereich. Es bedarf ja auch keiner pharmazeutischen Kenntnisse. Die Medikamente sind …«

»Das ist mir bekannt, Frau Bernhardt. Verstehe ich das richtig? Alle der fünfzehn festen Mitarbeiterinnen verteilen die Medikamente?«

»Ja, allerdings nicht auf einmal. Es hängt davon ab, wer gerade im Dienst ist und wie die Aufteilung aussieht. In aller Regel übernehmen das zwei Mitarbeiterinnen pro Schicht.«

»Ich brauche von Ihnen die Liste der letzten drei Monate.«

Sybille Bernhardt schien inzwischen verstanden zu haben, worauf Hellas Anliegen hinauslief, und über die Entwicklung wenig erfreut zu sein. »Ich kann Ihnen nicht versprechen, dass ich eine solche Liste zusammenbekomme. Die Verteilung der Arbeit wird in der wöchentlichen Mitarbeitersitzung verabredet. Das wird nicht schriftlich festgehalten.«

»Gibt es kein Protokoll?«

Frau Bernhardt atmete schwer. »Wie gesagt, ich werde sehen, was sich machen lässt. Kann ich sonst noch etwas für Sie tun?«

»Ich werde jetzt alle anwesenden Pflegekräfte noch einmal kurz befragen.« Hella stand auf. »Sie können ja derweil die Liste zusammenstellen.«

Den ersten vier Pflegerinnen, mit denen Hella sprach, war bei den fünf Bewohnern keine Veränderung aufgefallen. Hella hatte allerdings den Eindruck, dass sie sich bewusst dumm stellten, um niemandem Schwierigkeiten zu bereiten.

»Danke, Frau Schuster, dass Sie kurz Zeit für mich haben«, begrüßte Hella die fünfte Pflegerin. Sie schilderte kurz ihr Anliegen und fragte nach den besagten Bewohnern.

»Ich kenne alle fünf gut.« Sie zögerte, fuhr dann aber fort: »Sie wissen, weshalb dieses Mittel verschrieben wird?«

»Ich kann es mir ungefähr vorstellen. Aber vielleicht erklären Sie es mir noch einmal.«

Elina Schuster nickte. »Wenn es nicht gerade psychische Störungen sind, geht es in aller Regel darum, Angst, Schlaflosigkeit und Unruhe zu dämpfen. Diese starken Mittel machen abhängig, deshalb sollten sie auch nicht dauerhaft eingesetzt werden. Wir sind also gehalten, nach den Ursachen der Probleme zu suchen. Warum ist die oder der Bewohner unruhig, was kann man ansonsten gegen massive Schlafstörungen tun, wie können wir neuen Bewohnern die Angst vor der ungewohnten Umgebung nehmen?«

»Das habe ich verstanden. Es bekommen also nicht alle fünf Bewohner weiterhin das Medikament?«

Elina Schuster kontrollierte noch einmal die Liste, die Hella ihr vorgelegt hatte. »Zwei davon nicht mehr.«

»Wird das Medikament denn vorsichtig abgesetzt, also ausgeschlichen?« Hella stutzte. »Ist das die richtige Formulierung?«

Elina Schuster lächelte. »So könnte man sagen. Und ja, wir geben entweder nur eine halbe Tablette oder setzen einen Tag aus, um dann zu beobachten, ob das Medikament langsam reduziert werden kann.«

»Was passiert mit den Tabletten, die an diesen Tagen nicht eingenommen werden?«

Zum ersten Mal während des Gesprächs schien Frau Schuster unsicher zu sein, was sie antworten sollte. »Die werden vernichtet.«

Hella warf ihr einen fragenden Blick zu.

»Ich persönlich packe sie noch mal ein und werfe sie dann in den Mülleimer im Mitarbeiterzimmer.«

»Also in den ganz normalen Abfall?«, fragte Hella und fuhr fort, als Elina Schuster nickte: »Und das machen alle so?«

»Davon gehe ich aus. Theoretisch könnten wir die Tabletten auch zur Vernichtung an die Apotheke zurückgeben, aber soweit ich weiß, passiert das so gut wie nie.«

8

Hella betrat um kurz vor siebzehn Uhr das Kommissariat und lief direkt zum Besprechungsraum. Auch den drei weiteren Pflegeheimmitarbeitern, die sie nach Elina Schuster befragt hatte, waren keine ungewöhnlichen Reaktionen der fünf Bewohner aufgefallen, die die Medikamente eingenommen hatten.

»Entschuldigt mein Zuspätkommen«, sagte Hella, nachdem sie ihre Kollegen mit einem Nicken begrüßt hatte. »Ich war noch einmal im Pflegeheim. Wer fängt an?«

Die Anwohner waren inzwischen bis auf einen alle befragt worden. Zwei waren sich sicher, nach zwanzig Uhr ein Taxi gesehen zu haben, das zum Pflegeheim fuhr und kurz darauf zurückkehrte. Sie konnten weder über den Fahrzeugtyp Auskunft geben noch über das Kennzeichen. Allerdings berichteten beide davon, auf der Rückbank Personen gesehen zu haben. Keiner der Anwohner hatte darüber hinaus Beobachtungen gemacht, die ungewöhnlich waren.

Die Liste der Personen, die zwischen zwanzig und dreiundzwanzig Uhr nachweislich vor Ort gewesen waren, zeigte dreiundsechzig Personen, von denen sechsundvierzig Bewohner waren. Annette Petersen, die Pflegerin, die im Testament berücksichtigt war, befand sich nicht auf der Liste. Sechs Mitarbeiterinnen des Pflegepersonals waren zur fraglichen Zeit im Haus gewesen, so auch drei weitere Mitarbeiter des Hauspersonals. Die restlichen acht Personen waren von Bewohnern als Besucher angegeben worden.

»Sind die acht Besucher noch einmal gründlich befragt worden?«, warf Hella ein.

»Das haben wir für morgen auf dem Zettel«, antwortete ihr einer der Auricher Kommissare. »Wir haben uns zunächst auf die Fahrzeughalter konzentriert.«

Er berichtete, dass inzwischen zwei Drittel der Fahrzeughalter telefonisch befragt worden waren. Ihre Angaben würden in den nächsten Tagen überprüft werden. Die beiden nicht identifizierten Kennzeichen, die unter Umständen von dem jungen Hobbydetektiv falsch notiert worden waren, konnten nicht gefunden werden.

»In welchen Städten sind die Autos registriert?«, fragte Lars.

»Hannover und Bremen.«

Hannover hatte ein H als Ortskennung und Bremen das HB für Hansestadt Bremen.

»Habt ihr überprüft, ob die Ortskennung falsch aufgeschrieben wurde?«, fragte Hella.

»Wir sind dabei, alle Kennzeichen, die den Buchstaben H, in welcher Konstellation auch immer, vorn stehen haben, mit den zwei nicht identifizierten abzugleichen. Bisher haben wir noch kein Ergebnis.«

Hella warf einen Blick auf die Uhr. Sie hatte sich für neunzehn Uhr mit ihrem Sohn Benjamin in Esens verabredet und wollte auf keinen Fall zu spät dort eintreffen. Sie verteilte die Aufgaben für die nächsten zwei Tage und beendete das Meeting.

»Wir kommen nicht wirklich weiter, oder?«, fragte Lars, der neben Hella hereilte.

Hella blieb vor ihrer Bürotür stehen. »Das ist der dritte Tag, Lars. Warten wir mal ab, was uns morgen auf Wangerooge erwartet. Hast du für die Nacht Zimmer bekommen?«

Lars grinste. »Die Jugendherberge hatte das günstigste Angebot, aber sie ist ziemlich weit entfernt vom Dorf. Deshalb habe ich mich für ein Hotel direkt am Strand entschieden. Etwas gehobener als üblich, aber die haben mir einen günstigen Preis gemacht, und da dachte ich …«

»Wenn unsere Spesenrechnung abgelehnt wird, weiß ich ja, wo ich mir das Geld herhole«, sagte Hella mit ernster Miene.

»Fünfundsiebzig Euro pro Nacht, das ist wirklich ein Schnäppchen«, empörte sich Lars. »Ich meine, ich kann auch noch …«

»Lars! Das war ein Scherz. Ich habe jetzt leider keine Zeit

mehr, weil ich verabredet bin. Morgen um neun treffen wir uns am Fährhaus?«

Lars nickte. »Ich bin rechtzeitig da!«

Benjamin saß am letzten Tisch in der Reihe und hob seinen Arm, als er Hella bemerkte. Sie hatten sich schon mehrfach im »Sturmfrei« getroffen, dem Stammcafé von Benjamin. Das Lokal strahlte einen herben Charme aus – mit Klinkerwänden und dunklen Holzdecken.

Benjamin stand auf und umarmte Hella kurz. »Kommst du direkt von der Arbeit?«

Hella zog ihre Jacke aus und setzte sich zu ihm an den Tisch. »Ein neuer Fall.«

»Kompliziert?«

Hella nickte und griff nach der Speisekarte. »Ich habe so richtig Hunger!«

Benjamin lächelte. »Das Problem sollte sich leicht lösen lassen.«

Kurz darauf stand der Kellner vor ihrem Tisch. Hella bestellte eine Keule vom ostfriesischen Deichlamm mit diversen Beilagen, Benjamin liebte die spanische Küche und orderte mehrere Tapas.

»Wie geht es dir?«, fragte Hella, als der Kellner sich wieder auf den Weg gemacht hatte.

Benjamin stand kurz vor dem Abitur und besuchte eine Internatsschule in Esens. Er hatte ein Jahr als Austauschschüler in den USA gelebt und anschließend das Jahr wiederholt. Mit fast zwanzig war er einer der ältesten Schüler in der Klasse.

»In der Schule läuft alles, wenn du das meinst.«

Hella schenkte Benjamin Mineralwasser ein. »Nein, das meinte ich nicht. Hast du deinen Eltern inzwischen erzählt, dass wir uns kennengelernt haben?«

Benjamin griff nach dem Glas und trank einen Schluck. »Ich habe noch nicht die richtige Gelegenheit dazu gefunden.« Er schaute aus dem Fenster. Draußen war es inzwischen dunkel geworden.

»Nicht, dass du mich falsch verstehst ... Ich will mich da wirklich nicht einmischen.«

»Aber?«

Hella zuckte mit den Schultern. »Du hast bei unserem letzten Treffen wieder nach meinen Eltern, also deinen Großeltern, gefragt. Dass ich eine Ewigkeit keinen Kontakt zu ihnen hatte, weißt du.«

»Ich war der Grund dafür. Oder besser ... Ich bin noch immer der Grund dafür.«

»Ja, und ich glaube kaum, dass sich das ändern wird. Jetzt nicht mehr ... nach so langer Zeit. Aber vielleicht hätte ich es früher versuchen sollen. Reden, ihnen erklären, was sie gemacht haben, wozu sie mich gezwungen haben. Wer weiß, vielleicht hätte es ja eine Gesprächsebene gegeben.«

»Du meinst, ich soll nicht zu lange warten, meinen Eltern von dir zu erzählen?«

»Ja, auch wenn der Vergleich sicher hinkt, aber es ist nie gut, zu lange zu schweigen. Deine Eltern werden wissen, dass sie von mir nichts zu befürchten haben. Du bist erwachsen. Ich bin einfach nur eine weitere Person in deinem Leben. Nicht mehr und nicht weniger.«

Benjamin schwieg eine Weile, bevor er fragte: »Ist das so?«

»Du meinst, von meiner Seite aus?«

Er nickte.

»Das habe ich so nicht gemeint«, versuchte Hella auszuweichen.

»Und was bin ich für dich?«, fragte Benjamin direkt.

Hella schluckte. War es nicht genau die Frage, vor der sie sich seit Wochen drückte? Hatte Benjamin das gespürt und auch deshalb seinen Eltern nicht von ihr erzählt?

»Du bist mein Sohn.« Sie atmete tief durch. »Nein, du bist mehr. Du bist ein Stück meiner Vergangenheit, die ich nie haben durfte. Wenn ich dich nicht kennengelernt hätte, würde ich nicht so locker mit der Schwangerschaft umgehen können. Vielleicht gäbe es auch gar keine mehr. Du bist ein Stück von mir, das ich verloren geglaubt hatte. Wonach ich mich eine Ewigkeit gesehnt habe. Nicht bewusst, aber ich habe immer gespürt, dass du fehlst. Ich bin unendlich dankbar, dass wir uns gefunden haben und dass du nicht vor mir weggelaufen bist.« Sie legte ihre Hand auf seine. »Ich habe vom ersten Augenblick gespürt, dass da etwas zwischen uns ist. Ein Band. Du kannst es auch Liebe nennen. Ja, es ist Liebe. Ich möchte dich nie wieder verlieren und so viel Zeit wie irgend möglich mit dir verbringen.«

Benjamin schloss die Augen, und Hella hielt den Atem an. Hatte sie etwas Falsches gesagt? War es nicht der richtige Augenblick gewesen? Nicht die richtigen Worte?

Er öffnete die Augen und lächelte. »Mir geht es ähnlich. Ich habe immer gespürt, dass etwas fehlt. Meine Eltern sind die besten Eltern, die ich mir vorstellen kann, und ich liebe sie aus ganzem Herzen. Aber ich hätte eher nach dir suchen sollen, mir eingestehen sollen, dass ich auf der Suche bin. Stattdessen habe ich mir eingeredet, dass du nur eine herzlose Person sein kannst und dass ich dich nie und nimmer kennenlernen möchte. Auch ich bin froh, dass wir uns begegnet sind.«

Hella war sprachlos. Bisher hatten sie beide einen Riesenbogen um das Thema Vergangenheit und Gefühle gemacht. Aus Angst, aus falscher Rücksicht – Hella wusste es nicht.

»Aber ich weiß nicht«, fuhr Benjamin fort, »wie ich meinen Eltern unser Verhältnis erklären soll. Sie haben so viel für mich getan, ihr ganzes Leben auf mich eingestellt, und jetzt sitze ich hier mit meiner Mutter zusammen und fühle mich wohl.« Er hielt kurz inne und fügte hinzu. »Mehr noch. Ich bin glücklich.« Er schluckte. »Wie soll ich ihnen das erklären?«

»Sie werden es verstehen, glaub mir. So, wie du sie beschreibst, lieben sie dich. Sie werden enttäuscht sein, wenn sie später erfahren, dass du ihnen unsere Begegnung verschwiegen hast. Das ist sicher das Letzte, was du willst, oder?«

Benjamin schüttelte den Kopf. »Nein, das will ich auf keinen Fall.«

Der Kellner servierte ihr Essen.

Sie aßen eine Weile schweigend, bis Hella sich erschöpft zurücklehnte und meinte: »Ich bin so was von verfressen. Wenn das so weitergeht, bin ich am Ende der Schwangerschaft eine Kugel.«

»Unsinn!«, sagte Benjamin lachend und wurde gleich darauf ernst. »Wie war das, als du mit mir schwanger warst?«

Hella schob den fast leeren Teller zur Seite. »Das ist lange her, und ich war unglaublich jung und naiv.«

»Jung sicher, aber naiv glaube ich nicht.«

»Mag sein, dass ich da übertreibe. Naiv war ich aber auf jeden Fall in Bezug auf meine … Eltern. Ich habe ihnen geglaubt, als sie mir sagten, dass wir eine gute Lösung finden würden. Ich hatte mir diese Lösung natürlich anders vorgestellt, und dann – es waren nur noch ein paar Wochen bis zum errechneten Geburtstermin – kamen sie mit der Adoptionssache. Sie haben bewusst so lange gewartet, bis ich mich kaum noch bewegen konnte, quasi hilflos war. Abgewechselt haben sie sich und …« Hella brach ab. »Aber danach hast du gar nicht gefragt.«

»Nicht schlimm. Ich verstehe schon, dass die letzten Wochen alles überlagern.«

Hella warf Benjamin einen anerkennenden Blick zu. »Du bist unglaublich verständnisvoll für einen so jungen Mann.« Sie legte den Kopf in den Nacken und lächelte. »Wie war die Schwangerschaft?« Sie sah ihren Sohn direkt an. »Ein Auf und Ab. Am Anfang ging es mir relativ gut. Ich habe mich wahnsinnig auf dich gefreut. Aber je mehr mein Bauch wuchs, desto größer wurden meine Angst und Unsicherheit. Würde ich das schaffen? Wie geht es mit der Schule weiter? Kann ich jemals eine Ausbildung machen? Lisa, meine beste Freundin, hat mich immer wieder aufgemuntert und so lange geredet, bis ich mich beruhigt hatte. Sie war wunderbar. Leider haben wir uns später aus den Augen verloren. Ich habe nicht die geringste Ahnung, wo sie heute lebt. Lisa Neubauer. Aber auch Lisa hat es nicht geschafft, mir genügend Kraft zu geben, um mich gegen meine Eltern zu wehren.«

»Wie auch?«, sagte Benjamin leise. »Mit Anfang sechzehn.«

Tränen liefen über Hellas Wangen, Benjamin reichte ihr ein

Taschentuch. »Entschuldige«, flüsterte Hella. »In letzter Zeit habe ich nah am Wasser gebaut.«

»Besser so als andersherum«, antwortete Benjamin lächelnd. »Ich spreche morgen mit meiner Mutter, vielleicht auch gleich heute Abend. Du hast recht, es weiter aufzuschieben ist keine gute Idee.«

Der Kellner trat an ihren Tisch und fragte, ob er abräumen könne. Benjamin nickte, sie warteten, bis er wieder gegangen war.

»Lass uns die Zeit nutzen, in der du noch hier in der Gegend lebst«, sagte Hella. »Ich möchte dich besser kennenlernen, wissen, wer mein Erstgeborener ist, bevor dein Geschwisterchen auf die Welt kommt.«

Benjamin nickte.

»Wenn du uns besuchen kommst, kannst du auch im Wohnzimmer schlafen. Leon hat eine dieser aufpumpbaren Matratzen gekauft. Oder ich bringe dich abends zurück. Alkohol darf ich sowieso nicht mehr trinken.«

Benjamin schmunzelte. »Nicht einmal mehr einen klitzekleinen Whisky?«

Bei einem der letzten Besuche im Haus am Deich hatte er Gesa kennengelernt. Hella vermutete, dass sie ihm ihr kleines Geheimnis verraten hatte.

»Hat Gesa gepetzt?«

Benjamin lachte. »So würde ich das nicht ausdrücken.«

»Also doch! Die gute Gesa hat mich also verraten«, sagte Hella mit gespielt strenger Miene. Schließlich lächelte sie. »Ja, leider muss sie jetzt ganz allein den guten Getreidesaft trinken. Vielleicht opfert sich Leon ja das ein oder andere Mal.«

Benjamin grinste. »Ganz bestimmt!«

Hella wurde ernst. »Du magst Leon?«

Er nickte. »Cooler Typ! Dass er seine Leidenschaft fürs Surfen für eure Liebe zurückgestellt hat, finde ich bewundernswert. Und dass er sich um mein Brüderchen oder Schwesterchen kümmern will, ist klasse. Ich weiß, Frauen machen das millionenfach jeden Tag und bekommen dafür kein Lob. Ich will Leon auch keinen Orden an die Brust heften, aber er ist eine Art Vorbild für mich. Es wird Zeit, dass wir Männer nicht mehr vor diesen Dingen weglaufen.«

»Hey, ich bin als Mutter nicht aus der Welt. Ich arbeite einfach nur weiter.«

»Ich weiß«, sagte Benjamin. »Und du wirst ganz sicher eine tolle Mama sein.«

9

Lars kam mit zwei Bechern Tee auf den Tisch zu, an dem Hella kurz zuvor Platz genommen hatte. Beim Ablegen der Fähre im Harlesieler Hafen hatten sie auf dem Oberdeck gestanden und waren, gleich nachdem das Fährschiff an Fahrt aufgenommen hatte, ins Zwischendeck gegangen, um sich aufzuwärmen.

Lars setzte sich zu Hella und reichte ihr den Becher. »Kräutertee. Ich hoffe, er schmeckt.«

Hella nahm einen Schluck. »Es geht so.« Sie seufzte leise. »Nachts träume ich schon von einem richtig schönen Milchkaffee mit unglaublich viel Schaum. Heiß und lecker und stark.«

»Dann solltest du einfach einen trinken. So schlimm ist das doch auch nicht. Alkohol und Tabak, okay, aber etwas Koffein wird deinem Baby nichts anhaben.«

»Lieber nicht. Ich bin vorsichtig.« Sie trank einen weiteren Schluck aus dem Becher und fand, dass der Tee durchaus trinkbar war. »Was macht der Büroklatsch?«

»Es ist erstaunlich ruhig«, antwortete Lars. »Oder es geht alles an mir vorbei. Aber ich glaube eher, Franzen hält sich etwas zurück. Vielleicht hat er ja gemerkt, dass er es übertrieben hat.«

»Glaubst du das?«

Er zuckte mit den Schultern. »Eigentlich ist Enno ein durchaus umgänglicher Typ. Ich weiß auch nicht, was im Moment in ihn gefahren ist.«

»Private Probleme?«

»Mag sein.«

»Seine Frau?«, bohrte Hella weiter.

Lars hob schützend die Hände. »Ich weiß nichts Genaues und will auch keine Gerüchte in die Welt setzen.« Er legte eine kurze Pause ein. »Okay, aber wirklich unter uns. Ja, er hat wohl Eheprobleme. Zumindest wird so was gemunkelt.«

»Entschuldige, Lars. Ich wollte dich nicht aushorchen, aber

du kannst dir vorstellen, dass solche Dinge nicht bis zu mir vordringen. So weiß ich zumindest, dass ich bei dem Thema vorsichtig sein muss.«

Lars nickte. »Mir ist schon klar, dass du sorgsam mit den Infos umgehst, aber trotzdem … Ich halte mich aus der ganzen Angelegenheit lieber raus.«

Sie schwiegen eine Weile und schauten aus dem Fenster auf die aufgewühlte Nordsee hinaus. Wangerooge konnte tideabhängig nur in einem engen Zeitfenster angelaufen werden, entsprechend war das Wasser am Auflaufen und würde bald den Höchststand erreichen.

»Du hast recht. Enno wird für fast vier Monate meinen Posten innehaben, und ich möchte nicht, dass er seinen Frust, wo immer er auch herkommen mag, an dir auslässt.«

»Keine Angst, Hella. Damit werde ich schon fertig. Wenn es sein muss, kann ich sehr giftig sein und mich gegen solche Dinge wehren.«

»Okay, lassen wir das Thema. Bist du auf Facebook noch weitergekommen?«

Lars nickte. »Ich bin sehr überzeugend als Frau. Aber im Ernst, ja, ich habe Kontakt zu einer der Administratorinnen. Ich konnte aber nicht gleich mit der Tür ins Haus fallen und um Aufnahme in die Gruppe bitten. Vielleicht spricht sie mich heute Abend darauf an. Das wäre die beste Lösung.«

»Und die Pflegekräfte-Gruppe?«

»Ich habe da eine Frage in die Gruppe gestellt. Thema ›Geschenke von Patienten‹. Ich habe geschrieben, dass mich ein alter Herr unbedingt in seinem Testament berücksichtigen will, ich aber nicht weiß, wie ich damit umgehen soll. Daraufhin gab es wieder eine rege Diskussion.«

»Annette Petersen hat sich aber nicht daran beteiligt?«

»Bisher leider nicht. Wenn da nichts kommt, werde ich noch nachlegen. Petersen muss das ja auch nicht gruppenöffentlich machen, sie kann mir ja auch eine persönliche Nachricht schicken. Ich habe durchblicken lassen, dass ich ein paar Schulden habe und dass mein Ex dafür verantwortlich ist.«

»Ich sehe schon. Du hast alles im Griff. Übertreibe es aber nicht, Frau Petersen steht nach wie vor ganz oben auf meiner Liste.«

»Motiv, Gelegenheit und Mittel. Alles da.«

»Mich stört allerdings, dass es so eindeutig ist. Ihr muss klar gewesen sein, dass sie als Erste in Verdacht gerät. Aber gut, manchmal ist es so einfach. Sehen wir mal, was uns auf Wangerooge erwartet.«

Lars zeigte auf die Inselsilhouette. Deutlich waren zwei Türme zu erkennen, ein breiter mit einem spitzen Dach und weiter rechts der andere mit der typischen Leuchtturmform und dem rot-weißen Anstrich.

»Der alte und der neue Leuchtturm?«, fragte Lars.

Hella schüttelte den Kopf. »Der alte Leuchtturm steht mitten im Dorf. Wangerooge ist, wie alle anderen Ostfriesischen Inseln auch, im Laufe der Jahrhunderte von West nach Ost gewandert. Da musste so manches Dorf verlegt werden.«

»Und was ist das für ein Bauwerk?«, fragte Lars mit Blick auf den massiven Turm.

»Das ist heute ein Teil der Jugendherberge, in der du uns eigentlich einquartieren wolltest. Im 14. Jahrhundert war der Westturm ein Teil einer Kirche und auch schon für die Seefahrt wichtig. Dann musste er aufgegeben werden … Wie gesagt, die Insel ist gewandert. Ende des 16. Jahrhunderts wurde dann der Turm als Seezeichen gebaut.«

»So alt ist das Bauwerk?«, fragte Lars verwundert.

»Nicht wirklich. 1914 ist er gesprengt worden. Also zu Beginn des Ersten Weltkriegs. Man hatte Angst, dass er feindlichen Schiffen als Orientierung dienen könnte. Anfang der dreißiger Jahre ist er dann nach altem Vorbild neu errichtet worden. So, genug der Heimatkunde.«

»Warum? Ich würde zwar nicht auf einer der Inseln leben wollen, aber die Geschichte interessiert mich schon.«

»Ich kaufe dir nächste Woche einen Reiseführer«, sagte Hella. »Oder du besuchst mal die Stadtbücherei in Wittmund. Da findest du bestimmt jede Menge Bücher zum Thema.«

Lars rollte mit den Augen. »Früher warst du auskunftsfreudiger.«

Hella stieß ihn spielerisch in die Seite. »Das halte ich für ein Gerücht.«

Als die Fähre angelegt hatte, stiegen die beiden Kommissare zusammen mit den wenigen Fahrgästen in den bereits wartenden Inselzug, der sie die knapp vier Kilometer bis in den Ort brachte. Auf dem Inselbahnhof erwartete sie ein Beamter in Uniform. Hella hatte sich am Tag zuvor bei ihm angemeldet und ihre Ankunft mit der Fähre angekündigt. Jetzt ging sie auf den kleinen, stämmigen Mann zu und reichte ihm die Hand.

»Hella Brandt. Wir haben gestern telefoniert.«

»Karl Steinmetz. Willkommen auf Wangerooge. Möchten Sie zuerst einchecken, oder gehen wir direkt in mein Büro? Die Station liegt auf dem Weg. Sie sind im Hotel Gerken. Hatte ich das richtig verstanden?«

Lars reichte ihm die Hand und stellte sich vor. »Ja, wir sind im Hotel Gerken.«

Steinmetz grinste. »Erste Adresse. Direkt am Strand. Wird Ihnen gefallen.«

»Einchecken können wir später«, sagte Hella. »Wenn wir unsere Sachen bei Ihnen abstellen können …«

»Klar, kein Problem.« Er griff nach Hellas Reisetasche und zeigte die Straße hinunter. »Das sind nur ein paar hundert Meter zu Fuß.«

Sie liefen neben Karl Steinmetz her, der ihnen erzählte, dass er seit sechs Jahren auf der Insel lebe und arbeite, ursprünglich aus Ostwestfalen stamme und in Paderborn aufgewachsen sei. Wenige Minuten später standen sie vor einem eineinhalbstöckigen Gebäude, Steinmetz schloss die Tür auf und trat zur Seite.

»Sie kannten Frau Detlefsen?«, fragte Hella, als sie in seinem Büro Platz genommen hatten.

»Natürlich. Ich kenne fast jeden Insulaner.« Er lächelte. »So viele sind es ja nicht.«

»Erzählen Sie!«, forderte ihn Hella auf.

»Was soll ich sagen? Edda war eine reizende alte Dame.« Er grinste. »Alter Inseladel, sozusagen. Die Letzte ihrer angesehenen und durchaus wohlhabenden Familie. Aber das weiß ich nur aus Erzählungen. Wie gesagt, ich bin erst sechs Jahre auf der Insel. Ja, was kann ich noch über Edda sagen? Sie war sehr kunstinteressiert. Nicht nur das, sie war selbst Künstlerin. Sie malte. Ich war sogar mal in ihrem Atelier. Interessante Sache. Ausgestellt hat sie hier bei uns, aber auch auf dem Festland. Genaues kann ich dazu aber nicht sagen.« Er stutzte. »Ist es denn jetzt amtlich, dass sie ermordet wurde?«

»Wir gehen von einem Tötungsdelikt aus, Herr Kollege«, sagte Hella. »Die genauen Umstände sind noch nicht geklärt.«

»Nein, natürlich nicht«, pflichtete ihr der Inselpolizist bei. »Sonst wären Sie ja auch nicht hier.«

Hella vermutete, dass die Insel-Gerüchteküche bereits brodelte und zahlreiche Theorien über das Ableben von Edda Detlefsen im Umlauf waren. Erleichtern würde ihnen das ihre Arbeit sicher nicht.

»Künstlerin, sagten Sie. Frau Detlefsen hatte also darüber hinaus keinen Beruf?«

»Soweit ich weiß, war das schon immer ihre Leidenschaft. Aber wie gesagt, ich bin erst sechs Jahre hier, und Edda war schon bei meinem Antritt hier an die siebzig. Also nicht in einem Alter, in dem man noch aktiv im Beruf steht. Sie haben mich ja nach den vier Personen am Telefon gefragt. Ich sagte da ja schon, dass es sich dabei um ihre besten Freunde handelt, Künstlerfreunde sozusagen. Sie sind … oder sollte ich sagen, *waren* eine Künstlergruppe. Ja, so haben sie sich wohl verstanden.«

»Sie malen alle vier?«, fragte Lars, der sich bisher zurückgehalten hatte.

»Nein, das nicht. Oke Jansen ist Bildhauer, Theda Mommsen malt auch, aber wohl abstrakter als ihre Freundin, Maike Theemann töpfert und modelliert.« Er hielt kurz inne und schien zu überlegen. »Ja, und dann ist da noch Ilse Schmidt. Sie fotografiert. Sehr schöne Fotos übrigens. Man kann sie auf der Insel kaufen.«

»Oke Jansen ist im Haus von Frau Detlefsen gemeldet? Lebt er auch dort?«, fragte Hella.

»Ich denke schon. Zumindest wüsste ich nicht, wohin er umgezogen sein sollte. Sein Atelier ist ja auch im Haus Detlefsen.«

Hella nickte. Dass Edda Detlefsen künstlerisch tätig gewesen war und mit ihren Erben gemeinsam in einer Künstlergruppe gearbeitet hatte, war neu für sie. Als sie gelesen hatte, dass Oke Jansen bei derselben Adresse wie Edda Detlefsen gemeldet war, war ihr erster Gedanke gewesen, dass sie eine Beziehung zueinander hatten.

»Wer von den vier Personen kommt denn gebürtig von der Insel?«, fragte Lars.

Hella erwartete von ihrem Inselkollegen einen erneuten Hinweis, dass er erst sechs Jahre auf Wangerooge tätig war, aber er überraschte sie mit seiner Antwort. »Keiner der vier. Ich habe es gestern nach Ihrem Anruf noch einmal recherchiert.«

Hella sah ihn fragend an.

»Dass keiner von ihnen hier geboren wurde, konnten Sie ja aus dem Melderegister entnehmen, aber es gibt hier auf der Insel viele Zugezogene, die sich über kurz oder lang auch als Insulaner verstehen.« Er schmunzelte. »Man sagte mir, dass nach fünfundzwanzig Jahren sogar eine Chance bestünde, von den Einheimischen so wahrgenommen zu werden. Aber ich schweife ab. Die vier genannten Personen sind allesamt in den letzten fünfzehn Jahren auf die Insel gezogen. Meine Quelle – ich nenne es jetzt mal so – meinte, dass Edda sie eingeladen hätte. Wenn ich das richtig verstanden habe, für eine bestimmte Zeit, um bei ihr im Haus zu leben und zu arbeiten. Eine Art Künstlerhaus, sozusagen.«

»Und anschließend haben sie sich, bis auf Herrn Jansen, ein eigenes Domizil gesucht?«, fragte Lars.

»Domizil?«, fragte Steinmetz leicht verwirrt. »Sie meinen, eine Wohnung?«

Lars nickte. »Oder ein Haus.«

»Ja, so muss es wohl gewesen sein.« Dieses Mal verkniff er sich den Zusatz, dass er ja erst sechs Jahre auf der Insel weilte.

»Was erzählt Ihr Informant weiter über die Künstlergruppe?«, fragte Hella.

»Informant klingt so …« Karl Steinmetz verriet nicht, welche Assoziation er bei der Bezeichnung hatte, und fuhr fort. »Mein Bekannter lebt seit einer Ewigkeit hier auf Wangerooge und bekommt viel mit. Da dachte ich: Frag ihn doch mal.«

»Und was hat er gesagt?« Hella musste sich zwingen, ruhig zu bleiben.

»Edda war wohl der Kopf der Gruppe. Ist ja auch verständlich. Sie hat die Künstler eingeladen und sie zuvor ausgesucht. So sind zumindest meine Informationen. Edda war sehr liebenswert, das hatte ich wohl schon gesagt?«

»Ja, hatten Sie«, warf Lars ein, der ebenso ungeduldig wie Hella zu sein schien.

»Das war wohl ihre eine Seite. Edda konnte aber auch sehr bestimmt sein. Vielleicht muss man das ja auch bei so einer Gruppe, wenn man sie zusammenhalten will.«

»Es gab also auch Konflikte«, brachte Hella es auf den Punkt.

»Konflikte. Nun gut, so könnte man es wohl ausdrücken. Die fünf waren wohl nicht immer einer Meinung, hat mir … also meine Quelle hat mir das so gesagt.«

»Wo gingen die Meinungen auseinander?«, fragte Lars mit einem unschuldigen Lächeln.

»Ich bin jetzt nicht der große Kunstkenner«, antwortete Karl Steinmetz. »Aber wenn ich das richtig verstanden habe, waren es nicht nur unterschiedliche Ansichten zur Kunst, sondern es ging auch um Geld.«

»Frau Detlefsens Geld?«, hakte Lars nach.

»So wird es wohl gewesen sein. Die anderen sind, soweit ich weiß, nicht so vermögend. Man hat mir erzählt, dass Edda in der Vergangenheit mehrere Grundstücke verkauft hat. Ihrer Familie gehöre oder gehörte wohl so einiges an Land auf der Insel.«

»Und mit diesem Geld hat sie die Gruppe unterstützt?«, fragte Lars weiter.

»So habe ich es verstanden.« Er sah zwischen Lars und Hella hin und her. »Ich kann natürlich noch einmal meine Quelle fragen.«

»Das wäre sehr interessant für uns«, sagte Lars. »Meinen Sie, dass Sie das gleich, wenn wir auf dem Weg sind, machen können?«

Der Inselpolizist warf einen Blick auf die Uhr. »Ich denke schon.«

Lars reichte ihm eine Visitenkarte. »Da ist auch meine Handynummer drauf. Wenn Sie mich dann gleich anrufen könnten. Es dürfte für unsere Befragungen wirklich wichtig sein, in der ganzen Geldsache etwas mehr zu wissen.«

»Sicher!«, sagte Karl Steinmetz. »Keiner von uns hier auf der Insel möchte, dass der Tod von Edda ungeklärt bleibt. Das würde auf Dauer zu schrecklichen Verdächtigungen führen, die die Atmosphäre zwischen den Insulanern vergiften könnte.«

Hella stand auf. »Wenn Sie uns noch kurz erklären, wie wir zum Haus von Frau Detlefsen kommen.«

10

»Von dieser Kunstsache habe ich auf die Schnelle nichts im Netz gefunden«, sagte Lars zerknirscht, als sie sich auf den Weg durch den Ort machten. Auf der Insel war es um einige Grad kühler, und Hella war froh, dass sie ihre gefütterte Jacke angezogen hatte.

»Ich vermute, dass die glorreiche Zeit der Gruppe schon eine Weile vorbei ist oder auch nie wirklich stattgefunden hat. Vielleicht haben sie auch nur an unbedeutenden Orten ausgestellt. Banken, Kirchen oder andere öffentliche Gebäude. Oder haben sich an Gemeinschaftsausstellungen beteiligt. Wir werden es sicher heute oder morgen erfahren.«

»Ich muss allerdings auch gestehen, dass meine Suche nicht sehr intensiv war. Wer kommt denn darauf, dass eine über siebzigjährige Dame eine Künstlerkolonie auf Wangerooge gegründet hat.«

Sie gingen Richtung Osten, machten einen leichten Schwenk vom Strand weg, um wenige hundert Meter später wieder dem Meer entgegenzugehen.

Nach zehn Minuten Fußweg liefen sie parallel zum Strand und erreichten kurz darauf das frei stehende Haus von Edda Detlefsen. Das mit Reet bedeckte Gebäude stand auf einer Düne. Hella vermutete, dass man aus den Fenstern des ersten Stocks die Nordsee sehen konnte. Das Backsteinhaus war weiß gestrichen, die Fensterrahmen und die Tür in Dunkelgrün gehalten. Das große alte Haus strahlte schon von Weitem eine Ruhe und Würde aus, die Hella beeindruckte. Sie blieb stehen und ließ die wildromantische Atmosphäre, die das Gebäude inmitten der Dünenlandschaft ausstrahlte, auf sich wirken.

»Dass es Künstler hierherzieht, kann ich verstehen«, sagte sie und gab Lars einen Wink, dass sie weitergehen wollte.

Auf ihr Klingeln hin öffnete niemand. Lars drückte ein weiteres Mal auf den Knopf und klopfte anschließend kräftig an die Tür. »Er weiß doch, dass wir kommen?«

Hella nickte. »Kollege Steinmetz hat ihn informiert.« Sie warf einen Blick auf die Uhr. »Und wir sind sogar pünktlich.«

Lars drückte ein weiteres Mal auf den Klingelknopf und horchte an der Tür. »Da scheint niemand da zu sein.«

»Abwarten!«

Lars trommelte gegen die Tür und klingelte anschließend Sturm. Als er sich schließlich zu Hella umdrehte, öffnete sich unerwartet die Tür. Ein Mann Anfang siebzig, kurze graue Haare, sportliche Statur, sah sie mit müden Augen an. Er trug eine Pyjamahose und ein Sweatshirt, beide hatten bessere Tage gesehen.

»Sind Sie vollkommen übergeschnappt?«, fragte er mit belegter Stimme.

Lars stellte sich und Hella vor. »Dürfen wir eintreten?«

»Ich sehe, ehrlich gesagt, keinen Grund dafür«, murmelte der Mann ungehalten.

»Sie sind Herr Oke Jansen?«, fragte Hella freundlich.

»In ganzer Größe«, antwortete er und warf Hella dabei einen spöttischen Blick zu.

»Wir haben jetzt zwei Möglichkeiten, Herr Jansen«, fuhr Hella fort. »Entweder sprechen Sie jetzt mit uns, oder der Staatsanwalt wird Sie offiziell nach Wittmund vorladen.«

Er starrte sie wütend an, trat dann aber zur Seite. »Die Zweite links.«

Hella sah auf den ersten Blick, dass auch das Innere des Hauses liebevoll restauriert worden war. Weiß gekalkte Wände, alte geölte Eichendielen, das dunkle Holz des Ständerwerkes war freigelegt und verlieh dem breiten Flur Atmosphäre. An den Wänden hingen in regelmäßigen Abständen Originale. Neben Zeichnungen sah Hella Radierungen, Pastellbilder und Fotos. Der lange Flur wirkte wie eine Galerie. Lars öffnete die zweite Tür, sie traten in eine geräumige Küche ein, in deren Mitte ein langer Holztisch mit sechs Stühlen stand.

Oke Jansen zeigte auf ein paar Stühle und murmelte: »Bitte.«

Die beiden Kommissare setzten sich, Oke Jansen blieb stehen.

»Möchten Sie nicht auch Platz nehmen?«, fragte Hella, weiter in freundlichem Ton.

Anstatt sich zu den Kommissaren an den Tisch zu setzen, sagte Oke Jansen: »Was kann ich für Sie tun?«

Hella erhob sich langsam, Lars folgte ihr. »Es scheint so zu sein, dass Sie nicht kooperieren wollen, Herr Jansen. Dann werden wir unser Gespräch unter anderen Bedingungen weiterführen müssen.« Sie reichte ihm eine Visitenkarte. »Kommen Sie bitte morgen um elf Uhr in die Polizeistation. Bitte verlassen Sie bis dahin nicht die Insel.« Sie machte eine Pause und wartete auf Oke Jansens Reaktion. Als er sie schweigend und mit finsterer Miene ansah, fuhr sie fort. »Haben Sie mich verstanden?«

»Ich spreche durchaus Deutsch, Frau …«, er schaute auf die Visitenkarte, »… Frau Hauptkommissarin Brandt.«

»Morgen, elf Uhr«, wiederholte Hella, wandte sich ab und ging zusammen mit Lars den Flur entlang auf die Haustür zu.

»Was war das denn?«, fragte Lars, als sie sich einige Meter vom Haus entfernt hatten.

»Jemand, der kein großes Interesse daran hat, mit der Polizei zu sprechen. Ich hätte wetten können, dass er uns noch zurückruft.« Sie seufzte. »So kann man sich irren.«

Lars gab die Adresse von Theda Mommsen in Google Maps ein und zeigte in Richtung des Ortes. Eine Viertelstunde später standen sie vor einem Apartmenthaus mit acht Wohnungen. Auf ihr Klingeln ertönte fast im selben Augenblick der Türöffner. Sie traten ein und liefen auf die Wohnungstür im Erdgeschoss zu, in der eine Frau Anfang siebzig auf sie wartete. Sie hatte kurze graue Haare, war einen Kopf kleiner als Hella und trat ihnen mit ernstem Gesicht entgegen. Hella stellte sich und Lars vor. Frau Mommsen bat sie in die Wohnung und führte sie in eine Art Arbeitszimmer, in dem am Fenster eine Staffelei stand.

»Möchten Sie sich setzen?«, fragte Theda Mommsen und zog einen Stuhl vom Tisch vor.

Sie nahmen Platz, Theda Mommsen stellte Gläser und eine Flasche Mineralwasser auf den Tisch und setzte sich zu ihnen. »Darf ich Ihnen etwas einschenken?«

Hella nickte, Lars sagte: »Gern!«

Während sie ihnen einschenkte, sah Hella ihr dabei zu. Theda Mommsen trug eine elegante weite Stoffhose mit einem schwarz-weißen Streifenmuster, dazu eine weiße Bluse und einen Pullover, farblich abgestimmt zur Hose. Nach Hellas Unterlagen war Edda Detlefsens Freundin sechsundsiebzig, wirkte allerdings um mindestens fünf Jahre jünger.

»Mein Kollege Steinmetz hat Sie gestern über unser Kommen informiert«, begann Hella die Befragung, als die alte Dame sich zu ihnen gesetzt hatte. »Sie hatten da bereits von Frau Detlefsens Tod gehört?«

Theda Mommsen nickte und ließ sich Zeit mit der Antwort. »Ich habe davon am Dienstagnachmittag gehört. Eine Freundin rief mich an.«

»Wie ist ihr Name?«

»Ilse Schmidt. Sie hatte im Pflegeheim angerufen, um sich nach Edda zu erkundigen. Zuerst wollte man ihr wohl nichts sagen, aber dann ... Nun ja, sie hat mich auf jeden Fall gleich informiert.«

»Wie lange kannten Sie Frau Detlefsen?«, fragte Hella weiter.

Theda Mommsen senkte den Blick. »Lange.« Sie atmete schwer. »Das sollten vierzehn Jahre sein. Sehr intensive Jahre.«

»Erzählen Sie uns davon«, forderte Hella sie auf.

»Darf ich zuvor etwas fragen?«

»Selbstverständlich.«

Wieder schien Theda Mommsen zunächst ihre Gedanken sortieren zu müssen, bevor sie fortfuhr: »Auf der Insel wird erzählt, Edda sei ermordet worden. Sind Sie deshalb hier?« Während sie gesprochen hatte, hatte sie Hellas Visitenkarte in beiden Händen gehalten und immer wieder einen Blick darauf geworfen.

»Wir müssen im Moment von einem Tötungsdelikt ausgehen«, antwortete Hella. »In solchen Fällen ist es notwendig, das unmittelbare Umfeld des Opfers zu beleuchten.« Sie hatte sich bewusst allgemein gehalten und nicht das Testament angesprochen.

»Sie meinen, wenn jemand etwas erbt, ist er oder sie automatisch verdächtig?«

»Sie wissen davon, dass Sie im Testament von Edda Detlefsen berücksichtigt sind?«

Wieder entstand eine Pause, die Hella nicht zu deuten wusste.

»Ja, Edda ist damit sehr offen umgegangen. Sie hat mich und auch die anderen Freunde darüber informiert.«

Hella nickte. »Können Sie uns etwas über Ihre Gruppe erzählen?«

»Ist das denn wirklich wichtig für Sie? Von uns hat keiner etwas mit ...«, sie schluckte, »... also mit Eddas Tod zu tun. Das ist vollkommen unmöglich.«

»Wir müssen uns erst mal ein Bild von Frau Detlefsens Leben machen. Da es keine Familienangehörigen gibt, die wir fragen können, sind Sie als Freundin und Künstlerkollegin die erste Wahl. Das hat nichts damit zu tun, dass Sie oder Ihre Freunde unter Verdacht stehen.«

Frau Mommsen stand auf, ging zum Fenster und öffnete es kurz, bevor sie wieder an den Tisch zurückkam. »Ich weiß nicht, wo ich anfangen soll. Es sind so viele Jahre, dass ich ...« Sie brach ab. »Gut, ich versuche es.« Wieder entstand eine Pause, und es schien, als formulierte Theda Mommsen die Sätze vorab im Kopf. »Ich habe in der Erwachsenenbildung gearbeitet. Habe Kurse gegeben. Die Themen waren rund ums kreative Arbeiten angesiedelt. Selbst gemalt habe ich nur als Hobby.« Sie schloss die Augen. »Dann kam Edda und hat mich nach Wangerooge eingeladen. Eine Art Stipendium hat sie es genannt. Drei Monate bei ihr im Haus wohnen und arbeiten. Da ich zu der Zeit gerade in Rente ging, war es natürlich ein verlockendes Angebot. Was hatte ich schon zu verlieren? Nichts! Ja, das war der Anfang.«

»Sie waren zu der Zeit allein mit Frau Detlefsen?«

Theda Mommsen lächelte. »Ja, ich war die Erste. Man könnte auch sagen, die erste Auserwählte. Ich blieb nicht nur drei Monate, sondern fast ein Jahr. Anschließend habe ich mir diese Wohnung gesucht. Ich habe sie gekauft. Meine Lebensversicherung wurde ausgezahlt, und sie reichte als Anzahlung. Damals waren die Preise noch nicht ganz so hoch wie heute. Edda hat mir die Wohnung vermittelt. Ich glaube, sie hat dem Besitzer gut zugeredet, wie immer sie das auch gemacht hat.«

»Nach Ihnen ist eine weitere Künstlerin gekommen?«

Theda Mommsen nickte. »Nicht sofort, wir haben bestimmt noch eineinhalb Jahre allein im Atelier gearbeitet. Dann kam Edda eines Tages vom Festland zurück und brachte Maike mit. Sie töpfert und modelliert. Wir haben das Atelier vergrößert und zu dritt weitergemacht. Maike blieb drei Monate, ging dann wieder zurück nach Münster und kam nach einem Jahr wieder. Auch sie hat inzwischen eine Wohnung hier auf Wangerooge, auch wenn sie hin und wieder in ihre alte Heimat zurückkehrt. Ihre beiden Kinder leben dort und ihre Enkel.«

»Wann ist Oke Jansen dazugekommen?«

Hatte Theda Mommsen in den letzten Minuten ohne Vorbehalte geantwortet, zuckte sie jetzt leicht zurück. »Oke? Da muss ich nachdenken. Seit sechs oder sieben Jahren ist er bei uns.«

»Er war mit Frau Detlefsen liiert?«, stellte Lars seine erste Frage.

Theda Mommsen reagierte zunächst nicht, schließlich nickte sie aber. »Ja, so könnte man es wahrscheinlich nennen. Sie haben sich wohl als Paar gesehen.«

Hella sah, dass Lars mit der Antwort nicht zufrieden war und nachhaken wollte. Sie schüttelte fast unmerklich den Kopf als Zeichen an Lars, sich zurückzuhalten.

»Und später kam noch Ilse. Ilse Schmidt aus Hamburg«, erzählte Theda Mommsen weiter, ohne dazu aufgefordert worden zu sein. »Sie war drei Wochen im Sommerurlaub hier auf Wangerooge, und Edda hat sie irgendwann mit ins Atelier gebracht.« Sie lächelte sanft. »Ja, so war Edda. Sie hatte ein Gefühl für kreative Menschen. Wir haben uns angefreundet mit Ilse, und nach einem halben Jahr war sie wieder auf Wangerooge. Edda hatte sie eingeladen. Ähnlich wie bei Maike, Oke und mir blieb sie ein paar Monate, ging wieder aufs Festland und hat sich irgendwann eine kleine Wohnung gesucht. Sie wohnt jetzt etwas über zwei Jahre hier auf der Insel, gehört aber doch zu uns wie die anderen, die hier leben.«

»Wann haben Sie Frau Detlefsen das letzte Mal gesehen?«, fragte Hella.

Theda Mommsen sah sie direkt an. Ihr Blick verriet, dass sie unter Druck stand. »Warum fragen Sie, wenn Sie schon längst die Antwort wissen? Wir, Eddas Freunde, waren am Sonntagabend bei ihr. Und bevor Sie weiterfragen, Edda hatte uns gebeten zu kommen. Wir waren so gegen sieben Uhr abends bei ihr. Gegen halb neun sind wir wieder gefahren.«

»Es ging aber keine Fähre mehr nach Wangerooge«, warf Lars ein.

»Junger Mann, das ist mir durchaus bekannt. Wir sind auch nicht nach Harlesiel zurück, sondern nach Aurich. Wir haben bei einem Freund von mir übernachtet und sind dann am nächsten Morgen mit der ersten Fähre zurückgefahren.«

»Wir brauchen die Adresse und den Namen Ihres Freundes«, sagte Lars, dem Hella ansah, dass er sich zwang, ruhig zu bleiben.

»Die kann ich Ihnen geben, aber es wird Ihnen nichts nützen. Mein Freund war unverhofft ins Krankenhaus gekommen. Ich habe den Schüssel bei der Nachbarin abgeholt.«

»Sie haben Ihren Freund noch im Krankenhaus besucht?«, fragte Hella.

»Nur kurz. Auf der Fahrt zur Fähre haben wir dort gehalten, ich war zehn Minuten bei ihm, bevor wir die Fahrt fortgesetzt haben.«

»Wie sind Sie von Wittmund nach Aurich gekommen?«

»Mit einem Taxi.«

»Das gleiche, mit dem Sie gekommen sind?«

Theda Mommsen zuckte mit den Schultern. »Darauf habe ich nun wirklich nicht geachtet. Der Besuch bei Edda ...« Sie seufzte leise. »Es war sehr emotional. Es kam uns allen vor wie ein Abschied.« Ihr lief eine Träne über die Wange. »Was es ja letztlich auch war.«

11

Theda Mommsen schwieg zunächst, als Hella weiter nach dem Besuch im Pflegeheim fragte. Sie wirkte in sich gekehrt, ihre Augen waren feucht.

»Frau Detlefsen hatte Sie und Ihre Freunde zu sich eingeladen«, sprach Hella sie ein weiteres Mal auf den Abend an. »Was war der Anlass?«

»Wir alle haben sie so regelmäßig besucht, wie es uns möglich war. Es ist unglaublich schwer, am gleichen Tag mit der Fähre wieder zurückzufahren. Die Gezeiten … Aber das wissen Sie ja.« Sie hielt inne und schien wieder in ihren Gedanken zu versinken. Plötzlich zuckte sie zusammen und sah Hella irritiert an. »Was genau wollten Sie wissen?«

Hella wiederholte ihre Frage zum dritten Mal.

»Der Anlass? Eine Art Abschied, würde ich sagen.« Sie erschrak sichtlich. »Nicht, dass Sie das jetzt falsch verstehen, wir wussten natürlich nicht …« Sie ließ offen, was genau sie meinte, und fuhr nach einer weiteren Pause fort. »Edda hat von ihrer Krankheit gesprochen. An diesem Abend war sie relativ klar. Nur hin und wieder musste sie nachdenken, was genau sie uns sagen wollte, aber im Allgemeinen … Aber das sagte ich ja schon.«

»Eine Art Abschied. Was genau muss ich mir darunter vorstellen?«, fragte Hella weiter.

»Edda verschwand jeden Tag ein Stück mehr. Nicht ihre Hülle, sondern ihr Geist und die Seele. Alles, was sie ausgemacht hat. Und das hat Edda gespürt. Sie hat sich von uns verabschiedet und uns gebeten, sie nicht mehr zu besuchen. Nie wieder, hat sie wortwörtlich gesagt.«

»Hatten Sie den Eindruck, dass sie Suizidgedanken hatte?«, fragte Lars.

Die alte Dame sah ihn missbilligend an. »Nein, Edda und Suizid. Das ist absurd. Sie ist … war kein labiler Mensch. Im

Gegenteil, sie war stark. Theda Mommsen hielt kurz inne. »Leider auch sehr realistisch. Sie wollte nicht, dass wir sehen, wie sie vor unseren Augen …« Sie schluckte. »Wir sollten sie so in Erinnerung behalten, wie wir sie kannten. Wir alle waren geschockt, als sie uns das mitteilte. Aber inzwischen verstehe ich, was sie meinte. Gerade für Edda muss es unendlich schrecklich gewesen sein, sich selbst zu verlieren.«

Hella wartete, aber Theda Mommsen schien nichts weiter zu dem Besuch sagen zu wollen. »Gab es Konflikte innerhalb der Gruppe?«

Theda Mommsen starrte sie empört an. »Worauf wollen Sie hinaus? Dass jemand von uns … Diese Frage ist total absurd. Nein, sie ist sogar unverschämt.« Die alte Dame war aufgestanden und schien davon auszugehen, dass die beiden Kommissare gehen würden.

»Setzen Sie sich doch wieder, Frau Mommsen. Niemand verdächtigt sie oder ein anderes Mitglied in der Gruppe. Das sind Routinefragen, die wir stellen müssen.« Hella wartete und fügte ein »Bitte!« hinzu, als Theda Mommsen stehen blieb.

Widerwillig setzte sich die alte Dame wieder und sah Hella mit wütender Miene an. »Wir sind alle Künstler. Wenn Sie verstehen, was ich meine.«

Obwohl Hella ahnte, worauf sie hinauswollte, sagte sie: »Nein, ehrlich gesagt verstehe ich das nicht.«

Theda Mommsen schüttelte leicht den Kopf, als wolle sie ihre Missbilligung über Hellas Unwissen zum Ausdruck bringen. Schließlich beugte sie sich leicht vor. »Künstler sind sehr sensible Menschen. Wir leben in unserer eigenen Welt, die wir uns jeden Tag neu erschaffen. Das ist auf der einen Seite ein großes Geschenk, aber auch eine Hürde. In Künstlergruppen geht es nicht so harmonisch zu, wie es sich vielleicht ein Außenstehender so vorstellt. Das sind aber keine normalen Konflikte und schon gar keine, die zu Mord und Totschlag führen. Es ist sogar gewollt, dass man in so einer Gruppe unterschiedlicher Meinung ist. Es nicht nur normal, sondern auch notwendig, um sich als Gruppe und als Künstler weiterzuentwickeln.«

»Danke für Ihre Erklärung. Mir ging es eigentlich mehr um persönliche Konflikte«, sagte Hella. »Gab es Streit … wegen … ich nenne es mal, nicht künstlerischer Fragen?«

»Nichts, was von Belang gewesen wäre. Und schon gar nicht für die Polizei. Weiter werde ich Ihnen dazu nichts sagen.«

Hella sah aus dem Augenwinkel, dass Lars zu einer Frage ansetzte, und hielt ihn mit einem Wink zurück. Im Moment würde sie Druck bei Frau Mommsen nicht weiterbringen.

»Ich nehme an, dass Ihre Künstlergruppe auch ausstellt?«, wechselte Hella das Thema.

Theda Mommsen lächelte jetzt. »Natürlich. Auch wenn die ökonomische Seite für uns alle nicht so im Vordergrund steht, möchten wir als Künstler auch eine Außenwirkung haben. Edda hatte viele Kontakte, nicht nur hier auf der Insel und den Nachbarinseln, sondern auch auf dem Festland.«

Hella sah, dass Lars sich Notizen machte. »Ich habe noch eine Frage zu dem Taxi, das Sie und Ihre Freunde von Wittmund nach Aurich gebracht hat. Wer von Ihnen hat es geordert?«

Theda Mommsen schien einen Moment zu überlegen. »Ich weiß es nicht mehr. Wir waren alle so mitgenommen von dem Gespräch mit Edda, das können Sie sich sicher vorstellen. Ich muss ehrlich zugeben, dass ich nicht mehr weiß, wer letztendlich das Taxi gerufen hat. Vielleicht war ich es sogar.«

»Hat Frau Detlefsen mit Ihnen über ihren Sohn gesprochen?«, wechselte Hella ein weiteres Mal das Thema.

Theda Mommsen sah sie irritiert an. »Sohn? Habe ich Sie richtig verstanden? Fragen Sie nach einem Kind?«

»Das haben Sie richtig verstanden.«

»Edda hatte keine Kinder. Sie hat mir einmal erzählt, dass sie keine bekommen konnte.«

»Das Kind ist adoptiert«, sagte Hella.

»Sie müssen da etwas falsch verstanden haben. Ich wüsste mit Sicherheit, wenn Edda jemals ein Kind adoptiert hätte.«

Hella ging nicht auf die letzte Bemerkung ein, legte stattdessen ein Plastikröhrchen auf den Tisch. »Wir benötigen von

Ihnen für einen DNA-Abgleich eine Probe. Sie kennen das sicher. Einmal mit dem Wattestäbchen durch die …«

»Wofür brauchen Sie das?«, fragte Theda Mommsen, der Hella die Fassungslosigkeit ansah. »Ich habe nichts getan. Wenn Sie mich hier beschuldigen wollen, verlange ich auf der Stelle meinen Anwalt.«

Hella zwang sich, ruhig zu bleiben. »Niemand beschuldigt Sie. Das habe ich Ihnen doch schon einmal erklärt. Wir brauchen von allen Personen, die in den Stunden vor Frau Detlefsens Tod bei ihr waren, eine Probe. Allein, um Sie auszuschließen.«

»Kann ich mich weigern?«

»Wir können Sie im Moment nicht dazu zwingen, aber in spätestens vierundzwanzig Stunden haben wir einen richterlichen Beschluss. Sie würden dann nach Wittmund kommen müssen, um sich …«

»Schon gut«, unterbrach Theda Mommsen Hella, griff nach dem Plastikröhrchen, zog das Wattestäbchen heraus und fuhr sich über die Mundschleimhaut, bevor sie das Stäbchen wieder in das Röhrchen schob und es Hella mit den Worten reichte: »Ich komme mir vor wie eine Verbrecherin.« Sie stand auf. »Ich denke, ich habe Ihnen alles gesagt, was ich weiß.«

»Doch Agatha Christie?«, fragte Lars grinsend, als sie den Weg entlang zur nächsten Adresse gingen.

»Ganz so sicher bin ich mir auch nicht mehr. Trotzdem muss ich dich enttäuschen, wir werden nicht um den harten Weg herumkommen und einen Stein nach dem anderen umdrehen müssen.«

»Schon klar. Was hältst du von der Dame?«

Hella blieb stehen, als ihr Handy klingelte. Sie schaute aufs Display und nahm das Gespräch an. »Kollege Steinmetz! Haben Sie noch etwas herausbekommen?«

»Schon, aber ob es wirklich relevant ist, kann ich nicht beurteilen.« Hella hörte, wie er tief Luft holte. »Meine Quelle meint, Edda habe über die Jahre das ganze Vermögen ihrer Familie verbraucht. Sie selbst hatte keine Rente oder Pension, was ja bei dem Vermögen, so sagt zumindest meine Quelle, kein Problem gewesen wäre.« Er machte eine kurze Pause. »Na ja, es hat ja auch gereicht. Aber das wollten Sie ja nicht wissen. Also: Es ging wohl darum, ein Haus auf der Insel zu kaufen und es anschließend zu einer Galerie umzubauen. Das Haus hat letztlich jemand anders gekauft und ein Restaurant daraus gemacht, aber Edda hätte es wohl bekommen, weil der Besitzer sehr gut mit ihr bekannt war. Aber wie gesagt, sie hat es nicht gekauft, und darüber gab es wohl einen heftigen Streit. Das mit dem Hauskauf kann ich bestätigen, zumindest dass es zum Verkauf stand. Zum Streit und warum Edda das Haus nicht gekauft hat, kann ich leider nichts sagen.«

»Danke, Kollege Steinmetz. Die Auskunft reicht uns erst mal. Wir melden uns später bei Ihnen, wenn wir mit den Befragungen durch sind.«

»Kein Thema! Ich habe mir den ganzen Abend frei gehalten.«

Hella erzählte Lars, was sie soeben erfahren hatte. »Es ging wohl doch um mehr als nur künstlerische Fragen.«

»Ein Mann, vier Frauen«, sagte Lars. »Hast du da schon drüber nachgedacht?«

»Inzwischen ja. Ich muss zugeben, dass mir das Alter der Beteiligten für Beziehungsdramen und Eifersuchtsszenen zu hoch erschien. Aber da bin ich wohl auf meine eigenen Vorurteile reingefallen. Wir werden sehen, was die beiden anderen Künstlerinnen zu sagen haben.«

Lars nickte und zeigte auf eine Straße, die nach rechts abbog. »Da müssen wir rein.«

Wenige Minuten später standen sie vor einem Haus mit vier Wohnungen. Hella schätzte, dass es in den sechziger Jahren des letzten Jahrhunderts gebaut worden war. Es lag am äußersten südlichen Rand des Dorfes und damit für Wangerooge weit entfernt vom Strand. Die Holzfenster des Hauses schienen noch original zu sein, die Farbe blätterte an vielen Stellen ab, und das Holz war brüchig. Die Dachziegel waren vermoost und der Vorgarten ungepflegt.

Lars klingelte, kurz darauf wurde die Tür von einer Frau geöffnet, die sich als Maike Theemann vorstellte und sie in ihre Wohnung bat. Die Zweizimmerwohnung war entgegen dem äußeren Schein des Hauses in gutem Zustand. Der Fußboden war mit Echtholzparkett ausgelegt, die Wände waren weiß gestrichen, die Türen mussten erst vor kurzer Zeit ausgewechselt worden sein. Selbst die Fenster der Wohnung, die zur Gartenseite hinausgingen, waren jüngeren Datums als die an der Front.

Frau Theemann bat sie ins Wohnzimmer und bot ihnen Tee oder Kaffee an. Hella bat um ein Glas Mineralwasser, Lars schloss sich an.

Maike Theemann war fünfundsiebzig Jahre alt, wirkte aber jünger auf Hella. Sie war schlank, hatte lange dunkle Haare und ein fein geschnittenes Gesicht. Hella wusste aus den Akten, dass sie ehemals Lehrerin am Gymnasium gewesen war und inzwischen seit mehr als zehn Jahren pensioniert war.

Lars erklärte ihr Anliegen und fragte Maike Theemann nach ihrem Verhältnis zu Edda Detlefsen. Sie erzählte, wie sie sich kennengelernt hatten. Ähnlich wie bei Theda Mommsen hatte sie einige Monate im Haus Detlefsen gewohnt, bevor sie sich eine eigene Wohnung gesucht hatte, die sie später als Eigentum erworben hatte. Edda Detlefsen hatte ihr Atelier um einen Töpfer-Arbeitsplatz erweitert und ihn ihr angeboten.

»Ich habe damals lange überlegt, aber der Charme der Insel und unsere damals noch kleine Künstlergruppe haben mich letztlich dazu bewogen, hier meine Zelte aufzuschlagen.«

Den Besuch bei Edda Detlefsen beschrieb sie ähnlich wie Theda Mommsen, auch wenn sie nach Hellas Einschätzung nicht so emotional auf die Ankündigung der alten Dame reagiert hatte. Auch sie konnte sich nicht daran erinnern, wer das Taxi nach Aurich bestellt hatte. Die DNA-Probe gab sie, ohne zu zögern, ab.

»Sie planten vor einiger Zeit, als Künstlergruppe ein Haus zu erwerben, um dort eine Galerie aufzumachen?«, fragte Hella unvermittelt.

Maike Theemann erstarrte für einen Moment, fing sich aber gleich wieder. »Ja, der Plan stand im Raum. Aber letztlich war das Projekt doch finanziell nicht zu stemmen.«

»Es gab Streit in der Gruppe über das Vorhaben?«, fragte Lars.

»Streit, das ist ein großes Wort. Wir waren nicht immer einer Meinung und haben lange darüber diskutiert. Ich würde das nicht Streit nennen.«

»Wie sah der Finanzplan aus?«, fragte Lars unbeeindruckt weiter.

»Edda hätte den größten Teil des Eigenkapitals aufbringen müssen, wir anderen nach unseren Möglichkeiten. Den Rest hätte die Bank uns geliehen. Zumindest war es so geplant gewesen.«

»Sie waren also nicht einer Meinung«, sagte Hella. »Wer stand auf welcher Seite?«

Maike Theemann zog ihre Augenbrauen zusammen. »Wir sind doch keine politische Partei. Es gab keine Seiten. Wir sind immer wieder das Für und Wider durchgegangen und dabei zu unterschiedlichen Einschätzungen gekommen. Am Schluss haben wir ja auch gemeinsam eine Entscheidung getroffen.«

»Gegen die Galerie?«

»Richtig. Das Risiko war uns zu groß.«

»Mit wie viel Kapital wollten Sie sich damals einbringen?«, fragte Lars.

»Mit meinen ganzen Ersparnissen.« Sie zuckte mit den Schultern. »Ich kann Ihnen jetzt gar nicht sagen, wie viel das genau war.« Sie warf Hella einen missbilligenden Blick zu, als erwarte sie, dass Hella Lars zur Ordnung rufen solle. »Können Sie mir sagen, warum mir solche Fragen gestellt werden?«

Hella nickte. »Wir müssen das Umfeld von Frau Detlefsen beleuchten. Und Sie als ihre Freundin und Künstlerkollegin gehören natürlich dazu.«

Maike Theemann schien mit Hellas Antwort nicht zufrieden zu sein, schwieg aber.

»Waren Frau Detlefsen und Herr Jansen ein Paar?«, stellte

Lars die nächste Frage, nachdem Hella ihn mit einem kurzen Nicken dazu aufgefordert hatte.

Maike Theemann wandte sich wieder Lars zu. »Dazu kann ich Ihnen nichts sagen.«

»Weil?«, hakte Lars nach.

»… das Privatsache ist und ich ganz sicher nicht mit Ihnen darüber reden werde.«

12

»Wollen wir noch zu Frau Schmidt, der Vierten im Bunde?«, fragte Lars, als sie die Wohnung von Maike Theemann verlassen hatten.

»Lass uns erst zum Kollegen Steinmetz gehen.«

Lars orientierte sich auf dem Inselplan, den er auf sein Smartphone geladen hatte, und zeigte schließlich geradeaus. »Fünf Minuten, schätze ich.«

Karl Steinmetz saß an seinem Schreibtisch, als die beiden Kommissare eintraten. Er stand auf und begrüßte sie. »Wie sind die Befragungen gelaufen?«

»Noch etwas zäh. Aus diesem Grund bin ich hier. Wir würden uns gern mit Ihrer Quelle unterhalten. Inoffiziell, ohne Protokoll.«

Karl Steinmetz seufzte. »Ich fürchte …« Er schüttelte den Kopf.

»Tun Sie mir den Gefallen und rufen Sie ihn oder sie an. Wir würden uns hier treffen oder an jedem anderen Ort auf der Insel. Niemand wird erfahren, dass wir mit der Person gesprochen haben. Es ist wirklich wichtig.«

Karl Steinmetz nickte, griff nach seinem Handy und verließ den Raum.

Eine halbe Stunde später saßen sie einer alten Dame gegenüber. Frida Olthus war im gleichen Alter wie Edda Detlefsen, und wie sie gleich zu Beginn erzählte, war sie über viele Jahrzehnte mit ihr befreundet gewesen.

»Edda und ich sind zusammen zur Schule gegangen. Sie ist dann nach der mittleren Reife aufs Festland, um da ihr Abitur zu machen. Mit neunzehn ist sie zurückgekommen. Ich glaube, sie hatte sehr gute Noten, aber trotzdem ist sie für zwei Jahre hier auf Wangerooge geblieben. Sie hat hier und da mal gearbeitet, aber das war nicht so richtig ernsthaft. So hat sie es mir zumindest damals erzählt. Sie meinte, dass sie es nur tun würde, um ihre Eltern zu beruhigen.«

»Ihre Eltern waren sehr vermögend?«

»Ja, sie besaßen viel Land auf der Insel und hatten auch Häuser. Eddas Großeltern waren Bauern, aber Eddas Vater ist zur See gefahren. Als Kapitän. Als seine Eltern gestorben sind, ist er zurückgekommen. Aber er hat den Hof nur kurz geführt, bevor er ihn verkauft hat. Mit dem Geld hat er einige Häuser erworben und sie zuerst vermietet und später zu Ferienwohnungen umgebaut. Zur See ist er nicht wieder gefahren.«

»Frau Detlefsens Eltern sind früh gestorben?«, fragte Lars.

»Ja, sehr früh. Aber vorher ist Edda nach Oldenburg gegangen. Sie wollte Lehrerin werden. Lehrerin für die ganz Kleinen. Das hätte sie ja auch auf Wangerooge machen können. Wir haben ja hier eine Schule.« Die alte Dame seufzte leise. »Leider, leider musste Edda zurückkommen. Das war nach zwei Jahren. Ihr Vater war erkrankt. Alzheimer. Und Eddas Mutter wurde da allein nicht mit fertig.«

»Sie hat also ihr Studium abgebrochen?«, fragte Hella.

Frau Olthus nickte. »Zuerst dachte Edda wohl, dass sie irgendwann wieder nach Oldenburg gehen könnte, aber dann erkrankte auch noch ihre Mutter. Sie hatte das Gleiche wie Eddas Vater. Schrecklich. Vater und Mutter gleichzeitig zu pflegen. Und das in so jungen Jahren. Edda war ja noch nicht mal fünfundzwanzig.«

Die alte Dame schien in Gedanken an die Zeit zu versinken. Hella wartete, bis sie die nächste Frage stellte.

»Wie lange haben die Eltern noch gelebt?«

»Das waren drei oder vier Jahre. Schwere Jahre, hat Edda immer gesagt. Nicht, dass Sie mich falsch verstehen. Edda ist sofort zurückgekommen, und für sie war immer klar, dass sie so lange bleiben würde, bis ihre Eltern gestorben waren.«

Wieder entstand eine Pause, und Hella wartete, bis Frau Olthus von allein weitersprach.

»Diese Zeit mit den kranken Eltern hat Edda geprägt. Sie hatte zeitlebens Angst, auch so früh zu erkranken. Es gibt ja wohl Ärzte, die meinen, dass das vererbbar ist.«

»Sie ist nicht zurück nach Oldenburg gegangen?«, fragte Lars, der die Antwort schon aus seinen Unterlagen kannte.

»Nein, Edda hat das Studium nie wieder aufgenommen. Ich weiß nicht, warum, und ich habe ihr damals auch gut zugeredet, aber sie ist auf Wangerooge geblieben. Im Studium hatte sie die Fächer Deutsch und Kunst. Beide hat sie geliebt. Die Romane und das Malen. Wenn Sie in ihr Haus gehen, werden Sie unzählige Bücher finden. Und sie hat dort ja auch ein Atelier. Aber das wissen Sie sicher schon.«

Hella nickte. »Wir haben schon mit einigen ihrer Künstlerfreunde gesprochen.«

»*Künstlerfreunde.* So nennen sie sich?« Frau Olthus schüttelte den Kopf. »Nun gut, Sie wollten wissen, wie Eddas Leben verlaufen ist. Wo waren wir stehen geblieben?«

»Ihre Eltern waren gestorben, und Frau Detlefsen ist nicht zurück nach Oldenburg gegangen.«

»Ja, Edda ist hiergeblieben. Sie ist dann in ein Loch gefallen. Deshalb ist sie ja auch nicht zurück ins Studium. Sie hat so vor sich hingelebt. Geld war ja genug da.«

»Wir wissen aus den Unterlagen, dass Frau Detlefsen nie verheiratet war«, sagte Hella.

»Nein, das war sie nicht.« Frida Olthus lächelte mild. »Es gab da jemand, der um sie geworben hat. Ein Mann in ihrem Alter, der damals in der Inselverwaltung gearbeitet hat. Sie sind ein paarmal miteinander ausgegangen, und ich glaube, da war auch mehr, aber dann … Edda hat mir nur erzählt, dass sie nicht zusammenpassen würden. Ernst, das war sein Name, hat dann auch kurze Zeit später die Insel verlassen. Schade eigentlich. Später hat mir Edda erzählt, das war viele Jahre danach, dass sie ihn eigentlich ganz geeignet fand. Aber dann hatte sie wohl Angst, er würde nur wegen ihrem Geld um sie werben.«

»Ist Frau Detlefsen anschließend keine Beziehung mehr eingegangen?«, fragte Hella, als Frida Olthus nicht mehr weitersprach.

»Beziehung. So nannte man das damals nicht. Ja, was soll ich sagen? Sie werden es sicher auch von anderen hören. Dann erzähle ich es wohl besser. Der Klatsch und Tratsch auf der Insel ist manchmal sehr gehässig.« Sie schloss kurz die Augen und atmete einmal tief durch. »Es gab dann für Edda eine Zeit, in der sie sehr viele Männer kennengelernt hat. Sie war eine attraktive Frau Anfang dreißig. In der Sommersaison waren schon damals viele Menschen hier. Und natürlich auch Männer. Manche verheiratet, manche auch nicht. Ich hoffe, Sie denken jetzt nicht schlecht von Edda. Dafür gibt es nämlich keinen Grund. Sie war nur etwas labil in dieser Zeit und hatte wohl Angst, keine Familie mehr gründen zu können. Aber wie das so ist, irgendwann spürt man selbst, dass man auf dem falschen Weg ist. So war das auch bei Edda. Sie hat während dieser Zeit nicht mehr gemalt. Nicht einmal ihre geliebten Romane hat sie mehr gelesen. Sie spürte eine große Leere in sich. Genau so hat sie es mir auch gesagt. Sie war dann für ein paar Monate in einer Klinik auf dem Festland.« Frau Olthus hob die Hand. »Fragen Sie mich jetzt nicht, wo das war und was das für eine Klinik war. Ich glaube, es ging um ihre Psyche.«

»Wie alt war Frau Detlefsen zu der Zeit?«, fragte Lars, der sich während des gesamten Gesprächs eifrig Notizen gemacht hatte.

»Mitte dreißig, vielleicht auch noch etwas älter.« Frida Olthus warf einen kritischen Blick auf Lars' Notizblock. »Ich hoffe doch, junger Mann, dass Ihre Notizen nicht irgendwo in den Akten auftauchen.«

»Nein, natürlich nicht«, antwortete Lars.

Hella fügte hinzu: »Das ist nur als Gedankenstütze für uns gedacht, Frau Olthus. Sie können sich absolut darauf verlassen, dass niemand von diesem Gespräch erfährt. Von dem Inhalt ohnehin nicht.«

Die alte Dame schien beruhigt zu sein. »Gut, wo war ich stehen geblieben?«

»Frau Detlefsen kam aus der Klinik zurück«, half Hella ihr.

»Sie war wie ausgewechselt. Im positiven Sinne meine ich das. Eine Zeit lang überlegte sie sogar, das Studium fortzusetzen. Allerdings war schon so viel Zeit vergangen, dass sie fast von Anfang an hätte beginnen müssen. Nun gut, sie ist dann irgendwann schnell auf die Idee gekommen, Pflegekinder in ihrem Haus aufzunehmen. Zuerst war es nur eins, dann kam schnell ein weiteres dazu, und schließlich hatte sie drei Kinder.«

»Wie alt waren die Kinder?«

»Ganz unterschiedlich. Auf jeden Fall keine Babys oder Kleinkinder. Es gab auch hin und wieder einen Wechsel. Warum, weiß ich nicht. Eventuell haben die leiblichen Eltern die Kinder zurückgenommen, oder sie sind von einem Paar adoptiert worden. Edda hat da nie richtig drüber gesprochen. Sie war traurig, wenn eins ihrer Kinder gegangen ist. ›Meine Kinder‹, so nannte Edda sie.«

»Eins dieser Kinder hat Frau Detlefsen adoptiert?«

Frida Olthus nickte. »Ja, den Luca. Er kam mit drei Jahren zu ihr. Da ging Edda auf die vierzig zu und war nicht verheiratet. Sie hat sich sofort in den Kleinen verliebt und wollte auf keinen Fall, dass er ihr wieder weggenommen wird. Die Adoption war eine schwierige Sache, Edda war ja nun mal nicht verheiratet und hatte auch keinen festen Lebensgefährten. Aber sie hat es geschafft, wie, weiß ich nicht.«

»Nach unseren Unterlagen hatte Frau Detlefsen später aber keinen Kontakt mehr zu ihrem adoptierten Sohn«, warf Lars ein.

Frida Olthus seufzte. »Das ist eine lange Geschichte. Edda hat dem Jungen alles gegeben, ein Zuhause, eine Familie, Liebe und Geborgenheit. Bis er in die Pubertät kam, schien auch alles gut zu sein. Aber ich glaube, ja, es war so mit dreizehn. Da gab es immer mehr Streit und sogar richtig handfeste Auseinandersetzungen. Es ging alles so rasend schnell, dass ich es kaum mitbekommen habe. Das Ende vom Lied war, dass er mit gerade mal siebzehn Jahren von zu Hause ausgezogen ist. Edda hat alles versucht, konnte ihn aber nicht zurückhalten. In den folgenden Jahren hat sie mühsam zu ihm Kontakt gehalten, und irgendwann hat sie mir erzählt, dass er sich nicht mehr meldet. Edda war unendlich traurig, aber sie musste sich schließlich damit abfinden. Was blieb ihr sonst übrig?«

»Sie haben Luca Detlefsen in den letzten Jahren nicht mehr auf Wangerooge gesehen?«, fragte Hella.

»Nein, aber das heißt ja nicht viel. Mein Haus steht abseits der Straßen, wo nur die Inselgäste laufen. Und ich muss jetzt auch sagen, dass ich in den letzten fünfzehn Jahren nur sehr wenig Kontakt zu Edda hatte.«

Hella wollte gerade fragen, woher sie die neueren Informationen über Edda Detlefsen hatte, als Frida Olthus fortfuhr.

»Nachdem Eddas Adoptivsohn die Insel verlassen hatte, war ich regelmäßig bei ihr, aber dann … Es kam ganz plötzlich, es waren vielleicht drei Jahre vergangen, als Edda in ihrem Haus ein großes Atelier einrichtete und dann nur noch gemalt hat. Sie hat sich der Kunst hingegeben. Ja, so kann man das sagen, sie hat sich hingegeben. Vermutlich passte ich nicht mehr in ihre neue Welt. Wir haben uns nur noch selten gesehen, und die Gespräche waren nur kurz.« Frida Olthus verstummte von einem Augenblick zum nächsten. Die beiden Kommissare warteten, aber die alte Dame schien in sich versunken zu sein. Erst als Hella sich laut räusperte, fuhr sie hoch und sah die Hauptkommissarin verdutzt an.

»Ja, Sie fragen sich jetzt sicher, woher ich weiß, was so in letzter Zeit passiert ist. Edda und ich haben wieder zueinandergefunden. Das war, als sie ins Pflegeheim gekommen ist. Ich bin zu ihr gefahren und habe sie besucht. Fast jeden Monat war ich für einen ganzen Tag da, bin mit ihr spazieren gegangen. Da ich nicht am gleichen Tag zurückkonnte, habe ich bei einer Freundin übernachtet.«

»Was hat Frau Detlefsen von den letzten Jahren erzählt?«, fragte Hella, die hoffte, dass Frida Olthus weiter so auskunftsfreudig sein würde.

»Das waren sehr private Gespräche. Sie sind von der Polizei und suchen nach einem …« Sie schluckte. »Ich habe Karl schon einiges erzählt, was ich eigentlich für mich hätte behalten sollen. Aber nachdem er sagte, was Edda zugestoßen ist, habe ich ihm doch etwas anvertraut.«

»Ihre alte Freundin ist keines natürlichen Todes gestorben«, sagte Hella mit gedämpfter Stimme. »Wir suchen die Person, die ihr das Leben genommen hat. Zurückhaltung hilft im Moment nur dem Täter. Wollen Sie das?«

»Nein, natürlich nicht«, antwortete Frau Olthus sichtbar empört. »Aber wenn ich Informationen weitergebe, die Menschen in Eddas Umfeld belasten, ist das auch nicht in ihrem Sinne.«

»Frau Olthus, ich verstehe Sie durchaus, aber das hier ist ein inoffizielles Gespräch. Aufgrund der Informationen, die Sie uns geben, wird niemand beschuldigt. Im Gegenteil, ich denke, wir sehen danach klarer und müssen gerade diese Personen, die Sie schützen wollen, nicht weiter belästigen.«

Frida Olthus war unsicher geworden. »Ich werde nichts unterschreiben und auch nicht vor Gericht aussagen. Das wissen Sie?«

»Selbstverständlich, und das ist absolut in Ordnung.«

Die alte Dame nickte nachdenklich. »Von dem Streit um die geplante Galerie wissen Sie ja schon. Aber ich habe Karl nicht alles gesagt. Edda hätte sich um ein Haar mit ihren Freunden überworfen. Alle vier waren dafür, das Haus zu kaufen. Aber Edda hätte ihr Elternhaus beleihen müssen. Und das wollte sie auf keinen Fall. Sie hatte zu dem Zeitpunkt nicht mehr ausreichend Barvermögen, und die Grundstücke und Häuser ihrer Familie waren bereits alle verkauft.«

»Wann genau war das?«

»Das ist noch nicht einmal drei Jahre her. Der ganze Streit hat Edda so viel Kraft gekostet, dass sie darüber krank geworden ist. Das ging dann ziemlich schnell. Und plötzlich war sie im Pflegeheim.«

»Aber die Künstlerfreunde haben sich dann geeinigt?«

Frida Olthus nickte. »Ja, wenn Sie das so nennen wollen. Edda ist hartnäckig geblieben, und den vieren ist dann wohl klar geworden, was sie riskieren.« Die alte Dame schaute grimmig drein. »Das ist jetzt meine Interpretation. Edda hat die vier in unseren Gesprächen immer wieder in Schutz genommen. Als ich dann fragte, warum sie nicht auf der Insel geblieben wäre, hat sie geschwiegen. Ich habe weitergefragt und gesagt, dass die vier sie doch hätten unterstützen können.«

»Und was hat Frau Detlefsen Ihnen geantwortet?«

»Sie ist ärgerlich geworden und meinte nur, dass sie das nicht gewollt hätte. Aber ich habe ihr nicht geglaubt. Ihr Geld haben sie über die Jahre genommen, aber als es darum ging, Edda zur Seite zu stehen, haben sie gekniffen. Was sind das denn für Freunde?« Frida Olthus seufzte leise. »Ich habe mich dann mit meiner Meinung zurückgehalten, weil ich Edda nicht noch mehr zumuten wollte.«

»Frau Detlefsen hatte noch etwas über zweihunderttausend Euro auf dem Konto. Wenn beabsichtigt war, ein Haus hier auf der Insel zu kaufen und umzubauen, müssen es damals doch mehr gewesen sein«, sagte Hella. »Wissen Sie etwas darüber?«

»Zahlen kenne ich keine. Aber so, wie es Edda schilderte, muss es viel mehr Geld gewesen sein.« Sie hielt inne. »Warten Sie … Edda hat doch einmal eine Zahl genannt. Siebenhunderttausend. Kann das sein?«

13

Frida Olthus berichtete weiter von ihren Gesprächen mit ihrer alten Freundin Edda. Dabei ließ sie kaum ein gutes Haar an den Künstlerfreunden. Wofür das Vermögen von Edda Detlefsen über die Jahre ausgegeben wurde, konnte Frida Olthus nicht sagen, da sie um das Thema bei ihren Besuchen im Pflegeheim einen großen Bogen gemacht hatten.

Auf Hellas Frage, ob Oke Jansen mit Frau Detlefsen eine Beziehung gehabt habe, schwieg Frida Olthus und gab erst auf Nachfrage eine kurze Bestätigung. Hella kam es so vor, als würde sie ihnen etwas verschweigen, schaffte es aber nicht, ihr mehr Informationen zu entlocken. Edda Detlefsen hatte sich laut Frau Olthus für das Pflegeheim entschieden, weil sie sich wegen ihrer fortschreitenden Demenz schämte und nicht wollte, dass ihre Freunde sie so erlebten.

Nach fast zwei Stunden verließen die beiden Kommissare die alte Dame und gingen zur Polizeistation, wo Karl Steinmetz auf sie wartete.

»Hat sich Oke Jansen bei Ihnen gemeldet?«, fragte Hella ihren Inselkollegen, nachdem sie ihn kurz über den Besuch bei Oke Jansen informiert hatte.

»Nein, bisher nicht. Soll ich ihn anrufen und mir noch einmal den Termin bestätigen lassen?«

»Machen Sie das. Schaden kann es nicht.«

Inzwischen war es später Nachmittag, und Hella beschloss, Ilse Schmidt am nächsten Tag aufzusuchen.

Lars hatte nicht zu viel versprochen, als er von dem Hotel geschwärmt hatte. Das große Haus stand direkt an der Strandpromenade in bester Lage. Sie checkten ein und verabredeten sich für neunzehn Uhr im Hotelrestaurant.

Hellas Zimmer hatte eine Aussicht auf die Nordsee. Sie öffnete das Fenster und zog die kalte salzige Herbstluft ein. Das leise

Rauschen der Wellen beruhigte sie. Eine Weile stand sie am Fenster, bis sie die Novemberkälte spürte. Tagsüber hatte die Sonne geschienen und die Temperatur auf angenehme sechzehn Grad angehoben, aber inzwischen fühlte es sich erheblich kälter an.

Hella schloss das Fenster und legte sich aufs Bett. Nach einer kurzen Verschnaufpause angelte sie nach ihrem Handy und rief Leon an.

»Wie geht es euch beiden?«, fragte er nach der Begrüßung.

Hella lachte. »Hey, fängst du jetzt schon an, dir Sorgen um uns zu machen?«

»Seit wann beantwortet man eine Frage mit einer Gegenfrage, Frau Hauptkommissarin?«

»Seit ich schwanger bin?«

Leon stimmte in ihr Lachen ein. »Eins zu null für dich. War der Tag anstrengend?«

»Eher zäh, würde ich sagen. Es scheint zum Volkssport geworden zu sein, die Polizei anzulügen. Oder zumindest die wichtigen Dinge zu verschweigen. Aber morgen ist auch noch ein Tag. Und bei dir?«

»Alles gut. Ich bin seit einer Stunde wieder zu Hause und koche mir gerade eine kleine Suppe. Du hast auch was gegessen?«

Hella schmunzelte. Seine Fangfrage war ihr nicht verborgen geblieben. Leon wusste, dass sie dazu neigte, in stressigen Situationen das Essen zu vergessen. »Ich bin schon fast auf dem Weg ins Restaurant, wo ich mich gleich mit Lars treffe …«

»… und ihr ganz sicher nicht über den aktuellen Fall redet?«

»Das kann ich dir leider nicht versprechen. Wir werden wohl eine kleine Nachbereitung machen müssen. Leon, mir geht es wunderbar. Wirklich, mach dir keine Sorgen.«

»Du passt auf dich auf? Versprochen?«

»Hoch und heilig! Und jetzt erzähl, was du morgen vorhast.«

Nachdem sie Getränke und Essen bestellt hatten, lehnte sich Hella auf dem Stuhl zurück. Auch durch die Fensterscheiben konnten sie einen Blick auf den Strand und das Meer genießen.

»Ich vermisse noch das Lob für meine gute Wahl«, sagte Lars schmunzelnd.

Als Hella gerade antworten wollte, klingelte Lars' Handy. Er sah aufs Display und drückte das Gespräch weg. Anschließend tippte er eine kurze Nachricht und versendete sie.

»Familie?«, fragte Hella.

»Noch nicht«, sagte Lars und schien einen Moment selbst über seine Antwort erschrocken zu sein.

»Spannend!« Dieses Mal schmunzelte Hella.

»Entschuldige. Ist mir so rausgerutscht. Das war … Paula.«

»Schöner Name. Muss ich mir merken.«

Lars sah sie verwundert an, schien aber dann zu verstehen, auf was Hella anspielte.

»Weißt du denn schon, was es wird?«

»Ein Baby. Ein wunderschönes Baby, denke ich.«

»Ihr lasst euch überraschen?«

»Das ist noch nicht ganz raus.« Hella lächelte. »Und wer ist Paula?«

Lars erhielt eine Verschnaufpause, da der Kellner an den Tisch trat und ihnen die Getränke servierte. Hella hob ihr Glas und prostete Lars zu. »Worauf stoßen wir an?«

Lars zuckte mit den Schultern. »Keine Ahnung.«

»Du meinst, du weißt nicht, worauf du mit deiner Chefin anstoßen darfst? Und ob überhaupt?« Hella hatte ihr Glas wieder abgesetzt und sah Lars fragend an.

»So ungefähr«, sagte er zögerlich.

»Sind wir nicht inzwischen mehr als Kollegen?«

»Schon.«

»Lars, nicht so zurückhaltend. Vergiss mal einen Moment, dass ich deine Chefin bin. Also, wer ist diese Paula?«

Lars seufzte. »Eine Kollegin. Sie ist seit einem halben Jahr bei der Verkehrspolizei. Vielleicht hast du sie schon mal gesehen. Sie ist blond, groß …«

»Verdammt gut aussehend«, vervollständigte Hella die Liste.

Lars nickte.

»Doch, ich kenne sie. Vor ein paar Tagen habe ich sogar ein

paar Worte mit ihr gewechselt. Toughe Frau, würde ich mal sagen. Und ihr beide …?«

»Ja.«

Hella lächelte. »Du bist verliebt, habe ich recht?«

»Völlig kalt lässt mich Paula auf jeden Fall nicht«, murmelte Lars leicht verlegen.

Hella hob erneut ihr Glas. »Dann stoßen wir doch auf die Liebe an.«

Lars nickte und prostete ihr zu.

»Was hältst du davon, mal mit Paula bei uns hinterm Deich vorbeizuschauen? Leon macht eine exzellente Fischsuppe, und dazu gibt es selbst gemachtes Brot und einen phantastischen Weißwein.« Sie seufzte. »Auf den ich leider im Moment verzichten muss.«

Lars zögerte kurz. »Hört sich gut an. Ich frage Paula einfach mal, ob sie Lust hat.«

»Super! Nächste Woche? Mittwoch vielleicht?«

Der Kellner trat wieder an ihren Tisch und servierte ihre Gerichte. Hella hatte sich eine Lammkeule bestellt, Lars eine Scholle.

»Guten Appetit«, wünschte Hella und griff nach Messer und Gabel.

Hella sah auf die Uhr. Kurz nach neun. »Noch ein bisschen Energie für ein kurzes Resümee des Tages?«

Lars grinste breit und holte sein Notizbuch hervor. »Und ich dachte schon, du fragst gar nicht mehr.«

»Was haben wir?«

»Oke Jansen hat sich verweigert, beziehungsweise wäre die Befragung in der Situation ohnehin im Sand verlaufen. Ob er sich morgen wirklich auf der Polizeistation einfindet, bleibt noch abzuwarten.« Lars warf einen Blick auf seine Notizen. »Theda Mommsen scheint die ›innigste‹ Freundin unseres Opfers gewesen zu sein. Sie hat uns nur das erzählt, was die Gruppe in einem günstigen Licht erscheinen lässt. Wenn du mich fragst, hat sie sich regelrecht auf die Befragung vorbereitet. Sie wusste genau, was sie nicht sagen beziehungsweise was sie uns vermitteln wollte. Eine wichtige Erkenntnis scheint mir, dass sie und somit wohl alle Gruppenmitglieder nichts von dem Adoptivsohn wussten. Das macht ein Gruppenmotiv nicht gerade unwahrscheinlicher.«

»Bisher geben sich alle ein Alibi, und ich vermute, das wird auch so bleiben«, warf Hella ein.

»Wir müssen das Taxi finden, das die vier nach Aurich gebracht hat. Wenn der Taxifahrer die Angaben bestätigt, ist das Alibi mehr oder weniger wasserdicht.«

»Es sei denn, der Todeszeitpunkt stimmt nicht«, sagte Hella.

»Ich bitte dich, Dr. Wolters macht doch keine Fehler. Die nicht.«

Hella hatte ihm von ihren Erfahrungen mit der Rechtsmedizinerin erzählt und dabei auch über ihre langjährigen Erfahrungen gesprochen.

»Sie war nicht vor Ort und musste sich auf die Angaben von Dr. Beckmann verlassen. Sie hat in unserem letzten Gespräch deutlich darauf hingewiesen. Das hat mich stutzig gemacht.«

»Frauke Beckmann hat selbst in der Gerichtsmedizin gearbeitet. Warum sollte sie in solch elementaren Dingen Fehler machen?«

»Nur so ein Gefühl. Vielleicht sollte ich noch mal in Hannover nachfragen, warum Beckmann die Gerichtsmedizin verlassen hat.«

Lars schüttelte den Kopf. »Ich weiß nicht, wenn wir so anfangen, haben wir aber ein echtes Problem. Ohne klare Tatzeit wird es erheblich schwerer werden.«

»Ich weiß, Lars. Trotzdem … Aber erst mal gehen wir natürlich von der genannten Zeit aus, und du hast recht: Wenn wir den Taxifahrer finden, wären wir einen großen Schritt weiter.«

»Werden wir Theda Mommsen morgen noch mal befragen?«

»Den Gedanken hatte ich auch schon. Lass uns das morgen entscheiden, wenn wir mit Ilse Schmidt gesprochen haben.«

»Und mit Oke Jansen. Er scheint mir doch eine zentrale Rolle einzunehmen. Wenn er der Lebensgefährte von Edda Detlefsen gewesen ist, sollte er von den vier Personen doch unser Hauptverdächtiger sein.«

»Er erbt auch nicht mehr als die drei Frauen«, gab Hella zu bedenken.

»Aber er hat am meisten zu verlieren. Immerhin wohnt er im Haus, und das auch, obwohl Edda Detlefsen ins Pflegeheim gegangen ist. Ich habe keine weitere Meldeadresse für einen Zweit- oder Erstwohnsitz gefunden. Er würde auf der Straße stehen, wenn er aus dem Haus müsste.«

»Alles richtig, aber ich fürchte, so einfach wird die Lösung nicht sein. Auf jeden Fall müssen wir die Finanzen von Frau Detlefsen der letzten fünf Jahre kontrollieren, eventuell auch noch länger zurück. Kannst du das veranlassen?«

»Schon notiert. Du meinst ...«

»Irgendwo muss doch das Detlefsen-Vermögen, von dem Frida Olthus gesprochen hat, geblieben sein.«

»Wenn es denn überhaupt jemals da war. Frau Olthus hat mit ihrer dementen Freundin gesprochen. Wir wissen nicht, ob die nicht einiges durcheinandergebracht hat.«

»Auch eine mögliche Variante, der ich aber keine große Chance gebe. Warten wir die Bankdaten ab. Dann wissen wir mehr. Spekulieren macht in dieser Sache wenig Sinn.«

»Übrigens, meine Facebook-Aktivitäten hatten Erfolg. Ich bin in der Gruppe aufgenommen worden. Ich habe aber nur einen kurzen Blick auf die Postings werfen können. Das wird eine Zeit lang dauern, fürchte ich. Zuerst muss ich mich auch vorstellen und meinen Fall schildern. Zumindest in groben Zügen, wie mir meine neue Freundin, die Administratorin der Gruppe, geraten hat. Vertrauen gegen Vertrauen, hat sie mir geschrieben.«

»Sei bitte vorsichtig und einfühlsam, da werden eine Menge Frauen posten, die ziemlich schlimme Erfahrungen gemacht haben.«

Lars nickte. »Das ist mir schon klar. Ich werde mich vor allem auf die Vergangenheit konzentrieren und schauen, was Frau Petersen da so geschrieben hat.« Seine Stimme wurde leiser.

»So richtig wohl fühle ich mich da auch nicht, wenn ich ehrlich bin.«

»Dass Petersen keinen Verdacht schöpfen darf, brauche ich dir nicht zu sagen. Wir würden in Teufels Küche kommen.«

»Ich passe auf. Versprochen.«

14

»Guten Morgen!«, begrüßte Hella Lars, der verspätet zum Frühstück erschien. »So lange telefoniert?«

Lars zog den Stuhl vor und setzte sich. »Guten Morgen!«

Hella grinste. »Keine Antwort ist auch eine Antwort.«

Lars rollte mit den Augen. »Ja, ich habe noch eine Weile mit Paula gesprochen. Sie hat heute erst die Spätschicht.«

»Und was sagt sie zur Einladung deiner Chefin?«

Lars lachte. »Du lässt wohl nie locker. Okay, ich gebe mich geschlagen. Paula kommt mit. Gern sogar, hat sie gesagt.«

»Perfekt, dann frage ich mal bei Leon an, ob er uns bekocht, und wenn nicht, bestelle ich halt Pizza.«

Lars hatte Mühe, nicht loszuprusten. »Gibt es so was bei dir in der Einöde?«

»Warte es ab. Du wirst dich wundern, was es bei uns alles gibt.«

Lars schenkte sich Kaffee ein und schmierte sich ein Brötchen. »Die letzte Fähre fährt um fünfzehn Uhr. Wenn wir sie verpassen, können wir nur noch schwimmen.«

»Oder fliegen. Ich hab mich schon erkundigt. Das sollte kein Problem sein.«

»Mit diesen kleinen Maschinen? Nein danke!«

»Auch nicht gefährlicher als die Fähre. Weißt du, wie kalt die Nordsee inzwischen ist?«

Lars schüttelte den Kopf und biss in sein Brötchen.

Nachdem Karl Steinmetz sie begrüßt hatte, fragte Hella nach Oke Jansen.

»Telefonisch habe ich ihn nicht erreicht, deshalb bin ich gestern Abend noch einmal am Detlefsen-Haus vorbei. Alles dunkel.«

»Kann er gestern noch mit der Fähre die Insel verlassen haben?«, fragte Lars.

Steinmetz drehte sich um und sah auf eine Liste, die an der Pinnwand hing. »Eigentlich nicht.«

»Und per Flieger?«, hakte Lars nach.

Der Inselpolizist griff nach dem Telefon und sprach kurz mit jemandem. Schließlich schaute er erschrocken auf. »Oke Jansen hat gestern Nachmittag spontan einen Flug gebucht.«

»Verdammt!«, zischte Lars und sah zu Hella. »Und jetzt?«

»Vermutlich kein Zufall«, antwortete Hella, die sich ärgerte, Oke Jansen falsch eingeschätzt zu haben. »Selbst wenn wir wüssten, dass er auf dem Weg außer Landes ist, könnten wir ihn nicht daran hindern.« Sie stand auf. »Ich spreche kurz mit dem Staatsanwalt. Bin gleich wieder da.«

Im Vorraum wählte sie die Nummer des zuständigen Staatsanwaltes. Nach einer kurzen Begrüßung erklärte Hella ihm die Situation. Der Staatsanwalt sagte zu, noch am selben Tag eine offizielle Vorladung über den Inselpolizisten zustellen zu lassen.

Hella bedankte sich und fuhr fort: »Ich habe die Befürchtung, dass Herr Jansen sich ins Ausland absetzt.«

»Sie fragen doch nicht allen Ernstes nach einem Haftbefehl?«

»Nein, mir ist klar, dass wir dafür eine andere Beweislage brauchen. Ich würde aber gern eine DNA-Probe besorgen. Dazu …«

»Stopp! Sie kennen meine Einstellung dazu. Ich kann Ihnen noch heute einen Beschluss besorgen, aber bitte nur auf legalem Weg.«

»Herr Jansen ist quasi geflüchtet. Ich habe ihn in Anwesenheit meines Kollegen dazu aufgefordert, auf der Insel zu bleiben. Es ist nicht zu erwarten, dass er heute um elf hier zur Befragung erscheint.«

Der Staatsanwalt stöhnte leise. »Mir ist schon klar, worauf Sie hinauswollen. Okay, falls Herr Jansen nicht zur Befragung erscheint, stellen Sie bei ihm im Haus Proben sicher. Ich besorge vorsorglich den Beschluss.«

»Vielen Dank, Herr Staatsanwalt. Das wird uns auf jeden Fall weiterhelfen.«

Sie verabschiedete sich, ging zurück ins Büro von Karl Steinmetz und berichtete von dem Gespräch.

»Soll ich schon mal jemand besorgen, der uns die Tür öffnet?«, fragte der Inselpolizist.

»Nein, das Schloss bekommen wir auch so auf«, antwortete Lars trocken. »Ich habe es mir bei unserem Besuch angesehen. Das dürfte kein Problem sein.«

Hella stand auf. »Okay, wir sind um spätestens elf Uhr wieder hier.«

Die Wohnung von Ilse Schmidt lag im Nordwesten des Dorfes. Das Haus mit vier Wohnungen war neueren Datums. Alle Wohnungen hatten einen großen Balkon, die Erdgeschosswohnungen Zugang zu einem kleinen Garten.

»Chic«, sagte Lars und suchte die richtige Klingel. Der Türöffner summte, die Kommissare traten ein und wurden von einer Frau Anfang siebzig, die in der Tür einer der beiden Untergeschosswohnungen stand, empfangen.

»Sie sind die Kommissare?«, fragte Ilse Schmidt.

Hella ging auf sie zu und stellte sich vor. Frau Schmidt trat zur Seite und bat Hella und Lars herein. Die Wohnung war geschmackvoll mit alten und neuen Möbeln ausgestattet, an den weiß gestrichenen Wänden hingen großformatige Fotos, die von einer regen Reisefreudigkeit der Fotografin erzählten. Der Blick aus dem Wohnzimmerfenster ging über eine Wiese bis zum weiter entfernt liegenden Deich.

»Setzen Sie sich doch bitte«, sagte Frau Schmidt und fragte, ob sie Kaffee oder Tee trinken mochten.

»Vielen Dank, wir haben gerade erst gefrühstückt.«

Ilse Schmidt nickte den beiden Kommissaren zu.

Hella schilderte ihr Anliegen und stellte die erste Frage. »Wir haben bereits mit Ihren Künstlerkollegen gesprochen. Können Sie uns bitte noch einmal den Besuch von Frau Detlefsen im Pflegeheim schildern?«

Ilse Schmidt beschrieb die Reise aufs Festland ähnlich wie ihre beiden Freundinnen. Auch sie konnte sich nicht daran erinnern, wer das Taxi gerufen hatte, war sich aber sicher, dass sie es nicht gewesen war. Den Besuch und das Gespräch mit Edda Detlefsen schilderte sie distanzierter als ihre Freundinnen und war auch sichtbar überrascht, dass sie im Testament berücksichtigt worden war.

»Wie sind Sie zu der Gruppe gekommen?«, fragte Hella.

Ilse Schmidt lächelte. »Wie die anderen auch. Edda hat mich auf einer Vernissage in Emden angesprochen und mich eingeladen. Ich hatte zu der Zeit eine Phase, in der ich meine Arbeit sehr stark in Frage gestellt habe. Von daher kam mir die Auszeit sehr gelegen. Und bevor Sie fragen … Ja, ich war ausgebrannt, persönlich wie künstlerisch.«

»Ich habe im Internet Ihre beeindruckende Zahl der Ausstellungen gesehen«, sagte Hella, die am Abend zuvor noch zu Ilse Schmidt recherchiert hatte.

Frau Schmidt lächelte. »Danke für die Blumen, aber das ist lange her.«

Hella hatte die Zeit am Abend auch dafür genutzt, um nach den anderen Künstlern der Gruppe zu suchen. »Ich habe mich gefragt, wie Sie in die Künstlergruppe passen. Auf der einen Seite sind Sie schon sehr lange Fotografin und auf der anderen Seite als Einzige in der Gruppe professionell und erfolgreich tätig.«

»Wie gesagt, das ist lange her. Und woran misst sich schon Erfolg? An guten Bildern oder an Bildern, die sich gut verkaufen? Mir hat unsere Gruppe eine Menge Inspiration gebracht, und nur dadurch habe ich meine künstlerische Krise überwunden. Ich will mich nicht über jemanden stellen, Ausstellungen hin, Ausstellungen her.«

Hella nickte und ließ bewusst eine Pause, bevor sie die nächste Frage stellte. »Wie war Ihr Verhältnis zu Edda Detlefsen?«

Ilse Schmidt hob die Augenbrauen. »Das klingt jetzt aber wie in einem der Fernsehkrimis. Hatte das Opfer Feinde?« Den letzten Satz hatte sie in einer tieferen Tonlage ausgesprochen.

»Meine Frage hatte einen etwas anderen Hintergrund. Erzählen Sie doch einfach«, forderte Hella sie ein zweites Mal auf.

»Das kann ich natürlich tun. Edda hat mich in einer schwierigen Phase aufgenommen. Ich weiß nicht, ob sie es gleich gespürt hat oder es tatsächlich Zufall war. Auf jeden Fall bin ich besonders ihr dankbar, dass sie mich aufgenommen und so viel Zeit mit mir verbracht hat. Nie in meinem Leben zuvor habe ich so lange Spaziergänge gemacht, nie so intensive Gespräche geführt über Kunst, aber auch über das Leben. Nach meinem Verhältnis zu Edda haben Sie gefragt. Es war herzlich, wir waren Freundinnen.«

»Mit Ihrer Karriere ist es nach der intensiven Zeit auf Wangerooge wieder bergauf gegangen?«

»Wenn Sie es so nennen wollen. Ja, ich habe das Tal der Tränen durchschritten und konnte wieder arbeiten. Und ja, ich habe anschließend ein Fotobuch veröffentlicht, das großen Anklang fand.«

»Sie sind trotzdem hier auf der Insel geblieben?«, stellte Lars seine erste Frage.

»Wangerooge hat etwas Magisches. Ich brauche diese Monate auf der Insel, um wieder zur Ruhe zu kommen. Ich brauche die Gespräche, privat wie über die Kunst. Das war doch keine Reha, die ich bei Edda gemacht hatte, die irgendwann abgeschlossen war. Das war und ist ein Stück meines neuen Lebens. Warum sollte ich Wangerooge für immer den Rücken kehren? Dafür gibt es keinen Grund.«

»Sie sprachen auch von einer persönlichen Krise«, fuhr Lars fort. »Darf ich erfahren, worum es ging?«

Ilse Schmidt schloss für einen Moment die Augen und sah Lars dann direkt an. »Natürlich dürfen Sie das.« Sie zögerte kurz. »Mein Lebensgefährte hat mich verlassen. Ein halbes Jahr später habe ich Edda kennengelernt.«

»Wissen Sie, wo Oke Jansen sich befindet?«, legte Lars nach.

Ilse Schmidt schien für einen Moment zu erstarren, fing sich aber gleich wieder und schüttelte den Kopf. »Wenn er nicht im

Haus ist, wird er bei Theda oder Maike sein. Ich habe ihn schon zwei Tage nicht mehr gesehen.«

»Herr Jansen und Frau Detlefsen waren ein Paar?«, stellte Lars die nächste Frage. Er hatte wie beiläufig geklungen, als würde er nach einer Nebensächlichkeit fragen.

Ilse Schmidts Augenlider zuckten, und ihre linke Hand zitterte leicht. »Ich will mich da nicht in private Dinge einmischen. Fragen Sie Oke.«

Hella räusperte sich. »Sie haben keinerlei Vermutung?«

Der schnelle Wechsel zwischen den Kommissaren schien Ilse Schmidt zu irritieren. Sie sah zwischen Hella und Lars hin und her, bevor sie schließlich den Blick senkte. »Fragen Sie Oke.«

»Wir haben noch eineinhalb Stunden«, sagte Lars nach dem Blick auf die Uhr. »Ich schlage vor, wir befragen noch einmal Theda Mommsen. Dieses Mal aber richtig.«

»Ich glaube kaum, dass sie unter Druck mehr sagt.« Hella sah Lars über die Schulter, der sich bereits per Smartphone orientierte. »Wie weit ist es zu ihr?«

»Nur ein paar Meter zu laufen!«, sagte Lars und setzte sich in Bewegung.

Wenige Minuten später standen sie vor dem Mietshaus, Lars klingelte, und kurz darauf brummte der Türöffner. Theda Mommsen stand im Eingang ihrer Wohnung und schien wenig erfreut zu sein, die Kommissare zu sehen.

»Sie schon wieder. Ich habe Ihnen gestern alles gesagt.«

Als Hella und Lars auf sie zugingen, machte sie keinerlei Anstalten, zur Seite zu gehen.

»Guten Morgen, Frau Mommsen. Wir müssten noch einmal kurz mit Ihnen sprechen. Können wir reinkommen?«

Theda Mommsen schüttelte langsam den Kopf. »Das ist im Moment eher ungünstig.«

Hella sah sich im Flur um. »Dann müssen wir es wohl hier machen.« Sie hatte bewusst lauter gesprochen. Ihre Stimme hallte im Treppenhaus wider, und in einem der oberen Stockwerke öffnete jemand eine Tür.

Mürrisch trat Theda Mommsen zur Seite. »Ich habe aber nicht lange Zeit.«

Sie führte sie erneut in das Arbeitszimmer und zeigte auf den Tisch mit den vier Stühlen. Hella und Lars setzten sich und warteten, bis Theda Mommsen Platz nahm.

Hella stellte ein Aufnahmegerät auf den Tisch. »Sind Sie damit einverstanden, dass die Befragung aufgezeichnet wird?«

»Habe ich denn eine Wahl?«, antwortete sie.

»Sonst würde ich nicht fragen«, sagte Hella und bemühte sich um einen äußerst verbindlichen Ton.

»Machen Sie, was Sie wollen.«

Hella stellte das Gerät an. »Erzählen Sie uns doch bitte von dem geplanten Hauskauf für die Galerie, den Ihre Künstlergruppe vor knapp drei Jahren ins Auge gefasst hatte.«

Theda Mommsen schien über die Frage nicht erstaunt zu sein. »Da gibt es nicht viel zu erzählen. Ein Haus stand zum Verkauf, einer von uns kam auf die Idee, wir haben das durchgerechnet und lange diskutiert und uns schließlich dagegen entschieden.«

»Welche Meinung gab den Ausschlag?«

»Worauf wollen Sie hinaus? Sie suchen krampfhaft nach Konflikten in unserer Gruppe. Habe ich recht? Sie sind schlicht und einfach auf dem Holzweg.«

Hella hatte mit Lars besprochen, dass zunächst sie die Fragen stellen und Lars erst zu einem späteren Zeitpunkt »hinzustoßen« würde.

»Können Sie mir trotzdem meine Frage beantworten?«

»Wenn's der Wahrheitsfindung dient, mache ich das doch gern.«

Hella lächelte die Spitzfindigkeit weg und wartete gelassen auf eine Antwort.

»Keine der Meinungen gab den Ausschlag. Wir haben gesehen, dass das Projekt nicht finanzierbar ist, oder besser, dass das Risiko zu groß ist. Damit war es gestorben.« Sie stutzte und schien an ihre Freundin Edda zu denken. »Sozusagen.«

»Wie ist Ihr Verhältnis zu Oke Jansen?«

»Gut. Sehr gut sogar.«

»Wann haben Sie das letzte Mal mit ihm gesprochen?«

Theda Mommsen lachte, aber es klang mehr nach einem Hustenanfall. »Sie stellen Fragen. Was hat das bitte mit Eddas Tod zu tun?«

»Wann?«

»Weiß ich nicht«, entgegnete sie ärgerlich. »Gestern oder vorgestern.«

»Telefonisch?«

»Kann sein.«

»Sie erinnern sich also nicht mehr daran, ob Sie Oke Jansen in den letzten zwei Tagen persönlich begegnet sind?«

Theda Mommsen schwieg und sah aus dem Fenster.

»Frau Mommsen! Ich habe eine Frage gestellt.«

»Und ich habe nicht geantwortet. Haben Sie noch weitere Fragen?«

Hella hatte Lars inzwischen das vereinbarte Zeichen gegeben.

»Wie finanzieren Sie Ihr Leben hier auf der Insel?«, fragte er unvermittelt. »Die Wohnung, Ihre Kunst und so weiter.«

»Junger Mann, das geht Sie einen feuchten Dreck an.«

»Welche Rolle spielte und spielt dabei das Geld von Frau Detlefsen?«

Theda Mommsen wandte sich demonstrativ von Lars ab.

»Verkaufen Sie hin und wieder eines Ihrer Kunstwerke?«, stellte Lars die nächste Frage.

»Jetzt werden Sie nicht unverschämt. Ich bin keine Hobbykünstlerin. Das sollte selbst die Polizei erkennen können.«

»Wer hat bei Ihrem Besuch in Wittmund das Taxi gerufen?«

»Das ist doch albern. Die Frage habe ich schon beim letzten Mal beantwortet.«

»Herr Jansen ist ein attraktiver Mann.«

Theda Mommsen schwieg.

»Wir haben gehört, dass Sie eine Beziehung zu ihm haben oder hatten. Ist das richtig?«

Theda Mommsen warf Lars einen wutentbrannten Blick zu. »Mit wem oder was ich eine Beziehung habe oder hatte, ist einzig und allein meine Sache.« Sie sprang auf, schob dabei den

Stuhl mit solcher Wucht nach hinten, dass er mit einem lauten Knall auf den Boden fiel. »Ich möchte Sie bitten, sofort meine Wohnung zu verlassen.«

»Das war zwar nicht gerichtsverwertbar, aber trotzdem hochinteressant«, sagte Hella, als sie ein paar Schritte vom Haus entfernt waren.

»Ich habe mir mehr davon versprochen«, murmelte Lars.

»Dass sie blockiert, habe ich doch schon vermutet. Aber wie sie reagiert hat, hat schon einiges deutlich gemacht.«

»Und das wäre?«

»Sie hatte oder hat entweder eine Beziehung zu Jansen oder würde sie gern haben. Ihr Einkommen ist begrenzt. Ich vermute sogar, dass das Finanzamt ihre Kunsttätigkeit als Hobby einstuft und sie nicht einmal die Kosten absetzen kann. Aber das wird sich schnell herausstellen. Ich beantrage einen Beschluss, damit wir an ihre Bankdaten kommen. Für die anderen ›Freunde‹ werde ich das auch beantragen.« Beim Wort »Freunde« hatte sie Anführungsstriche in die Luft gemalt. »Der Konflikt in der Gruppe wird sich nicht nur an der Galerie festgemacht haben, sondern schon eine Weile gären.«

»Das Detlefsen-Geld war endlich, meinst du?«

»Ja, nett ausgedrückt.« Hella warf einen Blick auf die Uhr. »Wir müssen uns beeilen.«

15

Bis Viertel nach elf warteten die Kommissare gemeinsam mit Karl Steinmetz in der Polizeistation und versuchten, nachdem Oke Jansen nicht erschienen war, ihn auf seinem Handy zu erreichen. Jedes Mal sprang die Mailbox an.

»Ich habe einen Kontaktmann auf der Fähre, der mir bestätigt hat, dass Oke Jansen heute nicht zurückgekommen ist«, sagte Karl Steinmetz. »Beim Flughafen habe ich ebenfalls nachgefragt.«

»Dann machen wir uns mal auf den Weg«, sagte Hella und ließ Lars den Vortritt.

Die Haustür hatte Lars mit seinem Spezialbesteck innerhalb einer halben Minute geöffnet. Hella ging vor und rief ins Haus hinein. Als niemand antwortete, durchsuchten sie die Räume und fanden schnell das Badezimmer. Weder lag auf der Spiegelablage eine Zahnbürste, noch fanden sie einen Kamm oder eine Bürste.

»Der Vogel ist wohl für länger ausgeflogen«, sagte Lars und fing an, die Schränke zu durchsuchen.

Hella zog Latexhandschuhe über und kippte den kleinen Mülleimer des Badezimmers auf den Fliesen aus.

»Sieh an!« Hella griff nach einer gebrauchten Zahnbürste und ließ sie in eine verschließbare Plastiktüte gleiten. »Wenn die nicht Frau Detlefsen gehört hat, sollte sie wohl Oke Jansens sein.«

Lars hatte inzwischen eine Kulturtasche gefunden, die er jetzt hochhielt. »Die sieht nicht gerade aus, als gehöre sie einem Mann.«

Hella nickte und schaute zu, wie Lars den Inhalt der Tasche auf einem kleinen Tisch ausbreitete. Neben wenigen Schminkutensilien fand er ein Damenparfüm, ein Deo sowie Zahnbürste und Zahnpasta.

»Fällt das auch unter den Beschluss?«, fragte Lars.

»Wie können wir sicher sein, dass das nicht Oke Jansens Zahnbürste ist?« Sie hielt ihm einen offenen Plastikbeutel hin und wartete, bis Lars die Zahnbürste hineingleiten ließ.

Sie brachten das Bad wieder in den Zustand, in dem sie es angetroffen hatten, und suchten nach dem Atelier. Im ersten Stock fanden sie drei Räume, von denen zwei Schlafzimmer waren und eins ein Zimmer, das als Dunkelkammer zur Entwicklung von Filmen und Vergrößerungen diente. Der Rest des Stockwerks war ein über hundert Quadratmeter großer Raum. Zur Seeseite hin – und somit nicht von der Straße einsehbar – befand sich eine lange Fensterfront, die einen beeindruckenden Blick auf die Nordsee freigab. Die helle Herbstsonne durchflutete das Atelier. Neben vier Staffeleien fanden sie einen Bereich für Jansens Bildhauerarbeiten und eine Töpferscheibe sowie einen großen Ofen zum Brennen des Tons.

»Wow!«, sagte Lars staunend. »Ich werde auch Künstler.«

Sie gingen einmal durch das Atelier und standen eine Weile vor der Fensterfront, bevor sie sich auf den Weg zur Polizeistation machten, in der sie ihre Koffer deponiert hatten.

»Der Ausbau wird eine Stange Geld gekostet haben«, sagte Lars.

»Das ist zu vermuten.«

»Nehmen wir eine Fähre früher?«

Hella nickte. »Vorläufig sind wir hier auf der Insel fertig.«

»Irgendetwas stimmt mit der Künstlergruppe nicht«, sagte Lars.

Sie hatten sich auf der Fähre einen ruhigen Platz gesucht. Mit ihnen waren nur wenige Fahrgäste an Bord gegangen.

»Ich sehe im Moment auch nur Puzzleteile, die nicht zusammenpassen«, sagte Hella. »Und ja, das Gefühl, dass wir noch lange nicht alles erfahren haben, habe ich auch.«

»Herr Jansen ist über alle Berge?«

Hella musste unwillkürlich an die Norddeutsche Tiefebene denken. »Berge wohl eher nicht. Aber ich vermute, dass er schnurstracks zum nächstgelegenen Flughafen gefahren ist und von da …« Sie zuckte mit den Schultern.

»Bremen?«

»Da gehen nur wenige Flüge ab. Hamburg oder Hannover sind meine Favoriten.«

»Ohne Beschluss werden wir das nicht erfahren.«

»Warten wir den DNA-Abgleich ab. Wenn Jansen gestern noch geflogen ist, sind wir ohnehin zu spät dran. Ich lasse die Proben noch heute nach Oldenburg schaffen. Dr. Wolters habe ich schon informiert. Am Montag sollten wir das Ergebnis haben.«

»Heißt das, wir haben ein ruhiges Wochenende?«

»Wenn nichts Außergewöhnliches mehr passiert, hatte ich das so geplant. Am Montagmorgen habe ich die Kollegen um neun Uhr zur Besprechung gebeten. Wir beide treffen uns eine Stunde früher.«

Lars lehnte sich auf der Bank zurück. »Klingt gut.«

»Du bist so ruhig«, sagte Leon, der neben Hella auf dem Sofa saß.

Eine halbe Stunde zuvor hatte Hella den Holzofen angezündet, der inzwischen eine wohlige Wärme ausstrahlte.

»Schwieriger Fall«, antwortete sie.

Leon hatte recht. Seitdem sie in Harlesiel in ihr Auto gestiegen war, ging ihr die Wangerooger Künstlergruppe nicht mehr aus dem Kopf. Selbst beim Abendessen musste sie sich zwingen, an etwas anderes zu denken.

Leon legte den Arm um ihre Schulter. »Daran werde ich mich wohl gewöhnen müssen.«

Sie küsste ihn auf die Wange. »Tut mir leid, aber es ist verdammt schwer, abzuschalten. Allerdings merke ich schon, dass sich meine Prioritäten langsam, aber sicher verändern.«

Leon lächelte. »Das hast du schön gesagt.«

»Ich habe beim Frauenarzt einen Termin für Donnerstag in zwei Wochen ausgemacht. Um siebzehn Uhr dreißig. Vielleicht kannst du es dir ja einrichten, und wir gehen gemeinsam?«

»Auf jeden Fall. Schon notiert.«

Hella lehnte den Kopf an seine Schulter. »Enno Franzen

macht Druck. Er träumt davon, dass ich mich ganz ins Private zurückziehe.«

»Dein Stellvertreter?«

»Ja, du hast ihn, glaube ich, mal gesehen, als du mich in Wittmund abgeholt hast. Hat er dich nicht sogar mit Handschlag begrüßt?«

»Ich erinnere mich. Er sah eigentlich nicht wie ein Mobber aus. Eher wie ein harmloser Familienvater.«

Hella schmunzelte. »So wie du bald?«

»Wer weiß? Da wirst du wohl noch ein paar Monate abwarten müssen.« Er hielt inne. »Und was machst du jetzt mit diesem netten Kollegen?«

»Ich habe ihm erst mal mehr Kompetenzen, aber auch mehr Arbeit zugeschanzt.«

Leon nickte. »Clever. Und was sagt er dazu?«

»Schien zufrieden zu sein. Zumindest für den Augenblick.«

»Du meinst, er träumt weiter von seinem großen Glück?«

»Davon muss ich wohl ausgehen. Leichter wird es sicher nicht für mich.«

»Ich weiß schon, warum ich immer froh war, allein zu arbeiten. Diese blöden Machtspiele waren nie etwas für mich.« Er seufzte. »Kann ich dir irgendwie helfen?«

Hella grinste. »Du meinst, dass du Enno Franzen an einer dunklen Straßenecke auflauerst und ihm …«

Leon lachte. »Wenn es sein muss, auch das.«

»Da muss ich wohl selbst durch. Zumindest Lars hält voll und ganz zu mir.« Ihr fiel die Einladung wieder ein. Sie erzählte Leon davon, und er war sofort einverstanden.

»Gute Idee. Und wenn seine Freundin auch noch was fürs Auge ist, bin ich …« Er schrie auf, als Hella ihn spielerisch in die Seite boxte.

»Untersteh dich, mit ihr zu flirten.«

Leon küsste sie zärtlich. »Versprochen! Ich werde nur Augen für euch beide haben.« Er strich ihr über den Bauch. »Was meinst du, wird es ein Junge oder ein Mädchen?«

»Mir ist beides recht. Und dir?«

Er zuckte mit den Schultern. »Eigentlich kommt mir immer nur ein Mädchen in den Sinn, wenn ich an die Zukunft denke. Keine Ahnung, warum.«

»Keine Angst, dass du dann in der Minderheit bist?«, fragte Hella augenzwinkernd.

»Nein, überhaupt nicht.« Er sah sie fragend an. »Oder sollte ich?«

Hella schüttelte den Kopf. »Nein, ganz bestimmt nicht.«

Am Samstag schliefen Hella und Leon bis in den frühen Vormittag, frühstückten ausgiebig und liefen anschließend die fast sieben Kilometer bis Neuharlingersiel am Deich entlang. Dort kehrten sie in ein Café am Fischerhafen ein und suchten sich einen Platz am Fenster. Leons kleine Surfschule lag von hier aus nur wenige Kilometer Luftlinie entfernt auf der Insel Spiekeroog. In der nächsten Saison würde ein Freund von ihm einspringen, sobald das Kind geboren war. Wie es mit der Schule weiterging, hatten sie noch nicht besprochen.

Hella sah aus dem Fenster in Richtung Spiekeroog. »Wirst du es sehr vermissen?«

»Nein, nicht sehr. Etwas vielleicht. Ich denke, unser Baby wird mich so auf Trab halten, dass mir für Sehnsuchtsanfälle wohl nur wenig Zeit bleibt.« Er warf Hella einen fragenden Blick zu. »Du machst dir immer noch Vorwürfe, weil ich meine Arbeit aufgebe?«

»Ein wenig schon«, antwortete Hella.

»Wir waren uns doch einig. Und es wird sich an meiner Entscheidung nichts ändern, und wenn es mir mal wirklich zu viel wird, komme ich mit der Kleinen in Wittmund vorbei und liefere sie bei dir ab.«

Hella sah ihn verzagt an. »Ich weiß das ja alles, aber wissen ist das eine, diese blöden Schuldgefühle wegzuzaubern das andere.«

»Lass es einfach auf dich zukommen. Wir schaffen das. Mich befallen da nicht die geringsten Zweifel.« Er holte tief Luft. »Allerdings … ich habe da eine Idee. Ein alter Freund hat mich angesprochen, er will ein Buch schreiben und sucht Unterstützung. Ein Sachbuch rund ums Surfen.«

»Klingt doch toll. Hat er schon einen Verlag?«

Leon nickte. »Ja, die wollen das groß rausbringen. Meinem Freund wird das aber mit all der Recherche und der Schreiberei zu viel. Deshalb hat er mich gefragt, ob ich ihn unterstützen kann.«

»Zusagen. Sofort! Das wird dir sicher gefallen.« Leon hatte in den letzten Monaten Hellas gesammelte Romane und Sachbücher durchgelesen. In früheren Jahren hatte er, wie er Hella erzählt hatte, lange an einem eigenen Roman gearbeitet, das Projekt aber aus Zeitnot abgebrochen.

»So ein bisschen habe ich schon zugesagt«, gestand Leon. »Nicht ganz. Ich habe mir sozusagen Bedenkzeit erbeten.«

»Bis wann?«

»Morgen. Jens wollte es möglichst morgen wissen.«

»Worauf wartest du dann noch?«

»Ich wollte es mit dir besprechen. Es kommt da schon einiges an Arbeit auf mich zu. Und es könnte sein, dass ich mich dann hin und wieder abends zum Schreiben zurückziehen muss.«

Hella beugte sich zu Leon hinüber und küsste ihn. »Ich liebe dich.«

16

Als Hella am Montagmorgen das Kommissariat betrat, stand bereits eine Kanne mit Kräutertee auf ihrem Schreibtisch. Sie ging in Lars' Büro, begrüßte ihn und fügte hinzu: »Und danke für den Tee.«

»Gern! Kann ich noch kurz das hier zu Ende schreiben, dann komme ich rüber?«

Zehn Minuten später saßen sie in Hellas Büro und gingen die Protokolle durch, die Lars angefertigt hatte.

»Die Anfrage an die Bank von Frau Detlefsen läuft. Ich sollte in ein paar Stunden die Unterlagen bekommen«, sagte Lars. »Mit meinen Facebook-Aktivitäten bin ich auch weitergekommen.«

»Und?«, fragte Hella gespannt.

»Ich mach's mal kurz. Ich habe mir eine ähnliche Situation ausgedacht, wie sie Annette Petersen erlebt haben dürfte. Mein Mann betrügt mich, trinkt, macht Schulden, zieht mich mit rein, ich habe Angst, dass ich auf den Schulden sitzen bleibe, und frage um Rat. Frau Petersen hat mir nichts unter mein Facebook-Posting geschrieben, sondern mir eine persönliche Nachricht zukommen lassen.«

»Sie wollte nicht, dass das alle sehen«, schlussfolgerte Hella.

»Das sicher, ja, allerdings ist es durchaus üblich, wenn man ganz persönlich mit jemandem sprechen will, dass man das nicht gruppenöffentlich macht. Nun gut, sie schrieb mir, dass sie in einer ähnlichen Situation gesteckt hat, und hat mir ein paar Ratschläge gegeben, wie ich mich verhalten soll. So weit, so gut. Ich habe mich dann bei ihr ausgeweint und ihr gebeichtet, dass mein Ehemann mir schon dreißigtausend Euro Schulden eingebrockt hat und ich händeringend nach einem Ausweg suche. Schließlich hat sie mir geschrieben, dass sie Geld von einer verstorbenen Bewohnerin geerbt hat. Sie wusste aus dem anderen Facebook-Forum, dass ich wie sie in einem Altenheim arbeite.«

»Ist sie denn ins Detail gegangen?«

»Noch nicht, und ich wollte sie auch nicht drängen. Ich habe erstaunt reagiert und nur gesagt, dass ich auch einige todkranke Patienten habe. Ich wollte heute Abend weitermachen und damit rausrücken, dass mir ein alter Herr Geld versprochen hat.«

»Okay, es ist gut, wenn du langsam vorgehst.« Hella machte sich eine Notiz. »Wie war bis jetzt dein Eindruck von Frau Petersen?«

»Sie ist sehr vorsichtig. Und das, obwohl es eine geschlossene Gruppe ist. Sie weiß, dass dort niemand ohne persönliche Empfehlung reinkommt. In der Pflegegruppe hat sie sich nicht in die Diskussion eingebracht, was ich aber eigentlich von jemandem, der vehement gegen Sterbehilfe eingestellt ist, erwartet hätte. Das hat mich stutzig gemacht, und ich habe noch einmal gesucht und bin fündig geworden.« Lars machte eine Pause und schien darauf zu warten, dass Hella ungeduldig wurde. Als sie mit den Augen rollte, fuhr er schnell fort. »Ich habe ein paar Beiträge in einer Diskussion gefunden, in der sie zumindest Verständnis zeigt gegenüber Sterbehilfe. Allerdings waren die Einträge schon zwei Jahre alt. Da kann man schon mal seine Einstellung ändern.«

»In die eine oder auch in die andere Richtung«, sagte Hella.

»Ich werde da heute Abend ansetzen. Mit Glück erwische ich sie, und mit noch mehr Glück entlocke ich ihr was Brauchbares.«

Hella nickte und sah auf ihre Notizen. »Gut, was haben wir noch?« Hella stand auf und trat mit einem Filzstift in der Hand an die Flipchart. Sie malte drei Kreise nebeneinander. In den mittleren schrieb sie »Edda Detlefsen«, rechts daneben »Oke Jansen«. »Wo siehst du die drei übrigen Damen?«

»Theda Mommsen sollte links neben unserem Opfer stehen«, sagte Lars.

Hella schrieb den Namen in den Kreis. »Und Theemann und Schmidt?«

»Ilse Schmidt sehe ich am weitesten entfernt von der Gruppe.

Frau Theemann würde ich neben Theda Mommsen stellen. Ich glaube, die beiden sind sehr gut miteinander befreundet.«

»Ilse Schmidt scheint das einzige Gruppenmitglied zu sein, das finanziell auf eigenen Füßen steht und auch künstlerisch Erfolg zu haben scheint. Trotzdem hält sie zur Gruppe. Letztlich kam kein schlechtes Wort über ihre Lippen. Der entscheidende Punkt ist: Sind wirklich alle vier mit dem Taxi gegen neun nach Aurich gefahren oder nicht?«

In diesem Augenblick meldete sich Hellas Handy. Die Gerichtsmedizinerin aus Oldenburg.

»Guten Morgen, Frau Dr. Wolters!«, begrüßte Hella sie.

»Sie bekommen die Informationen gleich noch schriftlich, aber ich dachte mir, Sie wollen es so schnell wie möglich haben.«

»Ja, wir stehen im Moment etwas ratlos vor dem Fall.«

»Dann kann ich Ihnen vielleicht gleich helfen. Die beiden Zahnbürsten, die Sie uns geliefert haben, konnten wir zuordnen.«

Hella hielt die Luft an und presste ihr Handy ans Ohr.

»Die DNA, die wir an der blauen Zahnbürste gefunden haben, stimmt mit der an dem Kissen und an einem der Funde am Körper des Leichnams überein.«

Um ein Haar hätte Hella nachgefragt, ob sich die Gerichtsmedizinerin hundertprozentig sicher sei. Glücklicherweise hielt sie sich im letzten Moment zurück.

»Die DNA, die wir auf der rosa Zahnbürste gefunden haben, stimmt mit einer der Proben überein, die Sie uns geliefert haben. Es ist …«, Hella hörte Dr. Wolters blättern, »… hier! Es ist Frau Ilse Schmidt.«

»Das ist wahrlich eine Überraschung«, sagte Hella halblaut.

»Dachte ich mir schon. Und – heute scheint wirklich Ihr Glückstag zu sein: Ich habe einen weiteren Treffer am Kissen. Die Person heißt Annette Petersen. Ich hoffe, ich konnte Ihnen damit helfen.«

»Sehr, Frau Dr. Wolters. Vielen Dank für den rasend schnellen Abgleich. Und wegen der Immobiliensache habe ich meinen

Lebensgefährten angesprochen. Er wird sozusagen seine Fühler ausstrecken. Vielleicht hört er ja etwas, bevor sich die Maklermeute auf das Objekt stürzt.«

»Oh! Sie haben an mich gedacht. Das freut mich natürlich. Sagen Sie Ihrem Lebensgefährten schon mal im Voraus ein großes Dankeschön von mir.«

Sie verabschiedeten sich, und Hella berichtete Lars von den Ergebnissen.

»Wir brauchen einen Haftbefehl«, sagte der junge Kommissar.

Hella nickte. »Ich werde gleich den Staatsanwalt informieren und ihn darum bitten.«

Hella verschob das Teammeeting um eine Stunde, sprach mit dem Staatsanwalt, der immer noch keine ausreichenden Indizien sah, um Oke Jansen international suchen zu lassen. Einen richterlichen Beschluss, um einen möglichen Flug von Jansen ins Ausland zu recherchieren, versprach er zu besorgen. Anschließend rief Hella zusammen mit Lars die Flughäfen durch und kündigte dort den Beschluss an.

Um Punkt zehn Uhr saßen sie mit dem Team zusammen, Hella berichtete kurz den Stand der Ermittlungen und bat einen der Kollegen um eine Zusammenfassung.

»Mit der Recherche zu den Fahrzeugen, die zur fraglichen Zeit auf der Straße zum Pflegeheim gesehen wurden, sind wir so weit durch. Bis auf die beiden schon erwähnten Kennzeichen aus Bremen und Hannover haben wir alle Personen erreicht und befragt. Es gab hier keine Auffälligkeiten, alle hatten einen nachprüfbaren Grund, die Straße zu befahren. Bei keinem der Befragten konnten wir eine Verbindung zum Opfer finden. Bleiben also die beiden nicht identifizierbaren Kennzeichen.«

»Hat jemand eine Idee für einen neuen Ermittlungsansatz bezüglich der beiden Fahrzeuge?«, fragte Hella in die Runde.

»Wenn es sich um gefälschte Kennzeichen handelt, haben wir keine Chance«, sagte Lars. »Um wirklich alle Verwechslungsmöglichkeiten zu finden, bräuchten wir eine entsprechende Software. Ich habe einen alten Schulfreund, der Informatik studiert hat und uns vielleicht weiterhelfen könnte. Soll ich es da versuchen?«

Hella nickte. »Vermutlich unsere einzige Chance.« Sie wandte sich an den Auricher Kollegen und bat um Fortführung des Berichts.

»Die Anwohner sind jetzt alle befragt. Wir haben insgesamt drei Leute, die ein Taxi gesehen haben, das zum Pflegeheim hin- beziehungsweise von dort zurückfuhr. Die Zeiten schwanken, da es ja Zufallsbeobachtungen waren. Für die Hinfahrt haben wir ein Zeitfenster von zwanzig bis zwanzig Uhr fünfundvierzig. Für die Rückfahrt schwankt es stärker. Da haben wir eine Beobachtung um zwanzig Uhr fünfundvierzig, eine wurde auf neun datiert, und eine ging eher Richtung einundzwanzig Uhr dreißig oder sogar etwas später. Leider konnte uns niemand bezüglich des Kennzeichens weiterhelfen.«

»Okay, die unterschiedlichen Zeitangaben sind ja nichts Ungewöhnliches bei solchen Zeugenaussagen. Allerdings sind sie hier doch erheblich. Wie weit seid ihr mit der Recherche nach dem Taxiunternehmen?«

Der Auricher Kollege sah auf seine Notizen. »Telefonisch haben wir alle Taxiunternehmen befragt, die im Umkreis von jeweils fünfzehn Kilometern um Wittmund und Aurich liegen. Keiner konnte uns eine Fahrt von Wittmund nach Aurich zur fraglichen Zeit bestätigen. Sollen wir den Radius ausweiten?«

»Es wird uns wohl nichts anderes übrig bleiben. Habt ihr auch die Einzelkämpfer im Blick gehabt?«

»Klar, man braucht ja eine Lizenz. Die Liste haben wir. Ob jemand ohne Lizenz arbeitet, ist schwer zu ermitteln. Allerdings halte ich das für unwahrscheinlich. In der Großstadt würde das vielleicht funktionieren, aber bei uns sicher nicht.«

Hella nickte. »Sehe ich auch so. Wie sollte unsere Gruppe an die Adresse gekommen sein? Okay, vergrößern wir den Radius auf fünfundzwanzig Kilometer. Das muss wirklich reichen.«

Der Auricher Kollege nickte und übergab an seinen Nebenmann. »Wir haben alle Personen ermittelt, die während der fraglichen Zeit vor Ort waren. Auch wir haben keinen Treffer. Alle Befragten hatten eine überprüfbare Erklärung für ihre Anwesenheit. Allerdings gibt es keine Garantie, dass sich jemand so geschickt verhalten hat, sprich, unbeobachtet ins Haus gekommen ist und sich so lange versteckt halten konnte, bis er oder sie unbeobachtet ins Zimmer unseres Opfers gelangen konnte.«

»Und dann?«, fragte Lars. »Frau Detlefsen hatte starke Beruhigungsmittel genommen. Bevor die vollständig wirken, vergeht bis zu eine Stunde. Das würde vorn und hinten nicht zusammenpassen.«

»Warten wir die weiteren Ermittlungen ab«, sagte Hella. »Wenn euer Bericht so weit abgeschlossen ist, sollten wir die Aufgaben verteilen und wieder an die Arbeit gehen.« Als die Teilnehmer der Runde nickten, fuhr Hella fort. »Ein Team sollte sich noch einmal um die Frage kümmern, wie Frau Detlefsen an die Medikamente gekommen sein könnte. Es ist nicht gesagt, dass sie ihr heimlich verabreicht wurden. Wir sollten die freiwillige Einnahme nicht vernachlässigen. In beiden Fällen fehlt uns das Wissen über die Herkunft des Medikaments.« Sie wandte sich an einen der Auricher Kommissare. »Könnt ihr das machen?« Er nickte. »Konzentriert euch bei den Befragungen auf die Pflegekräfte, die wir auf der Liste der Medikamentenausgeber haben, und sprecht noch einmal mit den Bewohnern, die in den letzten Monaten das gleiche Medikament bekommen haben. Zusätzlich bitte die Bewohner befragen, die mit den Medikamentenempfängern befreundet sind beziehungsweise neben ihnen wohnen. Ich weiß, wir haben das größtenteils schon einmal durch, aber vielleicht findet ihr neue Ansatzpunkte, oder jemandem ist doch noch etwas eingefallen.«

Einer der Kommissare meldete sich zu Wort. »Übermorgen kommt übrigens endlich der Zeichner aus Oldenburg, um mit Frau Sörens eine Phantomzeichnung anzufertigen. Die alte Dame hatte ja einen bisher von uns noch nicht identifizierten Mann Anfang vierzig beobachtet, der bei Frau Detlefsen die

Woche vor dem Mord zu Besuch war. Ich glaube zwar nicht, dass viel dabei herauskommt, aber man kann nie wissen.«

»Okay, auch das müssen wir abwarten«, sagte Hella und wandte sich an das andere Zweierteam aus Aurich. »Ihr solltet euch intensiv mit Annette Petersen beschäftigen. Ich brauche alles, was wir finden können. Angefangen von ihrer Geburt bis heute. Das Gleiche gilt für Oke Jansen.« Die beiden Kommissare hatten sich Notizen gemacht und nickten.

Arno hob seine Hand. »Ich hatte ja die Aufgabe, zu den Einbrüchen in Einrichtungen zu recherchieren.«

»Stimmt, Arno. Das habe ich ganz vergessen. Entschuldige. Berichte doch bitte!«

Der Oberkommissar beugte sich leicht vor. »Der größte Teil der Einbrüche wurde tagsüber verübt und zu Zeiten, in denen reichlich Besucherverkehr in den Einrichtungen herrschte. Ein Täter konnte gefasst werden. Er ist Rumäne, und die Kollegen vermuten, dass er zu einer Gruppe gehört, die seit Monaten den äußersten Norden unsicher macht. Der Mann ist untergetaucht, nachdem er wieder auf freiem Fuß war. Ich konnte also nicht mit ihm sprechen.«

»Gibt es Hinweise auf andere Täter?«, fragte Lars.

»Dem bin ich natürlich dann nachgegangen. Und ja, ich bin der Meinung, dass nicht nur die mutmaßlich rumänische Bande am Werk ist, sondern dass wir es noch mit mindestens einem weiteren Dieb zu tun haben. Ich erspare euch die Einzelheiten, aber ich habe mir den Modus Operandi genauer angeschaut und gravierende Unterschiede entdeckt. Interessanterweise sind die Delikte in und um Wittmund angezeigt worden. Krankenhaus, Turnhalle, Schulen, Alteneinrichtungen. Immer nur kleine Diebstähle. Geld, Handy und andere Wertsachen. Bisher haben die Ermittlungen der Kollegen noch zu nichts geführt. Durch meine Hinweise sind alle Ermittlungen zusammengeführt und eine kleine Arbeitsgruppe eingerichtet worden. Wenn es in Ordnung ist, Hella, dann würde ich einen Teil meiner Arbeitszeit dort mit einbringen.«

»Absolut!«, sagte Hella. »Du musst selbst abschätzen, wie

weit dein Engagement in der Sache geht. Wenn du der Meinung bist, dass es nichts mit unserem Fall zu tun hat, ziehst du dich zurück.«

»So hatte ich es auch geplant. Ich werde ein bis zwei Tage in eigene Recherchen stecken, dann sehen wir weiter.«

Hella schloss das Meeting und berief es für den nächsten Tag um vierzehn Uhr wieder ein. Mit Lars verabredete sie sich erst für eine halbe Stunde später in ihrem Büro, um vorher mit Enno über die Hamburg-Recherche zu sprechen.

17

Hella klopfte an Ennos geöffnete Bürotür und trat ein.

»Moin, Enno.«

Er sah auf und bat ihr den Platz vor seinem Schreibtisch an. »Auf der Insel alles gut verlaufen?«

Hella war sicher, dass er bereits im System die Protokolle überflogen hatte, spielte aber das Spiel mit. »Wir sind ein ganzes Stück weiter, aber die Künstlergruppe macht es uns nicht leicht. Oke Jansen, einer der vier ›Freunde‹ unseres Opfers, hat sich quasi vor unseren Augen abgesetzt. Seine DNA ist auf dem Kissen und dem Leichnam gefunden worden.«

»Klingt nach schnellem Erfolg«, sagte Enno.

»Das bleibt abzuwarten. Bisher wissen wir nicht einmal, wo Jansen abgeblieben ist.« Sie hielt kurz inne. »Ich habe die Protokolle der Teamsitzungen gelesen. Gibt es ansonsten neue Entwicklungen in den aktuellen Fällen der Kollegen?«

»Alles am Laufen. Konzentrier dich ganz auf deinen Fall, ich habe hier den Laden im Griff.«

»Perfekt! Hast du etwas aus Hamburg gehört?«

Enno nickte. »Ich wäre ohnehin gleich zu dir gekommen. Aber jetzt bist du ja da.« Er schob die Tastatur seines Computers zur Seite und beugte sich nach vorn. »Mein Freund Max oder eigentlich Maximilian Anders hat sich richtig ins Zeug gelegt und alle Kanäle angezapft, die ihm zur Verfügung stehen.« Er legte eine kurze Pause ein und fuhr fort. »Ich habe ihm vorab das alte Passfoto zugemailt und die wenigen Daten, die es zu Detlefsen junior gibt.«

»Okay!« Hella musste sich angesichts von Ennos theatralischer Einführung zwingen, nicht zu grinsen.

»Wie gesagt, Max hat Himmel und Hölle in Bewegung gesetzt und ist sich sicher, dass er den Kandidaten gefunden hat. Oder so gut wie.«

»Klingt vielversprechend.«

»Wollen wir's hoffen. Also: Dass Luca Detlefsen nicht in Hamburg gemeldet ist, wissen wir ja aus dem System. Max hat zunächst seine Kontakte spielen lassen und in der Obdachlosenszene recherchiert. Hier ist er in der fraglichen Zeit auf keinen Luke und auch keinen Luca gestoßen, der auch nur annähernd zur Beschreibung – sprich Alter, Größe und Haarfarbe – passen könnte. Das heißt jetzt zwar nicht, dass Detlefsen nicht doch irgendwo unter einer fernen Brücke sein Lager aufgeschlagen hat, aber ich würde die Wahrscheinlichkeit eher gering einschätzen.«

»Verstehe«, sagte Hella, die ihren Kollegen gern zur Eile gedrängt hätte.

»Ich hatte Max bereits den Tipp gegeben, dass sich unser Phantom vielleicht in nicht ganz so ehrenhaften Kreisen aufhalten würde. Max hat dann weitergesucht. Um es kurz zu machen, im kriminellen Rockermilieu ist er nicht fündig geworden. Er hat da einen gut informierten Kontakt und ist sich sicher, dass weder bei den Hells Angels noch bei einer der anderen Gruppen jemand aus Oldenburg aufgetaucht ist.«

»Aber?« Hella konnte ihre Ungeduld nicht mehr verbergen.

»Die Mafia!« Enno hob die Arme, als habe er eine Botschaft zu verkünden. »Italienische Mafia. Genauer, die Camorra, meint Max. Der mutmaßliche Clan-Chef hat einen neuen Leibwächter, der ein Deutscher sein soll. Er heißt mit Vornamen Luca. Das Alter stimmt, und die Beschreibung, soweit Max das herausbekommen konnte, könnte auch hinkommen.«

»Ein Deutscher bei der italienischen Mafia?«, fragte Hella verwundert. Eventuell griff die Mafia auf einheimische Laufburschen zurück, aber im engeren Führungskreis konnte sich Hella keinen Deutschen vorstellen.

»Was soll ich sagen? Das waren Max' Worte.« Enno grinste. »Vielleicht hat ja sein italienisch angehauchter Vorname den Ausschlag gegeben.« Er schob Hella einen Zettel über den Schreibtisch. »Das ist die Handynummer von Max. Du kannst ihn jederzeit anrufen, hat er mir gesagt.«

»Danke, Enno!« Hella stand auf. »Ich ruf Max an.«

»Die Mafia?«, fragte Lars verblüfft, als Hella ihm von dem Gespräch berichtete.

»Ich bin mir auch nicht sicher, ob Franzen da nicht etwas in die Worte seines Freundes reininterpretiert hat. Ich rufe diesen Max gleich mal an.«

Lars nahm sich einen Stuhl und setzte sich zu Hella. »Es gibt Neuigkeiten vom Flughafen Münster/Osnabrück. Oke Jansen ist nach Mallorca geflogen.«

»Noch am gleichen Tag?«

»Nein, am nächsten. Zurück ist er offensichtlich noch nicht. Ob er von da weitergeflogen ist, lässt sich nur über eine internationale Abfrage klären.«

Hella griff nach ihrem Handy und sprach kurz mit dem Staatsanwalt. Er versprach, die Anfrage in Spanien in die Hand zu nehmen.

»Wenn er noch dort ist, muss er erst mal gefunden werden. Sollte das überhaupt gelingen, muss er nach Deutschland ausgeliefert werden«, sagte Hella. »Das kann mit allem Drum und Dran auch Wochen dauern. Schon deshalb, weil laut Staatsanwalt für einen internationalen Haftbefehl keine ausreichenden Beweise vorliegen.«

»Er wird wohl kaum in irgendeinem Hotel sitzen. Wahrscheinlich ist er bei einem Freund oder Bekannten untergekommen. Ich gebe das gleich mal weiter an die beiden Auricher Kollegen. Vielleicht stoßen sie ja auf einen Kontakt, der auf Malle lebt.«

Lars stand auf und verließ Hellas Büro. Die Hauptkommissarin griff nach ihrem Handy und wählte die Hamburger Nummer. Mit wenigen Worten setzte sie den Kollegen Anders über den Stand der Ermittlungen ins Bild.

»Sie fragen jetzt sicher, ob ich ein Foto von diesem Luca besorgen kann«, vermutete Maximilian Anders.

»Können Sie?«

Der Kommissar lachte. »Kurz und direkt, so wie wir das lieben hier im Norden.«

Hella stimmte ins Lachen ein. »Stimmt. Manchmal merkt

man es gar nicht mehr. Soweit ich weiß, liegt Hamburg nicht ganz so weit im Norden wie Ostfriesland.«

»Über die wenigen Meter brauchen wir uns jetzt nicht streiten«, sagte Max Anders. »Also … ein Foto. Schwierig, würde ich sagen. Mein Informant ist nicht so nah am Geschehen dran, um es gefahrlos besorgen zu können. Tut mir leid, das wird nicht gehen.«

»Ist überhaupt ein Rankommen an diese Leute?«

»Im Prinzip schon. Sie geben sich bürgerlich und haben zum Beispiel ein Im- und Exportgeschäft oder auch nur einen Weinhandel. Andere betreiben ein Café. Alles ganz legal. Die Bücher sind hundertprozentig in Ordnung, und die eigentlichen Geschäfte laufen im Dunkeln. Geldwäsche, Schutzgelderpressung, Drogen, Prostitution. Ich brauche Ihnen nicht zu erzählen, wie verschwiegen solche Gruppen sind. Enno hat mir gesagt, dass Sie zuvor beim LKA in Hannover gearbeitet haben.«

»Ich kann mir schon ein Bild machen, aber was ich nicht verstehe, wieso die Mafia plötzlich Deutsche rekrutiert. Wenn wir vom gleichen Mann sprechen, ist er …« Hella sprach nicht weiter. Was wusste sie wirklich von Luca Detlefsen? Er war adoptiert worden, seine leibliche Mutter lebte nicht mehr, der Vater war unbekannt. Sein Vorname wies durchaus darauf hin, dass er italienische Wurzeln haben könnte.

»Ich verstehe, was Sie meinen«, sagte Maximilian Anders, als Hella nicht weitersprach. »Seine familiäre Herkunft kenne ich nicht. Mein Informant hat lediglich gehört, dass er ›der Deutsche‹ genannt wird. Er meinte allerdings, dass dieser Spitzname nur unter vorgehaltener Hand benutzt wird.«

Hella hatte zwar in ihrer Zeit als LKA-Hauptkommissarin am Rande mit verschiedenen Fällen in Sachen Mafia zu tun gehabt, fühlte sich aber bei Weitem nicht als Expertin. »Worauf kann das hindeuten?«, fragte sie ihren Hamburger Kollegen.

»Unser Mann gehört entweder zum engeren Kreis der Familie, die hier im Norden die Fäden zieht, oder er ist mit dem Mafiaboss in irgendeiner Weise verbandelt. Wer weiß, vielleicht hat er ihm irgendwann einmal das Leben gerettet und ist jetzt quasi sein ›Blutsbruder‹.« Maximilian Anders lachte. »Aber im Ernst, ich gehe davon aus, dass der Mann namens Luca italienische Wurzeln hat. So gesehen ist es vielleicht doch nicht Ihr Mann?«

»Deshalb wäre ein Foto sehr hilfreich.«

»Ich verstehe. Ich kann noch einmal mit meinem Informanten sprechen, aber erhoffen Sie sich bitte nicht zu viel.«

»Gibt es eine andere Möglichkeit?«

»Unter Umständen. Ich habe da was läuten gehört. Aber Sie haben das nicht von mir gehört.«

»Sie können sich auf mich verlassen.«

»Das LKA scheint etwas zu planen. Die sind schon lange hinter Peppe Falzone her, aber der ist so verdammt vorsichtig, dass ihm bisher nichts nachzuweisen war.«

»Was genau ist geplant?«

Anders lachte. »Wie immer streng geheim. Und ich muss dazusagen, dass regelmäßig solche Gerüchte herumschwirren, und bisher ist nie etwas passiert. Zumindest nichts, von dem wir kleinen Handlanger etwas mitbekommen haben. Aber vielleicht können Sie ja über Ihre alten Kontakte beim LKA-Hannover etwas erfahren. Unter Umständen gibt es auch schon Fotos von Ihrem Mann.«

»Danke für den Tipp. Falls Sie doch noch etwas über Ihren Informanten erreichen, sagen Sie mir bitte Bescheid.«

Hella verabschiedete sich von ihrem Hamburger Kollegen und berichtete Lars, der kurz zuvor in ihr Büro zurückgekommen war, von dem Gespräch.

»Meinst du, dass du in Hannover etwas erreichst?«

»Schwer, aber ich versuche es. Wenn der Hamburger Kollege recht hat und die Aktion streng geheim abläuft, werde ich wohl auf Granit beißen.« Hella griff nach einem Blatt Papier. »Wo stehen wir?«

»Oke Jansen ist auf der Liste auf Platz eins gerückt. Gleich gefolgt von Annette Petersen. Dahinter sehe ich die drei Künstlerdamen aus Wangerooge und dann mit etwas Abstand den Adoptivsohn von Edda Detlefsen. Und unter Umständen noch den Dieb, hinter dem Arno her ist.«

»Konzentrieren wir uns auf die ersten beiden Personen. Wo hält sich Jansen auf Mallorca auf? Als Erstes müssen wir eine Hotelabfrage machen, auch wenn die Wahrscheinlichkeit, ihn zu erwischen, gering ist.«

»Ist notiert. Werde ich gleich im Anschluss organisieren.«

»Und ich werde noch mal die Damen auf Wangerooge anrufen und sie nach Jansens Freunden auf Mallorca befragen.«

»Motiv?«, warf Lars die Frage in den Raum, die Hella schon seit Tagen im Kopf herumging.

»Sterbehilfe?«

»Und alle Freunde standen drum herum?«

»Nein, das kann ich mir nicht vorstellen. Wenn, dann war das Oke Jansen allein. Die drei anderen geben ihm ein Alibi. Allerdings wäre der Tod von Frau Detlefsen um ein Haar nicht weiter untersucht worden. Du weißt selbst, wie hoch die Dunkelziffer bezüglich nicht erkannter Tötungsdelikte in vergleichbaren Situationen sein soll.«

Lars nickte. »Du meinst, das Alibi war nur für den Fall der Fälle? Und genau aus dem Grund wird von ihnen auch geheim gehalten, wer das Taxi gerufen hat. Allerdings wurde ein Taxi zur fraglichen Zeit gesehen. Warum finden wir es nicht?«

»Ich habe da einen Verdacht.«

»Jörg Meier, der Taxifahrer, der die vier von Harlesiel abgeholt hat?«

»Genau! Ich vermute, dass er die Gruppe noch einmal gefahren hat. Und zwar auf eigene Kasse. Wir sollten ihn vorladen. Ganz offiziell. Ich spreche nachher mit dem Staatsanwalt.«

»Wenn er wirklich mit dem Taxi seines Chefs Schwarzfahrten macht, ist er seinen Job los«, meinte Lars. »Wieso sollte er das zugeben?«

»Hast du eine bessere Idee?«

»Wir sollten ihn observieren? Wenn wir ihm beweisen können, dass er …«

»Lars!«, unterbrach sie ihren jungen Kollegen. »Wir sind hier in Wittmund und nicht in einer Großstadt. Wenn du ihm hinterherfährst, wird das nach kurzer Zeit auffallen.«

»Es gibt da Wege und Möglichkeiten. Technischer Art, meine ich.«

Hella stöhnte. »Da wird der Staatsanwalt niemals mitmachen.«

»Natürlich ist das nicht offiziell, und verwenden können wir das erst mal auch nicht. Aber weiß er das? Wir können ihn damit unter Druck setzen.«

»Du willst also einen GPS-Tracker am Taxi anbringen?«

Lars zuckte mit den Schultern. »Ist es nicht besser, wenn du von nichts weißt? Offiziell bekomme ich den Auftrag, Jörg Meier zu observieren. Alles andere werden wir dann sehen.«

»Gut, wir observieren den Taxifahrer. Drei Tage, mehr nicht. Erst danach holen wir ihn zu uns hierher, ohne Staatsanwalt. Ist ja letztlich nur eine Zeugenbefragung.« Hella machte sich eine Notiz. »Wie lange wirst du noch mit Annette Petersen über Facebook brauchen? Ich weiß, wir haben da heute schon drüber gesprochen, aber nach dem DNA-Abgleich wird es dringender, dass wir noch einmal ausführlich mit ihr sprechen.«

»Schon klar. Gib mir noch heute Abend! Wenn ich nicht weiterkomme, müssen wir andere Wege finden.«

»Gut, dann an die Arbeit. Ich habe einen Telefonmarathon vor mir.«

18

Hella lehnte sich auf ihrem Stuhl zurück und bog den Rücken gerade. Zuerst hatte sie Theda Mommsen angerufen und mit ihr über Oke Jansen gesprochen. Nach einigen unverfänglichen Fragen waren sie auf das entscheidende Thema zu sprechen gekommen: Jansens Bekannten auf Mallorca. Dabei hatte sie die Frage so nebensächlich wie möglich klingen lassen. Theda Mommsen hatte hörbar zur Antwort angesetzt, aber nach den ersten drei Worten gestoppt und gefragt, warum Hella daran interessiert sei. Ab diesem Zeitpunkt hatte Theda Mommsen blockiert und nur noch kurz angebunden oder gar nicht geantwortet.

Die zweite Telefonbefragung mit Maike Theemann war ähnlich verlaufen. Als das Gespräch auf Jansens im Ausland lebende Freunde gekommen war, hatte Theemann gestutzt und nach kurzem Zögern ausgesagt, dass sie niemanden kennen würde, der auf der Insel lebe.

Nach einer Verschnaufpause mit einer Tasse Kräutertee, die Lars ihr zwischenzeitlich reingereicht hatte, wählte sie Ilse Schmidts Nummer.

»Schmidt!«, meldete sich die Fotografin.

»Guten Tag, Frau Schmidt. Hier spricht Hella Brandt von der Kriminalpolizei Wittmund. Ich habe noch ein paar Fragen.«

»Was möchten Sie wissen?« Ihre Stimme klang zurückhaltend, fast ängstlich.

»Ich gehe einmal davon aus, dass Frau Mommsen und Frau Theemann nichts von Ihrem Verhältnis mit Herrn Jansen wissen.«

Hella hörte, wie Ilse Schmidt nach Luft zu schnappen schien. »Ich verstehe nicht …«

»Sie haben mich sehr gut verstanden, Frau Schmidt.«

Es entstand eine längere Pause. Hella entschied sich, auf Ilse Schmidts Reaktion zu warten.

»Was wollen Sie von mir?«, fragte Frau Schmidt schließlich in die entstandene Stille hinein.

»Ich gehe weiter davon aus, dass Sie wissen, wo sich Herr Jansen aufhält. Es wäre in Ihrem eigenen Interesse, wenn Sie mich davon in Kenntnis setzen wür…«

»Nein, ich weiß nicht, wo Oke ist.«

Hella schwieg und schaute dabei auf die Uhr. Zehn Sekunden. Zwanzig. Sie hörte Ilse Schmidt angestrengt atmen. Dreißig Sekunden. Kurz bevor Hella sich erneut an Ilse Schmidt wenden konnte, brach diese ihr Schweigen.

»Wollen Sie mich erpressen?«

»Frau Schmidt, ich bin Kriminalbeamtin. Wir erpressen niemanden, sondern stellen lediglich Fragen. Wissen Sie, wo Herr Jansen sich aufhält?«

»Nein.«

»Haben Sie Kontakt zu ihm?«

»Nein.«

»Hat Herr Jansen mit im Taxi gesessen, als Sie vom Pflegeheim nach Aurich gefahren sind?«

»Die Frage habe ich Ihnen bereits beantwortet.«

»Seit wann haben Sie eine Beziehung zu Herrn Jansen?«

Wieder entstand eine Pause. Schließlich räusperte sich Ilse Schmidt leise. »Selbst wenn es so wäre, wäre das meine Privatsache.«

»Frau Schmidt, es tut mir leid, aber in diesem besonderen Fall können Sie sich darauf nicht berufen. Sie wissen, dass es sich um ein Tötungsdelikt handelt. Im Moment werden Sie lediglich als Zeugin vernommen, aber das kann der Staatsanwalt schnell anders sehen. Ich kann Ihnen nur raten, mit uns zu kooperieren.«

»Ich kann Ihnen nicht mehr sagen, als ich es bereits getan habe. Ich denke, wir sollten das Gespräch hier beenden.«

»Wie Sie wünschen. Sie haben ja meine Telefonnummer. Falls Sie es sich anders überlegen, können Sie mich jederzeit anrufen.«

»Auf Wiederhören!«

Ilse Schmidt hatte das Gespräch beendet. Hella legte ihr Handy zur Seite und stand auf, um das Fenster zu öffnen. Kurze

Zeit sog sie die frische Novemberluft ein. Für einen Moment hatte sie beim Gespräch das Gefühl gehabt, dass Ilse Schmidt ihr den Aufenthaltsort von Oke Jansen nennen würde. Die einzige Erkenntnis der letzten Minuten war, dass Ilse Schmidt mit hoher Wahrscheinlichkeit eine Beziehung mit Oke Jansen hatte. Inwieweit das für den aktuellen Fall relevant war, konnte sie noch nicht sagen.

Ihr nächster Anruf galt einem ehemaligen Kollegen beim LKA Hannover. Sie sprach einige Minuten mit ihm und bekam eine Telefonnummer eines weiteren Kollegen, der eine Sondereinheit im Bereich »Organisierte Kriminalität« leitete.

Hella wählte und stellte sich vor. Hauptkommissar Rohde hörte sich ihr Anliegen an und bat anschließend darum, dass sie sich in einer Viertelstunde wieder meldete.

»Danke für die Geduld«, sagte Rohde, nachdem Hella ihn ein zweites Mal angerufen hatte. »Sie kennen das Spielchen ja zur Genüge.«

Hella hätte an seiner Stelle auch nicht anders reagiert und zunächst Erkundigungen über den unbekannten Gesprächspartner eingeholt.

»Das ist in Ordnung«, sagte Hella.

»Ihr aktueller Fall weist also Überschneidungen mit den Mafia-Geschichten, die wir hier im Norden im Moment behandeln, auf und insbesondere mit einer Person im direkten Umfeld von Peppe Falzone?«

»Ja, so ist es.«

»Sie wissen, wie der Hase läuft. Selbst wenn es wirklich etwas zu erzählen gäbe, dürfte ich Ihnen nichts sagen. Wie gesagt … selbst wenn.«

»Ich will mich nicht in eine laufende Ermittlung einmischen und sie schon gar nicht durch meine Arbeit gefährden.«

»Aber?«

»Wir suchen eine Person im Zusammenhang mit einem Tötungsdelikt, und unser einziger Hinweis führt zu Falzones Leibwächter.«

»Und an den kommen Sie nicht heran.«

»Genau so ist es.«

»Ich verstehe Ihre Lage, kann Ihnen aber wenig Hoffnung machen. Wenn ich Sie richtig verstanden habe, sind Ihre Hinweise nur sehr dürftig und vage. Die Ermittlungen gegen die Camorra laufen seit Jahren. Mal intensiver, mal etwas zurückhaltender. Wir konnten einige Erfolge verzeichnen, aber bei Weitem noch keinen Durchbruch. Ihr Anliegen wird warten müssen. So leid es mir tut.«

»Ein Foto des Leibwächters würde mir reichen. Der Vorname ist Luca, in gewissen Kreisen wird er auch ›der Deutsche‹ genannt.«

»Ich werde sehen, was sich machen lässt. Mehr kann ich Ihnen nicht versprechen.«

»Danke, Herr Kollege. Ich schicke Ihnen gleich meine Kontaktdaten.«

Sie beendete das Gespräch und stieß einen Fluch aus. Von Rohde würde sie mit Sicherheit nicht wieder hören. Er würde ihr weder das Foto noch weitere Informationen zu Falzone liefern.

Nach langem Zögern wählte sie die Nummer von Kriminaldirektor Bodenstedt. Ihr ehemaliger Chef und Mentor beim LKA Hannover war erfreut, von ihr zu hören.

»Hella, grüß dich! Lange nichts mehr von dir gehört. Wann haben wir das letzte Mal telefoniert? Geht es dir gut? Du bist doch noch in Wittmund?«

Hella lachte. »So viele Fragen auf einmal. Ja, mir geht es gut. Sehr gut sogar. Unser letztes Gespräch ist bestimmt ein halbes Jahr her, und in Wittmund bin ich auch noch.«

»Gut! Das freut mich. Auch wenn ich dich lieber hier in Hannover hätte. Du fehlst mir. Aber ich glaube, das habe ich schon mal erwähnt.«

»Gefühlt mindestens hundertmal. Aber ich kann dir immer noch keine Hoffnung machen. Ich fühle mich hier wohl und …« Sie brach ab. Ludwig Bodenstedt wusste noch nichts von ihrer Schwangerschaft. Sie entschloss sich spontan, es ihm ein anderes Mal zu erzählen.

»Und?«, fragte er.

»Du weißt doch, dass ich hier jemanden kennengelernt habe.«

»Stimmt, du hast mal von einem Surfer gesprochen.«

»Leon. Er hat sich jetzt hier in der Gegend Arbeit gesucht, und wir leben zusammen bei mir in der Bauernkate.«

»Oh, das klingt nach einem baldigen großen Fest. Ich hoffe doch, dass ich eingeladen werde.«

Hella musste unwillkürlich schmunzeln. Ludwig Bodenstedt war für sie immer mehr als nur ihr Chef gewesen. Sie hatte ihn eher als väterlichen Freund wahrgenommen und ihre Versetzung von Hannover nach Oldenburg auch wegen ihm lange hinausgezögert.

»Ja, das könnte durchaus sein. Geplant ist aber noch nichts, und ja, du würdest ganz oben auf der Liste stehen.«

»Da bin ich aber froh«, sagte Bodenstedt lachend. »Aber zum Plauschen rufst du sicher nicht mitten am Tag an, oder?«

Hella erzählte ihm von ihrem aktuellen Fall, der Spur nach Hamburg und ihrem Gespräch mit Hauptkommissar Rohde.

»Deine Vermutung ist ganz richtig. Rohde wird deine Anfrage ignorieren. Die SoKo arbeitet mehr oder weniger autark und ist direkt dem Innenministerium unterstellt. Dass er überhaupt mit dir gesprochen und dich nicht gleich abgewimmelt hat, ist schon erstaunlich.«

»Es muss doch eine Möglichkeit geben, an dieses verfluchte Foto ranzukommen. Falzone wird doch garantiert observiert.«

»Gib mir ein paar Stunden Zeit, Hella. Ich versuche, dir zu helfen.«

»Danke, Ludwig. Du weißt, ich komme nur im absoluten Notfall auf dich zu. Aber hier …«

»Schon gut, Hella. Erstens freue ich mich jedes Mal, wenn ich deine Stimme höre, und zweitens hast du mich während der ganzen Zeit, seitdem wir uns kennen, nur zweimal um einen Gefallen gebeten. Also, da kenne ich doch ganz andere Kollegen.«

»Was ist übrigens mit deinem angekündigten Besuch bei mir zu Hause? Leon würde dich auch gern kennenlernen, und wir beide haben uns schon eine Ewigkeit nicht mehr gesehen.«

Ludwig Bodenstedt stöhnte theatralisch. »Hella, du hast ja recht. Ich wollte schon lange bei dir vorbeikommen, aber ...«

»Nichts, aber!«, unterbrach Hella ihn. »Ich will dich hier sehen. Spätestens im Frühjahr. Notiert?«

Bodenstedt lachte. »Wie kann ich da widersprechen?«

»Würde ich dir auch nicht geraten haben.«

»Hella, ich muss jetzt leider in eins dieser überflüssigen Meetings. Ich melde mich bei dir, sobald ich was habe.«

»Und?«, fragte Lars, der Hella eine frische Tasse Kräutertee im Büro vorbeibrachte.

»Danke, sehr lieb von dir. Aber du weißt, dass ich das auch selbst kann?«

»Ich war gerade in der Küche, und da dachte ich mir ...«

Hella rollte mit den Augen. »Du bist ein schlechter Lügner. Mit Luca Detlefsen oder wie auch immer er sich jetzt nennt, bin ich nur Millimeter weitergekommen. Eventuell fahre ich selbst nach Hamburg.«

»Und dann? Willst du den Mafia-Laden allein hochnehmen? Das ist ja wohl im Moment etwas ...« Er verstummte, als Hella ihm einen warnenden Blick zuwarf. Ihr reichte Leons Angst, mit der er ihr regelmäßig in den Ohren lag.

»Wie soll ich die Typen hochnehmen, wenn ich nicht einmal weiß, wo ich sie finde? Du kannst natürlich gern mitkommen und mich beschützen.«

Lars hob gespielt verzweifelt die Hände. »Ich nehme alles zurück. Aber mal im Ernst: Glaubst du wirklich, dass dieser Mafia-Bodyguard unser Mann ist? Wir sprechen hier von einem Obdachlosen, der plötzlich eine solch steile Karriere gemacht hat. Mir ist das alles zu vage. Selbst wenn er jetzt Mafioso geworden ist, warum sollte er dann seine Adoptivmutter nach so vielen Jahren umbringen? Warum nicht früher?«

»Eins nach dem anderen. Wir finden den Sohn, und dann sehen wir weiter«, antwortete Hella. »Und bei dir? Gibt es etwas Neues?«

19

Lars reagierte auf Hellas Frage mit einem süffisanten Lächeln. »Schon, aber das ist meine Baustelle.«

Hella ahnte, worauf er anspielte, und fragte nicht weiter nach.

»Allerdings habe ich eine Weile mit Frau Petersen hin- und hergeschrieben. Sie hat heute frei und hat mir geantwortet. Da habe ich doch gleich mal die Chance genutzt.«

»Mach es nicht so spannend!«

»Wenn du hin und wieder in deine Mails schauen würdest, wüsstest du schon alles.«

Hella öffnete ihren Account und druckte Lars' Mail aus.

»Ich habe dir der Einfachheit halber unser Gespräch kopiert und geschickt«, fügte Lars hinzu. »Ich bin übrigens Emma.«

Hella nickte grinsend und begann zu lesen.

Annette: Bist du gerade online?

Emma: Ja, habe heute meinen freien Tag.

Annette: Ich auch. Mein Sohn ist in der Schule. Und bei dir?

Emma: Felix ist im Kindergarten. Ein paar Stunden nur für mich.

Annette: Hast du noch mal über die Sache nachgedacht, von der du mir erzählt hast? Ich meine, das mit dem Bewohner, der dich in sein Testament aufnehmen will.

Emma: Klar!!! Fünfzigtausend sind für mich ein Vermögen. Ich wäre auf einen Schlag meine Schulden los. Und es bleibt noch reichlich für Felix und mich übrig.

Annette: Nicht gleich böse sein, wenn ich die nächste Frage stelle.

Emma: Warum sollte ich?

Annette: Gut, dann wage ich es mal. Als ich dein Posting gelesen habe, kam mir gleich ein, wie soll ich sagen, also ein Verdacht …

Emma: Welcher?

Annette: Hat dein Gönner irgendwas gefordert oder dich um was gebeten?

Annette: Bist du noch da?

Emma: Ja.

Annette: Also doch sauer?

Emma: Nein. Schon gut. Er hat nichts gefordert. Na ja, vielleicht erbeten.

Annette: Und was?

Emma: Kann ich dir vertrauen?

Annette: Natürlich. Ich bin in der gleichen Situation gewesen wie du.

Emma: Gewesen?

Annette: Na, die alte Dame ist gestorben.

Emma: Schon länger her?

Annette: Nein, nicht einmal zwei Wochen.

Emma: Ups, verstehe. Und du hast was geerbt? Oder hast du es ...

Annette: Abgelehnt, meinst du?

Emma: Ja.

Annette: Nein, abgelehnt habe ich es nicht. Die Dame war vermögend. Sie hat mir zwanzigtausend vererbt. Und eine Menge Schwierigkeiten.

Emma: Schwierigkeiten? Wie meinst du das jetzt?

Annette: Eine lange Geschichte.

Emma: Zu lang?

Annette: Ich habe doch gesagt, sie ist gestorben. Angeblich wurde sie ermordet.

Emma: Echt jetzt?

Annette: Was weiß ich denn! Die Polizei sagt mir ja nichts Genaues.

Emma: Und warum hast du jetzt Ärger?

Annette: Ist doch klar. Ich erbe was, und dann ist man doch gleich verdächtig.

Emma: Und deshalb soll ich lieber das Geld ablehnen? Das Erbe?

Annette: Fünfzigtausend sind eine Menge Geld. Warum will dir dieser Mann das einfach so geben?

Emma: Einfach so auch wieder nicht.

Annette: Ich kann mir schon denken, was er von dir will.

Emma: Er hat Angst. Ist doch ganz normal. Wer will schon über Jahre vor sich hinvegetieren?

Annette: Ist er krank?

Emma: Seine Frau hatte Alzheimer. Er hat sie gepflegt. Er will nicht so enden, hat er mir gesagt.

Annette: Was sollst du machen?

Emma: So ganz richtig hat er das nicht gesagt.

Annette: Aber?

Emma: Na ja, so durch die Blume.

Annette: Aha!

Annette: Bist du noch da?

Emma: Klar. Na gut, er hat mich gefragt, was er einnehmen muss.

Annette: Du sollst ihm was besorgen?

Emma: Hat er nicht so direkt gesagt. Aber ich vermute es. Keine gute Idee, oder?

Annette: Nein. Lass das lieber.

Emma: Und das Geld? Ich brauche die Kohle. Ich bin echt am Ende. Du weißt doch selbst, wie das ist. Ich will ihm ja nichts spritzen oder so. Er soll es doch allein tun. An die blöden Pillen komme ich schon ran. Das ist nicht das Problem.

Annette: Trotzdem. Lass es! Was anderes kann ich dir nicht raten.

Emma: Jeder hat doch ein Recht darauf, selbst zu entscheiden. Oder? In anderen Ländern ist das schon lange legal. Das ist eine totale Bevormundung, finde ich.

Annette: Das kann man so sehen.

Emma: Aber?

Annette: Es ist nun mal gegen das Gesetz.

Emma: Als wenn ich das nicht wüsste …

Annette: Du kommst in Teufels Küche, wenn das rauskommt.

Emma: Das kommt nicht raus. Ich habe Zeit, die Pillen zu

sammeln. Und ich bin vorsichtig. Ich brauche wirklich die Kohle. Wenn ich es nicht mache, macht es jemand anders.

Annette: Wir drehen uns im Kreis. Ich kann dir nur abraten. Entscheiden musst du.

Emma: Sag mal, hat dich deine Patientin auch um was gebeten? Ich meine, weil du so, ich weiß nicht, so dagegen bist?

Annette: Das steht hier doch gar nicht zur Debatte.

Emma: Ich dachte ja nur. Tut mir leid, wenn ich dir zu nahe getreten bin. Das war nicht meine Absicht. Ich weiß echt nicht, was ich machen soll. Ein paar Pillen besorgen, was ist schon dabei. Ich habe sogar eine Quelle, da kommt niemand dahinter.

Annette: Das glaubst du. Die drehen nachher jeden Stein fünfmal um. Glaub mir. Da bekommst du reichlich die Flatter. Ich kann dir echt nur raten, es dir noch einmal zu überlegen. Lass die Finger davon!

Emma: Verstehe. Dann drück ich dir die Daumen, dass die Schnüffler nichts finden.

Annette: Da gibt es nichts zu finden. Ich habe der alten Dame nichts getan. Wo sind wir denn? Sie soll erstickt worden sein. Mit einem Kissen. Es geht gar nicht um die Medikamente.

Emma: Oh Gott! Das ist natürlich ein ganz anderes Kaliber. Das ist ja quasi Mord. Wollte die alte Dame denn …?

Annette: Lass mal. Sie soll in Frieden ruhen. Und ich muss jetzt auch los. Einkaufen und später noch sauber machen. Kennst du ja alles.

Emma: Klar! Ich muss auch noch zu Aldi. Okay, dann werde ich mal in mich gehen und nachdenken.

Annette: Meine Meinung kennst du ja. Mach's gut, Emma. Bis bald!

Hella sah auf. »Petersen scheint nicht vehement gegen Sterbehilfe zu sein. Und der Verdacht, dass sie die Medikamente besorgt hat oder zumindest etwas darüber weiß, scheint sich zu erhärten.«

Lars nickte. »Sehe ich auch so. Da bin ich mir inzwischen sicher. Wir sollten sie herholen und in die Mangel nehmen.«

Hella zog die Augenbrauen zusammen. »In die Mangel nehmen? Lars! Wir befragen Zeugen oder Verdächtige. Wir sollten vorsichtig sein mit solchen Formulierungen.«

»Mit unseren Fragen unter Druck setzen. Ist das besser?«, entgegnete Lars gereizt.

Hella seufzte. »Das sollte keine Zurechtweisung sein.«

Lars zuckte mit den Schultern. »Es klang aber so.«

»Okay. Wir kommen nicht wirklich weiter in diesem Fall. Die Nerven liegen zwar noch nicht blank, aber wir sind auf dem Weg dahin. Einigen wir uns darauf, dass wir beide etwas überreagiert haben?«

Lars nickte lächelnd. »Gut. Wie gehen wir vor? Soll ich Annette Petersen herholen? Sie hat frei und ist vermutlich zu Hause.«

»Ich glaube nicht, dass wir mit Druck bei ihr weiterkommen. In dem Gespräch mit dir ist doch deutlich geworden, wie vorsichtig sie ist. Sie weiß genau, was auf dem Spiel steht, und ihr wird auch klar sein, dass wir nichts gegen sie in der Hand haben.«

»Bis jetzt zumindest nicht. Warten wir ab, ob die Kollegen noch etwas herausbekommen.«

»Und genau das sollten wir machen. Frau Petersen läuft uns nicht weg.«

Lars nickte und stand auf. »Dann gehe ich mal wieder an die Arbeit.«

Hella ging die Protokolle durch, die Lars ihr zugemailt hatte, als sich ihr Mail-Account bemerkbar machte. Als sie den Absender sah, öffnete sie im nächsten Augenblick die Nachricht. Kriminaldirektor Bodenstedt hatte ihr ein Foto geschickt und fragte, ob sie etwas damit anfangen könne. Hella druckte das Bild aus und verglich es mit dem alten Passfoto von Luca Detlefsen.

Die Aufnahmen zeigten den gleichen Typ Mann, dunkelhaarig, fein geschnittenes männliches Gesicht, buschige Augenbrauen. Aufgrund des erkennbaren Altersunterschieds und der unterschiedlichen Aufnahmeperspektiven war Hella unschlüssig, ob es sich um ein und denselben Mann handelte. Sie verschickte beide Aufnahmen an Roland Radmeier, den Leiter der Kriminaltechnik in Aurich, und machte sich auf den Weg zu Lars. Er kam ihr auf dem Flur entgegengelaufen, Jacke und Autoschlüssel in der Hand.

»Wolltest du zu mir? Ich muss leider sofort los.«

»Dienstlich?«

»Ja. Eine kleine Spritztour. Melde mich.« Er wandte sich ab und lief, ohne auf Hellas Reaktion zu warten, den Gang entlang auf die Tür zu. Hella vermutete, dass Lars' Außeneinsatz etwas mit Jörg Meier und seinem Taxi zu tun hatte.

Als Hella auf dem Rückweg Enno über den Weg lief, zeigte sie ihm die Fotos. Er musterte sie eine Zeit lang und kratzte sich an der Stirn. »Schwer zu sagen. Ähnlich sind die beiden Typen schon. Hast du das Foto aus Hamburg?«

»Sozusagen. Indirekt über deinen Kontakt.«

»Fein, dass das geklappt hat.« Er warf einen weiteren Blick auf die Fotos. »Doch, ich würde sagen, das ist derselbe Mann.«

»Die Ähnlichkeit ist zumindest groß«, sagte Hella. »Vielleicht kann Roland ja noch Konkreteres sagen. Er hat ein entsprechendes Softwareprogramm.«

Eine halbe Stunde später meldete sich Hellas Handy. Roland Radmeier begrüßte sie herzlich. »Die Personen, die du mir da geschickt hast, sind mit extrem hoher Wahrscheinlichkeit identisch. Neunzig Prozent, sagt mein Programm.«

»Danke für die schnelle Arbeit, Roland.«

»Immer wieder gern.« Er legte eine kurze Pause ein und fuhr fort: »Bei dir alles in Ordnung?«

»Mir und meinem Kind geht es gut, wenn du das meinst. Die Stimmung in der Mannschaft ist nicht ganz so berauschend.«

»Ich hörte davon. Lass dich nicht unterkriegen. Die beruhigen sich schon alle wieder, glaub mir.«

»Dein Wort in Gottes Ohr! Roland, ich muss leider weiterarbeiten. Lass uns ein anderes Mal plauschen. Okay?«

»Sicher! Und pass auf dich auf, Hella.«

20

Hella lief unruhig im Büro herum. Sie musste eine Entscheidung treffen. Auf dem normalen Weg würde sie nicht an Luca Detlefsen herankommen, aber noch zögerte sie, Bodenstedt ein zweites Mal um Hilfe zu bitten.

Kurz entschlossen griff sie nach dem Foto, meldete sich bei Enno ab und fuhr zum Pflegeheim. Nachdem sie sich bei der Heimleiterin angemeldet hatte, klopfte sie an die Tür von Frau Sörens, die angegeben hatte, einen unbekannten Mann bei Edda Detlefsen gesehen zu haben.

»Guten Tag, Frau Sörens«, begrüßte Hella sie und erklärte ihr, wer sie war und weshalb sie gekommen war.

»Ja, ich erinnere mich gut an den Mann. Morgen kommt jemand, der eine Zeichnung machen will.«

»Ja, Frau Sörens, das weiß ich. Ich würde Sie bitten, sich einmal dieses Foto anzuschauen.« Sie reichte ihr die Aufnahme, die Kriminaldirektor Bodenstedt ihr geschickt hatte. »Kennen Sie diesen Mann?«

Die alte Dame sah sich das Foto lange an, schaute dann auf. »Das ist der Mann, der Edda besucht hat. Da bin ich mir hundertprozentig sicher. Das Foto ist gut getroffen.«

»Sie haben keinen Zweifel?«

»Junge Frau, ich war Lehrerin, und wenn ich mir keine Gesichter hätte merken können, wäre ich aufgeschmissen gewesen. Das ist der Mann.«

»Danke, Frau Sörens. Vielen Dank!«

Zurück im Büro wählte Hella Bodenstedts Nummer.

Er nahm das Gespräch direkt an. »Und, konnte ich dir helfen?«

»Ja, das ist definitiv mein Mann. Ich muss unbedingt mit ihm sprechen. Kann du mir da noch einmal helfen?«

»Schwierig. Ich dachte mir schon, dass du dich wieder meldest, und habe in Hamburg vorgetastet. In Kürze sollte ich einen Rückruf bekommen. Ich melde mich dann bei dir.«

Hella beendete das Gespräch und lief in die Teeküche, setzte Wasser auf, eilte zurück ins Büro, um gleich darauf wieder in die Küche zu hasten. Die Minuten krochen dahin, Hella trank den Tee am offenen Fenster und warf immer wieder einen Blick auf ihr Handy.

Zweiunddreißig Minuten nach dem ersten Anruf bei Bodenstedt meldete er sich zurück. »Kannst du in drei Stunden in Hamburg sein? Die Adresse in Harburg schicke ich dir.«

»Was läuft da?«

»Das große Finale, sagte mir gerade mein Kollege aus Hamburg, Kriminalrat Herbert Roth. Er weiß, dass du kommst. Wenn du den Standort erreicht hast, melde dich bei ihm. Schutzweste bitte mitnehmen, Hella. Und nicht vergessen, du bist nur Beobachterin. Wenn es gut läuft, kannst du deinen Mann befragen. Aber eine Garantie gibt es nicht.«

»Danke! Ich schulde dir was.«

»Da mach dir mal keinen Kopf drum. Ein kleines Essen im Haus hinterm Deich reicht aus.«

»Ich warte auf deinen Anruf, wann du Zeit hast.«

Hella fuhr bei Wilhelmshaven auf die A 29 Richtung Oldenburg. Für die zweihundertzwanzig Kilometer würde sie etwas mehr als zwei Stunden brauchen, falls sie von Staus verschont blieb. Bisher zeigte das Navi keine Behinderungen an. Sie verlangsamte das Tempo und rief Leon an.

»Hella, bis du im Auto?«, fragte er, nachdem sie sich gemeldet hatte.

»Ja, aber leider in der falschen Richtung. Ich muss nach Hamburg und werde da auch übernachten.«

»Worum geht es?«

Hella spürte regelrecht die Angst in seiner Stimme. »Ich muss jemand befragen, der mit dem Fall zu tun hat. Keine große Sache.«

»Hat sich aber ganz spontan entwickelt, oder?«

»Genau. Bodenstedt hat mir das vermittelt. Er kommt uns

übrigens in Kürze besuchen. Du erinnerst dich, mein ehemaliger Chef in Hannover beim LKA.«

»Ich weiß. Das freut mich. Hat er schon gesagt, wann er kommt?«

»Nein, er scheut wohl die weite Fahrt. Ein großer Autofahrer war Bodenstedt nie. Ich werde dranbleiben und ihn beim nächsten Gespräch auf einen Termin festnageln.« Hella war froh, dass sie das Thema gewechselt hatten. Leon erzählte von seinem Tag und dass er sich am Abend mit seinem Freund, der das Buch plante, zum Telefongespräch verabredet hatte.

»Das trifft sich ja gut«, sagte Hella. »Ich melde mich dann noch später. Wie lange bist du wach?«

»Lange!«

Hella wusste, dass seine Antwort übersetzt hieß, dass er nicht schlafen würde, bevor sie telefoniert hatten. »Dann bis heute Abend. Grüß deinen Freund unbekannterweise von mir.«

Hellas nächster Anruf galt Lars. Nachdem er von ihrem Hamburg-Trip gehört hatte, schwieg er.

»Du bist unterwegs?«, fragte Hella in die entstandene Stille hinein.

»Ja, wird wohl noch eine Weile dauern. Du bekommst morgen den Bericht. Wann bist du zurück?«

»Das hängt davon ab, ob ich Detlefsen befragen kann. Frau Sörens war sich sehr sicher.«

»Dann bestell ich gleich mal den Zeichner ab.«

»Oh, das habe ich in der Eile vergessen. Lars, wir telefonieren spätestens morgen Vormittag. Wenn etwas ist, ich bin die ganze Zeit erreichbar.«

Als Hella in Bremen auf die A 1 fuhr, stockte der Verkehr. Einen Augenblick sah es so aus, als würde sich ein größerer Stau aufbauen, aber zu Hellas Erleichterung hatte sie die Baustelle nach einer Viertelstunde passiert und konnte auf der dreispurigen Autobahn den Rückstand schnell wieder gutmachen.

Hamburg-Harburg lag südlich der Elbe, was Hella davor bewahrte, durch den Elbtunnel fahren zu müssen, der am späten

Nachmittag regelmäßig vom Stau bedroht war. Die Navi-Stimme leitete sie von der Autobahn ab und direkt an Harburg vorbei, bis sie den angegebenen Standort im Bereich des Industriehafens erreicht hatte. Sie parkte ihren Passat und rief die von Bodenstedt angegebene Telefonnummer an. Es meldete sich eine Männerstimme, Hella gab sich als Polizistin zu erkennen, und eine Viertelstunde später parkte hinter ihr ein schwarzer Van. Hella stieg in das Fahrzeug ein und wurde von einem etwa fünfzigjährigen Mann empfangen, der sich als Herbert Roth vorstellte.

Der Wagen setzte sich langsam in Bewegung.

»Mein alter Freund Bodenstedt hat mich gebeten, Sie als Zaungast aufzunehmen.«

Hella verstand die einleitenden Worte. »Ich weiß es zu schätzen, dass ich hier sein darf. Darf ich fragen, was genau geplant ist?«

»Dürfen Sie.« Er sah auf sein Handy. »In genau einer Stunde gibt es eine Übergabe, an der Falzone persönlich teilnimmt. Vierzig Kilogramm reines Kokain. Marktwert bis zu drei Millionen Euro.«

»Das würde die Herren allerdings einige Jahre hinter Gitter bringen.«

»Durchaus! Vor allem wäre das der größte Schlag gegen die Camorra in Norddeutschland.«

Der Van hielt, sie warteten, bis sich die Tür von allein öffnete. Kriminalrat Roth stieg aus, Hella folgte ihm. Roth zeigte auf einen weißen Transporter, der als Firmenfahrzeug getarnt war. Das Fahrzeug hatte hinten keine Fenster, die Anlage auf dem Dach sah aus wie die von Kühlfahrzeugen, aber Hella vermutete, dass in dem Aufsatz eine Menge Abhörtechnik steckte. Als sie sich näherten, hörte Hella, wie sich der Van wieder in Bewegung setzte, während sich die Türen des Transporters öffneten.

Im Innenraum des Fahrzeugs hielten sich drei Männer und eine Frau auf. Alle saßen mit Kopfhörern vor großen Bildschirmen und tippten hin und wieder auf die Tastatur oder bewegten kaum merklich ihre Hand, die auf einer Computermaus lag. Roth zeigte auf einen Stuhl neben dem größten Monitor und setzte sich selbst auf die andere Seite des Mannes, der jetzt auf den Bildschirm zeigte. »Wir haben vier Kameras im Einsatz.« Er klickte sich durch die Einstellungen. Die Kameras erfassten aus verschiedenen Perspektiven das Innere eines großen Raumes, von dem Hella vermutete, dass es ein ehemaliges Industriegebäude war. Eine der Kameras war auf eine Toreinfahrt gerichtet, die ausreichend groß für ein Auto zu sein schien.

»Alle Kollegen sind in Position?«, fragte Kriminalrat Roth.

Der Mann vor dem Bildschirm nickte. »Vier Einheiten zu je sechs Mann. Sie sind seit über drei Stunden im Gebäude. Zusätzlich ein Team im Außenbereich und weitere Kollegen an allen drei Zufahrten.«

Roth lehnte sich auf dem Stuhl zurück und lächelte Hella an. »Dann erzählen Sie mal, warum Sie den Mann suchen.«

Hella beschrieb in knappen Worten, was in Wittmund geschehen und wie sie Luca Detlefsen auf die Spur gekommen war.

»Und Sie gehen davon aus, dass er seine Adoptivmutter getötet hat?«

»Die Möglichkeit besteht. Ich brauche dringend einen DNA-Abgleich. Auf dem Körper des Opfers wurden Spuren gesichert. Und auf dem Kissen, mit dem die alte Dame mutmaßlich erstickt wurde.«

»Wir haben natürlich Kenntnis von Ihrem Mann. Allerdings hatten wir bisher wenig Interesse an ihm, da er nach unseren Erkenntnissen lediglich als Bodyguard für Falzone arbeitet. Wir glauben nicht, dass er uns gerichtsverwertbare Informationen liefern könnte. Was nicht heißt, dass wir den Mann Ihnen überlassen können. Es kann Wochen dauern, bis Sie ins Spiel kommen werden.«

»Ich hatte auf eine zumindest kurze Befragung gehofft«, sagte Hella.

»Das ist mir schon klar. Bodenstedt hat mich schon darauf vorbereitet. Aber wie gesagt, die Chancen stehen für die nächsten zwei bis drei Wochen sicher schlecht. Aber zuerst der Zugriff, dann sehen wir weiter.«

Der Beamte vor dem Bildschirm hob die Hand. »Falzone ist im Anmarsch.«

Auf dem Bildschirm sahen sie drei dunkle Limousinen eine Straße hinauffahren und gleich darauf aus dem Bild verschwinden. Die Kameraeinstellung wechselte auf die Einfahrt zum ehemaligen Industriegebäude, wo kurz darauf die drei Fahrzeuge auftauchten. Hella fixierte den Bildschirm, aber aus keinem der Fahrzeuge stieg jemand aus.

»Sind früh da, unsere italienischen Freunde«, sagte Roth, der immer noch entspannt auf dem Stuhl saß und jetzt auf seine Uhr sah. »Eine Viertelstunde noch. Wollen wir hoffen, dass die Kolumbianer pünktlich sind.«

Sie warteten, die Kameraeinstellungen wechselten regelmäßig, Hella hörte im Hintergrund leise Befehle, die über Funk durchgegeben wurden. Fast auf die Minute genau sahen sie auf dem Bildschirm drei große SUV, die die gleiche Straße wie Falzone hinauffuhren. Wieder schaltete die Kamera um, und kurz darauf hielten die drei SUV zehn Meter vor den Limousinen. Wieder schien eine gefühlte Ewigkeit zu vergehen, bevor sich eine Tür öffnete und zwei Männer ausstiegen, die in jeder Hand einen Koffer mit sich führten. Gleich darauf tauchten vier weitere Männer mit Maschinengewehren auf und verteilten sich im Raum. Das gleiche Szenarium spielte sich wenige Sekunden später auf der Gegenseite ab, bis sich schließlich sechs Personen gegenüberstanden.

»Falzone ist nicht dabei«, sagte der Beamte vor dem Bildschirm.

»Abwarten«, antwortete Roth. »Es war eine persönliche Übergabe vereinbart.«

Hella starrte auf den Bildschirm, auf dem die drei Limousinen zu sehen waren. Keine der Türen öffnete sich.

»Worauf warten die?«, fragte Hella.

»Ein Spiel. Wer taucht zuerst auf?«, sagte Roth belustigt. »Falzone wird gewinnen.«

Roth sollte recht behalten. Zwei Minuten später öffnete sich die Tür eines der SUV, und zwei Männer stiegen aus. Kurz darauf wiederholte sich der Vorgang auf der anderen Seite. Langsam gingen die vier Männer aufeinander zu, blieben in der Mitte zwischen den Fahrzeugen stehen. Die beiden Älteren auf jeder Seite traten einen Schritt vor und reichten sich die Hände. Kurz darauf kamen die Koffermänner und wechselten ihre Fracht mit der Gegenseite. Die Koffer wurden geöffnet und der Inhalt überprüft.

»Zugriff!«, sagte Roth ohne Vorwarnung.

Der Mann vor dem Bildschirm drückte einen Knopf, und wenige Sekunden später sahen sie, wie sich der Nebel in der Halle ausbreitete und von vier Seiten vermummte SEK-Beamte auf die Fahrzeuge zustürmten. Da nur Bilddaten übertragen wurden, konnten sie nicht hören, ob geschossen wurde, aber sie sahen, wie einer der bewaffneten Kolumbianer nach hinten zu Boden geschleudert wurde, nachdem er zuvor seine Waffen in Richtung der auf ihn zustürmenden Beamten gerichtet hatte.

Langsam legte sich der Rauch im Gebäude, sie sahen, wie die SEK-Beamten Personen abführten und sich ein Sanitäterteam um den zuvor angeschossenen Mann bemühte.

Der Beamte vor Hella sprach in sein Mikrofon und schien sich nach und nach mit den vier Einsatzteams zu verständigen. Schließlich drehte er sich zu Kriminalrat Roth um und schüttelte den Kopf. »Falzone ist entkommen.«

»Außenkamera!«, forderte Roth mit angespannter Stimme.

Der Beamte tippte einen kurzen Code in die Tastatur, vier Aufnahmen erschienen auf dem großen Bildschirm. Hella erkannte die Umgebung rund um das Einsatzfahrzeug.

»Wie weit sind wir vom Geschehen entfernt?«, fragte sie.

»Knapp einen Kilometer«, antwortete der Beamte vor ihr.

Zu dritt starrten sie auf den Bildschirm, im Einsatzfahrzeug war absolute Stille eingekehrt.

»Da!«, sagte der Beamte vor Hella und zeigte auf die obere rechte Seite des Bildschirms. Fast im selben Augenblick nahm diese Kameraperspektive den ganzen Bildschirm ein. Jetzt sahen sie deutlich, wie zwei Männer auf das Einsatzfahrzeug zuliefen.

Der Beamte forderte direkt Unterstützung an, während Hella

den Sitz ihrer Schutzweste kontrollierte und die Waffe aus dem Halfter zog.

Die fliehenden Männer blieben stehen und sahen sich hektisch nach allen Seiten um.

»Ein Team ist unterwegs«, sagte der Beamte vor dem Bildschirm.

In diesem Augenblick schienen sich Falzone und sein Begleiter entschieden zu haben. Falzone zeigte in Richtung des Einsatzfahrzeugs, Hella schätzte die Entfernung zu ihnen auf knapp fünfzig Meter.

»Wie lange noch?«, fragte Roth den Mann vor ihm an.

»Sie sind auf dem Weg«, kam sofort die Antwort.

»Wie lange noch?«, wiederholte er mit bebender Stimme seine Frage.

Der Beamte betätigte einen Schalter und stellte die Frage an den Einsatzleiter. Schließlich drehte er sich zu Kriminalrat Roth und Hella um. »Mindestens drei Minuten.«

»Scheiße«, entfuhr es Roth.

Hella hatte ihren Blick nicht vom Bildschirm abgewendet. Inzwischen schätzte sie die Entfernung der laufenden Männer nur noch auf zwanzig Meter. Hella entsicherte ihre Waffe, sah zum letzten Mal auf den Bildschirm und drückte schließlich den Knopf an der Tür. Als sich ein ausreichender Spalt gebildet hatte, sprang sie auf die Straße, orientierte sich kurz und ging mit gehobener Waffe auf die Männer zu, die wenige Meter vor ihr stoppten. Beide keuchten und schienen vollkommen außer Atem zu sein.

»Polizei!«, schrie Hella ihnen entgegen. »Auf den Boden! Sofort!«

Wie in Zeitlupe sah sie die Handbewegung von Luca Detlefsen, der seine Waffe zog und sie schließlich auf sie richtete. Sie ließ sich fallen und schoss im selben Augenblick. Detlefsen schrie und ließ seine Waffe fallen.

Hella sprang wieder auf und fixierte Falzone. Der hob langsam seine Hände über den Kopf und glitt auf die Knie.

21

Kriminalrat Roth saß Hella in seinem Büro gegenüber und atmete schwer.

Nachdem Hella die beiden Flüchtigen gestellt hatte, waren ihre Hamburger Kollegen ihr zu Hilfe gekommen. Luca Detlefsens blutende Wunde am Bein war durch einen Druckverband gestoppt und beiden Mafiosi waren Handschellen angelegt worden. Wenige Minuten später waren das SEK und kurz darauf der Notarzt vor Ort gewesen.

»Ist Ihnen klar, dass Sie das ganze Team in der Einsatzzentrale in Gefahr gebracht haben?«, fuhr er Hella an.

»Falzone ist ein Profi. Er erkennt ein Einsatzfahrzeug. Ich wollte nicht in der Falle sitzen, falls er und sein Bodyguard auf dumme Gedanken gekommen wären.«

Roth lachte hämisch. »Wollen Sie mich jetzt verarschen? Sie haben klar meine Befehle missachtet. Das Geringste, das ich von Ihnen erwarte, ist, dass Sie zu Ihrem dummen Fehler stehen.«

»Ist das Einsatzfahrzeug gepanzert?«

»Es gab keinerlei Anzeichen, dass wir angegriffen werden sollten.«

»Dann schauen Sie sich die Aufzeichnung an. Als die beiden Männer etwa fünfzig Meter von uns entfernt waren, sind sie kurz stehen geblieben und haben sich daraufhin entschlossen, genau in unsere Richtung zu laufen. Ich war mir sicher, dass die beiden sich auf unser Fahrzeug konzentrierten. Wir hätten in der Falle gesessen. Wollen wir gemeinsam die Aufzeichnungen anschauen? Wenn Sie möchten, können wir das gern im Beisein des Staatsanwaltes tun.«

Kriminalrat Roth zögerte eine Weile und schien seine Optionen abzuwägen. Schließlich räusperte er sich und sagte: »Das wird nicht nötig sein. Einigen wir uns darauf, dass die Operation erfolgreich abgeschlossen wurde. Sie werden morgen noch mit jemandem von der Internen sprechen müssen, aber ich sehe da keine Probleme auf Sie zukommen. Zumindest war es eindeutig eine Notwehrmaßnahme.«

»Das sehe ich auch so. Wann kann ich mit Luca Detlefsen sprechen?«

Kriminalrat Roth atmete tief durch. »Übertreiben Sie es nicht, Frau Hauptkommissarin.«

»Herr Kriminalrat, Sie wissen doch genau, wie der Hase läuft. Wenn ich jetzt nicht Detlefsen befrage, werde ich in den nächsten Wochen sicher nicht zum Zuge kommen. Lassen Sie mich mit ihm sprechen, und Sie sind mich los.«

Roth stand auf. »Wir sehen morgen weiter. Sie haben ein Zimmer?«

Hella nickte. »Wann kann ich Sie morgen früh erreichen?«

Um kurz vor halb zwölf öffnete Hella die Tür zum Hotelzimmer und ließ sich gleich darauf aufs Bett fallen. Als sie das Polizeipräsidium verlassen hatte, hatte sie Leon eine Nachricht geschrieben, dass es etwas später werden würde. Er hatte im nächsten Augenblick zurückgeschrieben und gemeint, dass er auf ihren Anruf wartete.

»Hallo, Leon. Tut mir leid, dass es so spät geworden ist.«

»Was ist passiert?«

»Eine groß angelegte Aktion des LKA hier in Hamburg. Anschließend habe ich noch mit dem Kriminalrat gesprochen, der das alles unter sich hat.«

»Merkwürdige Arbeitszeiten.«

»Jetzt bin ich auf jeden Fall in meinem Hotel und liege hier auf dem Bett. Ganz schönes Zimmer. Ist auch nicht weit von der City entfernt. Also, alles gut.«

Hella spürte, wie ihr ein Schweißtropfen die Schulter hinunterlief. Vor ihrem inneren Auge durchlebte sie die Szene vor dem Einsatzfahrzeug noch einmal. Sie war ohne nachzudenken aus dem Wagen gesprungen, absolut sicher, dass sie das einzig Richtige machte.

»Du kennst meine Meinung«, sagte Leon. »Und ja, ich weiß,

dass du schwanger bist und nicht krank. Trotzdem, ich kann nicht anders, als mir Sorgen um dich, um euch zu machen.«

Luca Detlefsen zieht seine Waffe, Hella schreit ihn an, zielt und schießt in dem Augenblick, als Detlefsen die Waffe auf sie richtet. Im nächsten Moment konzentriert sie sich auf Falzone, der aber keine Anzeichen macht, sie anzugreifen.

»Musst du nicht, Leon. Okay, ich habe heute etwas länger gearbeitet, aber ich fühle mich gut. Wenn wir bei der Frauenärztin sind, wirst du sehen, dass mit unserem Kind alles in Ordnung ist.«

Detlefsen fällt, lässt dabei die Waffe zu Boden gleiten. Hella macht einen Satz nach vorn und schiebt sie mit dem Fuß zur Seite. Er schreit, greift sich ans Bein, das Blut färbt die Hose rot. Hella schreit Falzone an, der hebt langsam seine Arme und sinkt auf die Knie.

»Bist du sicher, dass du auf Dauer diesen gefährlichen Job machen willst?«, fragte Leon.

»Was soll ich sonst machen? Hinter einem Schreibtisch sitzen? Das ist nicht mein Ding, Leon.«

Falzone starrt sie wutentbrannt an, sein Blick scheint zu sagen: Du bist tot! Ich finde dich! Hella rammt ihm den Fuß in die Seite und zischt ihn an, auf den Boden zu sehen.

»Ja, ich weiß. Irgendwie werde ich damit fertigwerden müssen. Als Surfer bin ich ja auch Gefahren eingegangen. Nicht hier in der Nordsee, aber auf Hawaii oder in Kalifornien. Lass uns über etwas anderes reden. Hast du dir schon überlegt, was ich kochen soll, wenn Lars und seine neue Freundin zu uns kommen? Wie war noch ihr Name?«

Hella wachte auf und setzte sich im selben Augenblick im Bett auf. Ihr Blick fiel auf die Waffe, die sie oben auf den Beistelltisch gelegt hatte. War das ein Geräusch gewesen?

Sie griff nach der Waffe, glitt aus dem Bett und blieb regungslos stehen. Schritte, jemand öffnete eine Tür, Hella stellte sich mit dem Rücken zur Wand und wartete ab. Die Tür wurde geschlossen. Stille. Schließlich hörte sie, wie sich jemand auf dem

Hotelflur unterhielt. Hella ließ die Waffe sinken und atmete tief durch.

Beim Frühstück rief sie Lars an und berichtete ihm kurz von dem gestrigen Abend.

»Das bleibt absolut unter uns«, sagte sie.

»Bist du sicher, dass sie den Einsatzwagen angreifen wollten?«

»Nein, wie auch? Ich habe instinktiv gehandelt. Ich hatte Bruchteile von Sekunden Zeit. Zu dem Zeitpunkt war ich mir natürlich sicher. Was sonst? Ich bin doch nicht lebensmüde.«

»Verdammt! Ich hätte mitkommen sollen.«

»Beim nächsten Mal, Lars. Ich habe um neun einen Termin bei der Inneren und hoffe, dass ich danach Detlefsen befragen kann.«

»Der wird schweigen. Der sitzt doch jetzt schon so tief in der Scheiße. Drogenhandel im großen Stil, Mordversuch. Zehn Jahre hat er sicher.«

»Wir werden sehen. Wie sieht es mit Jörg Meier aus?«

»Die Observation war erfolgreich. Mindestens vier Fahrten, von denen ich annehme, dass sie schwarz waren. Ich bin gleich mit seinem Chef verabredet und werde ihn nach dem Fahrtenbuch fragen. Vielleicht macht er mir ja eine Kopie. Ansonsten muss ich mir einen Beschluss holen. Dein Einverständnis vorausgesetzt.«

»Melde dich bei mir, wenn Meiers Chef Probleme macht. Dann sehen wir weiter. Sonst etwas Neues?«

»Ich habe gestern spät in der Nacht mit Annette gechattet. Ich schicke dir das Gespräch per Mail. Vielleicht hast du ja noch Zeit, reinzuschauen.«

»Etwas Neues?«

»Guck es dir an. Bist du um vierzehn Uhr zurück?«

»Nein, sicher nicht.«

»Und die Teamsitzung?«

»Mist, die habe ich ganz vergessen. Die müssen wir auf morgen früh verschieben. Machst du das bitte?«

Sie verabschiedeten sich. Hella stand auf, um sich etwas vom Frühstücksbüfett zu holen. Auf dem Weg dorthin bat sie eine Kellnerin um eine Tasse Kaffee, korrigierte aber gleich darauf die Bestellung.

Zurück am Tisch stand bereits die Teekanne an ihrem Platz. Hella seufzte leise und strich sich mit der flachen Hand über den Bauch.

»Falzones Bodyguard hat Glück gehabt«, sagte Kriminalrat Roth, als Hella ihn nach dem Termin bei der Inneren auf dem Flur des Polizeipräsidiums traf. »Glatter Durchschuss, knapp an der Hauptarterie vorbei. Er hat viel Blut verloren, aber ansonsten geht es ihm gut.«

»Wann und wo kann ich ihn befragen?«

Roth zeigte in Richtung seines Büros. »Lassen Sie uns das bei mir besprechen.«

Hella lief neben dem Kriminalrat, er schloss sein Büro auf und ließ ihr den Vortritt. »Setzen Sie sich doch. Möchten Sie etwas trinken?«

Hella wunderte sich über die freundliche Frage. Sie lehnte dankend ab. »Ich komme gerade vom Frühstück im Hotel.«

»Ihr Mann liegt im AK Harburg. Sie können ihn dort befragen.«

»Danke.«

»Sie haben mit den Kollegen der Inneren gesprochen?«

»Ja, es ist alles geklärt. Vielen Dank auch für Ihren Bericht.« Hella hatte bei der Befragung erfahren, dass Kriminalrat Roth bereits einen schriftlichen Bericht eingereicht hatte, in dem sie ausdrücklich wegen ihres umsichtigen und schnellen Eingreifens gelobt wurde.

»Unser Dank gilt Ihnen. Ich habe nur einen Bericht abgegeben.«

»Sie haben mit Falzone gesprochen?«

»Jetzt verstehe ich Bodenstedt. Er hat Sie in den höchsten Tönen gelobt.« Er seufzte theatralisch. »Und mich auch ein wenig gewarnt. Und ja, wir haben mit Falzone gesprochen.

Allerdings hat er jede Aussage verweigert. Dafür war sein Bodyguard etwas gesprächiger. Er hat uns bestätigt, dass Falzone das Einsatzfahrzeug erkannt hat.«

»Erkannt?«

»Ja. Das haben wir den Bodyguard auch gleich gefragt. Der Wagen ist wohl schon bei anderen Aktionen eingesetzt worden, wo er von Falzones Männern bemerkt wurde.«

»Was hatte Falzone vor?«

»Was soll ich sagen? Ihre Entscheidung, den beiden entgegenzutreten, hat sich im Nachhinein als richtig erwiesen. Falzone hatte eine Handgranate dabei. Was er damit hätte anrichten können, brauche ich Ihnen nicht zu sagen.«

Hella stockte der Atem. Ihr Instinkt war richtig gewesen. Eine Explosion unter dem Fahrzeug hätte keiner von ihnen überlebt.

»Was hat Detlefsen noch gesagt?«

»Er ist bereit, gegen Falzone auszusagen. Natürlich gegen ein Entgegenkommen unsererseits.«

Hella nickte und vermutete, dass die Staatsanwaltschaft nicht begeistert davon war, einem Tatverdächtigen in einem Mordfall einen Kronzeugenstatus zu geben.

»Darf ich deshalb mit Detlefsen sprechen?«, fragte Hella ohne Umschweife.

Kriminalrat Roth lächelte. »Es wäre schon von Vorteil, wenn sich der Verdacht, den Sie gegen Luca Detlefsen hegen, nicht bestätigen würde.«

»Haben Sie Fingerabdrücke und DNA von ihm?«

»Ja, beides vorhanden. Ich habe angeordnet, dass es vorrangig bearbeitet wird. Morgen können Sie sein DNA-Profil mit Ihren Daten vergleichen. Je schneller, desto besser.«

Roth stand auf und reichte Hella die Hand, als sie neben ihm stand. »Ich wäre Ihnen für ein schnelles Protokoll der Befragung dankbar. Die Ergebnisse des DNA-Abgleichs werde ich dann sicher auch zeitnah von Ihnen bekommen.«

22

Luca Detlefsens Zimmer wurde von zwei Personenschützern des LKA bewacht. Hella wies sich aus und konnte passieren. Detlefsen saß aufrecht im Bett. Hella begrüßte ihn und stellte sich vor.

»Sie haben mich angeschossen?«, fragte er.

Hella zog sich einen Stuhl ans Bett und setzte sich. »Ja, das war leider notwendig.«

Er nickte.

»Sind Sie in der Lage, mir ein paar Fragen zu beantworten?«

»Ja.«

Hella legte ihr Smartphone auf den Rolltisch. »Ich zeichne die Befragung auf. Sind Sie damit einverstanden?«

»Ja.«

»Wann haben Sie zum letzten Mal Ihre Adoptivmutter gesehen?«

»Warum wollen Sie das wissen? Wie kommen Sie überhaupt auf Edda?«

»Bitte, Herr Detlefsen, beantworten Sie einfach meine Frage.«

Er zögerte lange, bevor er schließlich antwortete: »Das muss vor ungefähr drei bis vier Wochen gewesen sein. Ich habe sie im Pflegeheim in Wittmund besucht.«

»Zum ersten Mal?«

»Ja, ich wusste zu dem Zeitpunkt erst wenige Wochen, dass sie dort untergebracht ist.«

»Von wem?«

»Einem Jugendfreund, der immer noch auf Wangerooge lebt. Ich habe ihn angerufen, um zu erfahren, wie es Edda geht.«

»Nach so vielen Jahren zum ersten Mal?«

Luca Detlefsen nickte.

»Warum haben Sie sie erst nach so langer Zeit besucht?«

»Ich verstehe zwar nicht, warum Sie das alles wissen wollen, aber man hat mir geraten, Ihre Fragen zu beantworten.«

Hella wurde in diesem Augenblick klar, dass Detlefsen noch nichts von dem Tod seiner Adoptivmutter wusste oder aber vorgeben wollte, nicht davon zu wissen.

»Warum habe ich sie besucht?«, fuhr Luca Detlefsen fort. »Mir ist wohl klar geworden, dass sie nicht mehr lange leben würde. Ich wollte ein paar Dinge klarstellen und mich von ihr verabschieden.«

»Warum haben Sie sich bei Ihrem Jugendfreund nach ihr erkundigt?«, stellte Hella die nächste Frage.

»Das ist eine lange Geschichte.«

»Ich habe Zeit. Erzählen Sie!«

Luca Detlefsen schloss die Augen und schien zu überlegen, was er antworten sollte. Schließlich seufzte er leise und begann: »Dass ich von Edda als Dreijähriger adoptiert wurde, scheinen Sie ja zu wissen. Unser beider Verhältnis war nicht immer … einfach. Als ich älter wurde, so mit zwölf, dreizehn, habe ich Fragen gestellt. Bis dahin wusste ich nicht, dass Edda nicht meine leibliche Mutter ist. Ich fragte nach meinem Vater, wollte wissen, warum es keine Fotos gab, die mich als Baby zeigten. Irgendwann hat Edda nachgegeben und es mir gesagt. Vielleicht können Sie sich vorstellen, was das mit einem Kind in dem Alter macht. Ich war auf jeden Fall noch verwirrter und orientierungsloser als vorher. Wir haben uns zu der Zeit viel gestritten, ich habe mich auf die Suche nach meinen leiblichen Eltern gemacht und vom Jugendamt erfahren, dass meine Mutter …«, er stockte, »also … dass meine leibliche Mutter an einer Überdosis Heroin gestorben ist. Sie war Halbitalienerin, ihre Mutter Deutsche, ihr Vater Gastarbeiter aus Süditalien.«

Hella hörte ihm aufmerksam zu und ahnte, worauf die Geschichte hinauslaufen würde.

»Mit siebzehn Jahren bin ich von zu Hause ausgezogen. Gegen Eddas Willen. Im Grunde genommen war ich ohnehin schon auf dem Festland. Wegen dem Abitur, was man ja auf Wangerooge nicht machen konnte. Aber an den Wochenenden war ich ab freitagnachmittags immer auf der Insel.«

»Sie sind weiter auf die Schule gegangen?«

»Ja, noch ein Jahr bis zum Abitur. Aber ich bin nicht mehr auf Wangerooge gewesen und habe auch jeden Kontakt mit Edda verweigert. Danach bin ich über zwei Jahre durch die Welt getingelt. Ich war überall und nirgends.« Er lächelte matt. »Als ich zurückkam, wusste ich auch nicht mehr als vorher. Schließlich habe ich in Oldenburg eine Ausbildung zum Tischler angefangen. Holz mochte ich schon immer gern, und zu studieren konnte ich mir nicht vorstellen. Ich wollte auch Eddas Geld nicht mehr. Als ich fertig war, ging ich wieder auf Wanderschaft. Habe hier und da gearbeitet, bis ich nach ein paar Jahren zurück nach Oldenburg kam.« Er brach ab und schaute gedankenverloren aus dem Fenster seines Krankenzimmers.

»Sie haben zu der Zeit keinen Kontakt zu Ihrer Adoptivmutter gehabt?«

Luca Detlefsen sah auf. »Nein, nur sehr selten. Edda hat immer wieder versucht, mit mir ins Gespräch zu kommen. Zu meiner Schande muss ich zugeben, dass ich es nur wenige Male zugelassen habe. Und wenn ich mich richtig daran erinnere, hatte es immer etwas damit zu tun, dass ich vollkommen abgebrannt war.«

»Wann sind Sie obdachlos geworden?«

Er warf ihr einen erstaunten Blick zu. »Das wissen Sie auch? Woher?«

»Einer meiner Kollegen in Oldenburg konnte sich an Sie erinnern.«

»Tatsächlich? Ich habe zu der Zeit nur noch mit Vornamen gelebt, nicht einmal mit meinem richtigen. Das waren schwere Zeiten. Bis Peppe mich da rausgeholt hat.«

»Peppe Falzone?«

»Ja, er ist mein leiblicher Vater.« Er atmete schwer. »Zumindest behauptet er es. Ich weiß nicht, wie Peppe es geschafft hat, mich zu finden. Ich meine jetzt nicht in Oldenburg, das war natürlich auch schwierig, sondern wie er herausgefunden hat, dass ich sein Sohn bin. Sein leiblicher. Er wusste nämlich nicht, dass meine Mutter schwanger war, als sie sich getrennt haben. Aber das interessiert Sie sicher nicht.«

»Würden Sie mir von Ihrem Besuch bei Ihrer Mutter erzählen?«

»Ehrlich gesagt habe ich die zwei oder vielleicht waren es auch drei Stunden selbst noch nicht verdaut. Was soll ich sagen? Ja, Edda war vollkommen überrascht, mich zu sehen. Sie hat mich auch gleich erkannt. Das war meine größte Sorge, als ich mich auf den Weg zu dem Heim gemacht habe. Aber ich habe wohl einen guten Tag erwischt. Edda hat es so genannt. Sie meinte, sie habe gute und schlechte Tage und dass die guten immer weniger würden.«

»Warum haben Sie Ihre Mutter besucht?«

Luca Detlefsen legte den Kopf in den Nacken und starrte eine Weile an die Decke. »Warum? Auch das ist eine lange Geschichte. Auf den Punkt gebracht geht es wohl darum, dass ich mich entschuldigen wollte. Für mein Verhalten damals und dafür, dass ich mich so undankbar gezeigt habe. Und ich wollte ihr sagen, dass es für mich nicht immer einfach war. Edda ist eine starke Frau. Das war sie immer, und das hat es so schwer gemacht, sie zu lieben. Verstehen Sie, wie ich das meine?«

»Wie hat sie reagiert?«, fragte Hella weiter. Sie war sich immer noch nicht sicher, ob Luca Detlefsen ihr gerade ein grandioses Schauspiel bot oder tatsächlich nichts vom Tod seiner Adoptivmutter wusste.

»Sie hat geweint. Ich glaube, ich habe Edda zum ersten Mal weinen sehen. Vielleicht erinnere ich mich falsch, aber selbst wenn es so wäre, für mich war es in diesem Augenblick das erste Mal. Wir haben uns lange umarmt, sie hat mich gestreichelt und ewig meine Hand gehalten. Ich bin erst gegangen, als sie eingeschlafen war. Wir haben uns versöhnt. Das war wichtig für mich und wahrscheinlich auch für sie.«

Hella entschloss sich, Luca Detlefsen nicht weiter im Unklaren zu lassen. »Herr Detlefsen, ich muss Ihnen leider eine traurige Mitteilung machen. Ihre Mutter ist am vorletzten Sonntag verstorben.«

Luca Detlefsen starrte sie an. »Jetzt schon … aber … ich habe mich informiert. Solch eine Altersdemenz kann sich über Jahre hinziehen. Sie müssen sich irren.« Er stutzte plötzlich, schüttelte sich. »Warum sind Sie hier? Was ist passiert?«

»Ihre Mutter ist keines natürlichen Todes gestorben. Wir müssen davon ausgehen, dass sie getötet wurde.«

»Getötet? Was sagen Sie da? Was …« Luca Detlefsen atmete flach, seine Augenlider zuckten unruhig, und obwohl er die Hände ineinander verschränkt hatte, sah Hella, dass sie zitterten.

»Das wissen wir noch nicht. Können Sie mir sagen, wo Sie sich an dem besagten Sonntag aufgehalten haben?«

»Wir waren in München. Vom Freitag bis Montag.«

Hella notierte sich die Flug- und Hoteldaten und ließ Luca Detlefsen Zeit, um sich zu beruhigen. Erst nach einer Viertelstunde fragte sie weiter und erfuhr, dass Detlefsen seit drei Jahren bei seinem leiblichen Vater arbeitete, zunächst als Kurier, ohne zu wissen, was er transportierte, später im Umfeld von Falzone und seit einem Jahr als sein ständiger Begleiter und Bodyguard. Zuvor hatte er eine Art Ausbildung in Italien durchlaufen, in der er den Umgang mit verschiedenen Waffen gelernt hatte, in Selbstverteidigung geschult worden war und andere »nützliche Dinge« für seinen zukünftigen Einsatz in Deutschland erfahren hatte. Gleichzeitig hatte er seine Italienischkenntnisse aufgebessert. Zurück bei Falzone war er von seinem Vater immer tiefer in die Machenschaften der Organisation eingeweiht worden. Seine Zweifel an seinem neuen Leben waren gewachsen und hatten auch dazu geführt, sich mit seiner Kindheit und Jugend zu beschäftigen. Sein Besuch bei Edda hatte auch mit dem wachsenden Zweifel zu tun gehabt – und mit der Rückbesinnung auf sein früheres Leben.

Unabhängig von seinem noch zu überprüfenden Alibi war Hella sich sicher, dass Luca Detlefsen ihr nichts vorspielte. Als Hella ihn darauf hinwies, dass er einen Anspruch auf das halbe Erbe hatte, verstand er zunächst gar nicht, was sie ihm sagen wollte. Später sprach er davon, das Erbe nicht antreten zu wollen, weil er sich gegenüber seiner Adoptivmutter schuldig fühlte.

Am frühen Nachmittag verließ Hella das Krankenhaus. Erst jetzt fiel ihr ein, dass Lars ihr eine E-Mail mit neuen Informationen zu Annette Petersen schicken wollte. Sie setzte sich ins Auto, öffnete die Nachricht auf ihrem Smartphone und begann zu lesen.

Annette: Hast du dir noch einmal überlegt, was du machen wirst?

Emma: Ich habe fast die halbe Nacht wach gelegen und nachgedacht.

Annette: Und zu welchem Ergebnis bist du gekommen?

Emma: Ich werde es wohl machen. Das ist die Chance meines Lebens. Ich weiß, du rätst mir dringend ab, aber ich habe immer noch nicht verstanden, warum.

Annette: Das Risiko, erwischt zu werden, ist extrem hoch. Das ist das eine. Aber hast du dir schon mal überlegt, ob du damit auch leben kannst?

Emma: Mit dem Risiko?

Annette: Nein, das meine ich nicht. Du trägst später Mitschuld an dem Tod eines Menschen. Das kann ganz schön an einem nagen.

Emma: Du sprichst aus Erfahrung?

Emma: Hallo! Bist du noch da?

Annette: Ja, natürlich.

Emma: Und?

Annette: Ja, ich habe das selbst erlebt. Und glaub mir, das ist keine schöne Erfahrung. Es wird dich ewig verfolgen.

Emma: Ich werde damit schon fertig. Ich muss an mein Kind denken.

Annette: Genau! Denk an dein Kind. Es braucht dich. Was passiert, wenn du nicht mehr da bist?

Emma: Wo sollte ich sein?

Annette: Im Gefängnis?

Emma: Jetzt hör aber mal auf. Nur weil ich jemandem ein paar Pillen besorgt habe, komme ich nicht in den Knast.

Annette: Überleg es dir noch einmal. Bitte!

Emma: Okay. Das werde ich tun.
Annette: Ich muss jetzt los. Wir hören später voneinander.
Emma: Bis bald!

Hella lehnte sich im Autositz zurück. War das ein Geständnis, dass Petersen die Medikamente für Edda Detlefsen besorgt hatte, oder sogar ein Hinweis darauf, dass sie ihr das Kissen auf den Kopf gedrückt hatte?

Hella schrieb Lars eine Nachricht und bat ihn darum, Annette Petersen für den nächsten Vormittag vorzuladen. Lars schrieb zurück, dass er es bereits gemacht habe und sie um zehn Uhr im Kommissariat sein würde.

23

Die Rückfahrt dauerte fast doppelt so lange wie die Fahrt nach Hamburg. Zuerst stand Hella kurz nach dem Elbtunnel im Stau, später musste sie über eine Stunde vor Bremen warten, bis sie weiterfahren konnte. Erst am frühen Abend fuhr sie von der parallel zum Deich führenden Straße ab auf den Feldweg zu ihrem Haus.

Leon öffnete Hella die Tür. »Komm schnell rein. Ich habe den Kamin schon angemacht.« Er schloss die Tür hinter ihr und nahm seiner Freundin die Tasche ab, bevor er sie umarmte. »Eine lange Fahrt, du Arme.«

Hella küsste ihn zärtlich auf den Mund. »Ja, leider.« Sie sog die Luft durch die Nase ein. »Es duftet so gut.«

»Ja, ich habe etwas im Ofen. Willst du dich frisch machen, und dann essen wir gleich?«

Nach dem Essen saßen sie im Wohnzimmer auf dem bequemen Sofa und hörten leise Musik.

»In den Nachrichten vorhin habe ich gehört, dass der Polizei in Hamburg ein großer Drogenfund gelungen ist«, sagte Leon.

Hella nickte und trank einen Schluck aus der Teetasse.

»Warst du da dabei?«

»Sozusagen. Im Einsatzfahrzeug.«

»Und der Schusswechsel, von dem die Rede war?«

»Leon, müssen wir da jetzt drüber reden? Ich bin einfach nur kaputt von der ganzen Fahrerei und …«

»Warst du?«

Hella war klar, dass Leon keine Ruhe geben würde, bis er die ganze Wahrheit kannte. Ihn anzulügen würde es nur schlimmer machen. »Sozusagen. Die beiden haben den Einsatzwagen angegriffen oder wollten es zumindest.«

»Du hast geschossen? Und jetzt sag nicht wieder ›sozusagen‹.«

»Ich hatte eine Schussweste an, und es war nicht vorherzusehen, dass so etwas passiert. Wir waren über einen Kilometer entfernt von dem eigentlichen Einsatzort.«

Leon stöhnte. »Ich habe es doch gewusst. Und wenn du getroffen worden wärest? Was hätte das für unser Kind bedeutet? Und für dich selbst natürlich?«

»Ich musste reagieren, Leon. Alles andere wäre Wahnsinn gewesen. Und es ist doch auch alles gut gegangen.« Hellas Stimme klang flehend, Leons Fragen hatten sie unvorbereitet getroffen, und sie hatte Angst vor seiner Reaktion.

Leon löste sich von ihr. »Wie stellst du dir das für die Zukunft vor? Soll ich hier sitzen und jederzeit auf einen Anruf von deinen Kollegen warten? Und dann hat unser Kind vielleicht keine Mutter mehr.«

Er hatte sehr ruhig, aber mit leicht bebender Stimme gesprochen.

»Jeder von uns kann jederzeit sterben. Bei einem Autounfall, wenn du über die Straße gehst oder etwas anderes passiert. Ich war weit genug weg vom Einsatzort. Niemand konnte wissen, dass so etwas passiert.«

Leon schüttelte den Kopf und stand auf. »Das ist doch alles Quatsch. Du tust so, als wenn es vollkommen normal wäre, dass Kugeln um dich herumfliegen.«

Hella hielt ihm die Hand hin, aber Leon reagierte nicht. »Das habe ich doch nicht gesagt. Natürlich ist mein Beruf gefährlicher als der eines Steuerberaters. Aber ich bin nicht bei der SEK-Sturmtruppe. Ich bin eine normale Kriminalbeamtin. Die muss es geben, Leon. Das ist mein Beruf.«

Leon schüttelte wieder den Kopf und ging auf die Tür zu. »Tut mir leid, Hella. Ich brauche erst mal frische Luft.«

Hella stand auf. »Kann ich mitkommen?«

»Ich möchte lieber allein sein.«

Sie nickte und sah Leon hinterher, wie er im Flur seine Schuhe anzog und nach seiner Jacke griff. Kurz darauf hörte sie die Haustür zufallen und sank zurück aufs Sofa.

Am nächsten Morgen schloss Hella ihren Passat auf. Die Scheiben des Wagens waren vereist, sie griff nach dem Eiskratzer und begann mit der Arbeit.

Leon war erst ins Haus zurückgekehrt, als Hella bereits im Bett gelegen hatte. Er hatte sich schweigend ausgezogen und sich neben sie gelegt. Als Hella ihm leise eine gute Nacht gewünscht hatte, war von ihm nur ein mattes Lächeln gekommen, bevor er ihr über die Wange gestreichelt hatte. Am Morgen war es nicht möglich gewesen, sich auszusprechen, Hella hatte Leon nicht geweckt, da er nicht zur Arbeit musste.

Im Inneren des Fahrzeugs war es kalt. Hella hauchte sich in die Hände und drehte anschließend den Schlüssel um. Erst nach dem vierten Versuch startete der Motor. Hella atmete erleichtert auf und fuhr den Feldweg hinunter zur Straße.

»Was sagst du zu dem Facebook-Gespräch mit Petersen?«, fragte Lars, als er Hella ihren Tee ins Büro brachte.

»Ziemlich eindeutig. Sie wird eine Menge zu erklären haben.«

»Sehe ich auch so. Um neun kommen die Kollegen.«

»Was macht die Taxi-Sache?«, fragte Hella.

»Sie ist so weit, dass ich Jörg Meier für heute Nachmittag vorgeladen habe. Ich hoffe, das war in Ordnung.«

»Schon okay. Jetzt erzähl!«

»Der Chef von Jörg Meier war sehr kooperativ und hat mir das Fahrtenbuch gezeigt. Ich habe einfach behauptet, dass es mit unseren Ermittlungen im Fall Detlefsen zusammenhängt.«

»Was ja definitiv so ist.«

»Um es kurz zu machen, er hat allein in dem Überwachungszeitraum vier Fahrten gemacht, die er nicht abgerechnet hat.«

»Ich hoffe mal, dass sein Fahrzeug wieder sauber ist?«

Lars grinste. »Aber ja, ich war selbst damit in der Waschanlage. Aber im Ernst: Ich habe ihn observiert und kann bezeugen, dass diese Fahrten stattgefunden haben. Bisher hat sein Chef noch keinen Verdacht geschöpft, er scheint seinem Mitarbeiter wirklich blind zu vertrauen. Ich denke, Meier wird später reden.

Entweder unser Verdacht bestätigt sich, oder ich habe mir umsonst die Mühe gemacht.«

»Okay, wirklich gute Arbeit, Lars.«

»Unsinn«, wiegelte er ab. »Reine Routine.«

»Dann begrüße ich noch einmal alle zusammen«, sagte Hella, als sie mit den Auricher Kollegen im Besprechungsraum saßen. Sie fasste kurz zusammen, was in Hamburg geschehen war, und bat einen der Kollegen, das Alibi von Luca Detlefsen zu überprüfen.

»Wer beginnt?«

Arno hob seine Hand. Hella nickte.

»Ich bin ja in der Diebstahlsache unterwegs«, begann der Oberkommissar. »Ich habe alle Ermittlungsergebnisse der verschiedenen Einbrüche und Diebstähle zusammengefasst und verglichen. Dadurch bin ich auf ein Muster gekommen, das es mir ermöglicht hat, dem potenziellen Wohnort des Täters näher zu kommen. Zusätzlich haben wir bei drei Tatorten Teile von Fingerabdrücken gefunden, die jetzt zusammengesetzt wurden. Der Abgleich läuft. Wenn wir Glück haben, sind wir bald einen Schritt weiter.«

»Danke, Arno.«

Lars meldete sich. »Die Frage ist nach wie vor, warum sollte ein Dieb Frau Detlefsen töten? Sie war durch die Medikamente quasi außer Kraft gesetzt und wird ihn nicht gestört haben.«

»Vielleicht hat er irgendeine Verbindung zu ihr und sie dort im Pflegeheim wiedererkannt«, sagte Arno. »Sozusagen eine Spontantat.«

»Das wäre tatsächlich die einzige Erklärung, die ich mir denken kann«, sagte Hella. »Warten wir ab, was die nächsten Tage bringen.« Sie schaute in die Runde. »Wer ist der Nächste?«

Lars hob seine Hand. »Ich habe meinen Freund nach einer Software gefragt. Es geht ja darum, die noch nicht identifizierten Kennzeichen abzugleichen. Leider ist er in Urlaub auf den Malediven. Aber er hat mir trotzdem zugesagt, sich darum zu kümmern. Ich erwarte eigentlich täglich etwas von ihm.«

Einer der Oberkommissare aus Aurich räusperte sich. »Dann

mache ich mal weiter. Wir haben uns um das Medikament gekümmert.« Er stöhnte theatralisch. »Ich sag es gleich, eine Sisyphusarbeit. Wir haben nach und nach mit den Bewohnern gesprochen – ›befragen‹ kann man es nicht nennen, weil die Angaben doch eher lückenhaft sind und viel Phantasie dazu gehört, die Erkenntnisse richtig zu interpretieren. Also, kurz gesagt: Wir haben uns mit vielen der Bewohner unterhalten. Wenn wir alle Aussagen richtig deuten, haben mindestens drei der Bewohner das Beruhigungsmittel nur in unregelmäßigen Abständen bekommen. Allerdings ist allen eine tägliche Dosis verschrieben und somit auch ins Pflegeheim geliefert worden. Die einzelnen Aussagen zusammengenommen deuten auf die Pflegerin Annette Petersen hin, die fast jedes Mal Dienst hatte, wenn mutmaßlich Medikamente fehlten.« Er reichte Hella mehrere beschriebene Blätter. »Hier sind die Daten dazu. Allerdings sage ich gleich dazu, gerichtsverwertbar wird das in keinem Fall sein. Dafür sind die Angaben der Bewohner zu ungenau und mussten von uns zu sehr interpretiert werden.«

Hella nahm die Aufzeichnungen entgegen. »Danke, Herr Kollege. Das wird uns später beim Verhör sicher helfen. Gibt es noch was in der Taxi-Sache?«

»Nein, wir haben wie abgesprochen den Radius erweitert und bei den angemeldeten Taxiunternehmen angefragt. Kein Treffer. Ich muss gestehen, ich sehe keine große Chance mehr, hier weiterzukommen.«

»Okay. Lars und ich verfolgen noch eine andere Spur. Vielleicht kommen wir da weiter.« Sie warf einen Blick auf das letzte Team. »Wie sieht es bei euch aus?«

Einer der Kommissare beugte sich leicht vor. »Ja, wir hatten die Recherche zu Petersen und Jansen übernommen. Dann fange ich mal mit Petersen an.« Er sah auf seine Notizen. »Frau Petersen ist siebenunddreißig Jahre alt, hat nach der mittleren Reife eine Ausbildung als Altenpflegerin gemacht und arbeitet mit kleinen Unterbrechungen seit neunzehn Jahren in verschiedenen Einrichtungen. Seit fünf Jahren ist sie in dem besagten Pflegeheim in Wittmund, bleiben also noch vierzehn Jahre, von denen wir eineinhalb wegen der genommenen Elternzeit abziehen müssen. Wir haben jetzt alle vier Einrichtungen kontaktiert und mit der jeweiligen Heimleitung gesprochen. Ich brauche hier nicht zu erwähnen, dass die meisten erst mal keine persönlichen Daten herausgeben wollten. Für einen richterlichen Beschluss – so habe ich es mal eingeschätzt – hatten wir zumindest zu dem Zeitpunkt keine ausreichenden Argumente. Deshalb haben wir es zunächst so versucht. Ich fasse es im Groben mal zusammen: Frau Petersen ist eine engagierte Mitarbeiterin, die sich aber nicht immer professionell verhalten hat.«

»Bedeutet?«, fragte Lars.

»Wie gesagt, wir haben nirgendwo Einblick in die Personalakte bekommen. Ich spreche jetzt von den Zwischentönen und zaghaften Hinweisen. Wir interpretieren das so, dass sich Frau Petersen emotional zu sehr auf die Bewohner der jeweiligen Einrichtung eingelassen hat. Bei der ersten Stelle ging es wohl so weit, dass sie unbezahlte Überstunden gemacht hat, um einzelne Bewohner besser und länger betreuen zu können. Klingt erst mal toll, kam aber wohl nicht so gut bei den Angehörigen an. Die haben sich darüber beschwert, dass ihre Eltern oder wer auch immer im Heim betreut wurde, plötzlich bei ihnen darüber geklagt haben, dass die eigene Familie sich nicht genug kümmern würde.«

»Was vermutlich auch gestimmt hat«, wandte Lars ein.

Der Auricher Kommissar zuckte mit den Schultern. »Dazu kann ich nichts sagen, aber ansonsten hätte sich Frau Petersen wohl nicht in ihrer Freizeit um die alten Menschen kümmern müssen. Aber gut, lassen wir die Spekulationen und kehren zu den Tatsachen zurück. Annette Petersen ist dreimal auf eigenen Wunsch gegangen – sprich, sie hat gekündigt – und einmal in gegenseitigem Einverständnis. So, das war es mit den inoffiziellen Mitteilungen der einzelnen Heimleitungen. Ich habe mich dann noch auf den Weg gemacht nach Aurich, wo Frau Petersen den Vertrag zusammen mit der Heimleitung im gegenseitigen Einverständnis aufgelöst hat.«

»Ich dachte, da wollte niemand mehr was sagen?«, warf Arno ein.

»Langsam, Herr Kollege«, sagte der Auricher Kommissar. »Ich war bei der ehemaligen Leiterin, die inzwischen seit einigen Jahren in Rente ist. Sie war damals zuständig, als Petersen dort gearbeitet hat. Und sie hat sich nicht so an die Schweigepflicht gebunden gefühlt wie die aktuelle Leitung. Die alte Dame hat mir verraten, dass es einen triftigen Grund für die Auflösung des Arbeitsverhältnisses gegeben hat.«

»Mach's nicht so spannend«, rief Arno in die Runde.

»Petersen hat mehr Medikamente herausgegeben, als verordnet worden waren. Unter anderem Beruhigungs- und Schlafmittel. Bevor ihr fragt, es war kein Geld im Spiel oder wie jetzt in unserem Fall ein Erbe. Es ging wohl darum, dass sie eigenmächtig entschieden und sich nicht an die Anweisungen des Arztes gehalten hat. Als das aufgeflogen ist, das war übrigens bei ihrer ersten Stelle, hatte Petersen keinerlei Einsicht in ihre Verfehlungen gezeigt und ihr Tun vehement verteidigt.«

»Keine Anzeige?«, fragte Lars.

»Nein, das wird wohl in solchen Fällen, in denen kein sichtbarer Schaden entstanden ist, anders geregelt. Welches Altersheim möchte schon gern eine solche Negativwerbung?«

»Gibt es weitere Erkenntnisse zu Annette Petersen?«, fragte Hella.

»Nein, in der Kürze der Zeit war nichts mehr zu machen. Wir bräuchten jetzt Beschlüsse, damit die anderen Heimleitungen Auskünfte geben und die Personalakte rausgeben.«

»Petersen kommt in …«, Hella sah auf die Uhr, »… zwanzig Minuten zu uns. Warten wir ab, was die Befragung ergibt. Eventuell erledigt sich das auch so.«

»Okay«, sagte der Beamte aus Aurich. »Zu Oke Jansen haben wir noch nicht viel. Ich fasse es einmal kurz zusammen: Von Beruf ist er eigentlich Steinmetz, hat aber nur wenige Jahre als solcher gearbeitet. Seine Jobs waren nur schwer zu recherchieren. Das, was wir definitiv wissen, waren aber alles Aushilfsjobs und berufsferne Arbeiten. Mit dem Gesetz ist er auch einige

Male in Konflikt gekommen. Körperverletzung, Beleidigung und, jetzt wird es interessant, wir haben eine Anzeige wegen Heiratsschwindel ausgegraben, die allerdings nicht weiter verfolgt wurde, da die Dame sie rechtzeitig wieder zurückgezogen hat. Ich habe sie leider noch nicht ausfindig machen können, bin aber dran.«

»Sehr interessant«, sagte Hella. »Das könnte für uns noch wichtig werden. Bitte diese Spur mit Hochdruck verfolgen.«

Hella verteilte weitere Aufgaben und löste das Arbeitstreffen auf.

24

Hella betrat allein das Verhörzimmer des Kommissariats und reichte Annette Petersen die Hand. Sie hatte mit Lars besprochen, dass er im ersten Zug die Befragung nur per Bildschirm mitverfolgte.

»Guten Morgen, Frau Petersen. Vielen Dank, dass Sie unserer Aufforderung nachgekommen sind.«

»Guten Tag!«, erwiderte Annette Petersen und zog ihre Hand nach der Begrüßung ruckartig wieder zurück.

Hella setzte sich an den Tisch und betätigte den Knopf für die Aufzeichnung, bevor sie Ort, Datum und Anlass der Befragung ins Mikrofon sprach. Dabei beobachtete sie Annette Petersen, die mit misstrauischer Miene den Vorgang beäugte.

»Frau Petersen, ich möchte Ihnen vorab die Möglichkeit geben, Ihre Aussage zu korrigieren. Gibt es etwas, was Sie mir jetzt sagen möchten?«

Annette Petersen schüttelte den Kopf. »Nein, warum sollte ich?«

»Aus einem einfachen Grund. Es macht sich bei einem eventuellen späteren Prozess besser, wenn Sie freiwillig reden.«

Annette Petersen schwieg.

»Fürs Protokoll«, sagte Hella. »Frau Petersen möchte keine Ergänzungen zu ihren bisherigen Aussagen hinzufügen. Habe ich das richtig interpretiert?«

»Ja.«

»Hat Frau Detlefsen Sie darum gebeten, ihr die Beruhigungstabletten zu besorgen?«

»Nein.«

»Hat Frau Detlefsen Sie um Sterbehilfe gebeten?«

Annette Petersen schüttelte den Kopf.

»Fürs Protokoll: Frau Petersen schüttelt den Kopf und verneint somit die Frage.«

»Sie lehnen jede Art von Sterbehilfe ab?«

»Ja, natürlich. Aber das habe ich Ihnen alles schon erzählt. Ich verstehe nicht, warum Sie mir die gleichen Fragen noch einmal stellen.«

»Das kann ich Ihnen sagen. Wir haben neue Erkenntnisse, die Sie belasten.«

Annette Petersen sah sie erschrocken an.

»Ihre erste Stelle als Altenpflegerin haben Sie nach einer Auseinandersetzung mit der Heimleitung verlassen. Worum ging es dabei?«

»Das wissen Sie doch längst!«, fuhr Annette Petersen sie an und wirkte dabei wie ein verwundetes Tier, das sich ein letztes Mal aufbäumte.

»Es gab Unregelmäßigkeiten bei der Medikamentenausgabe. Sie haben sich nicht an die Verordnung des Arztes gehalten und eigenmächtig gehandelt. Ist das richtig?«

Annette Petersen brauchte eine Weile, um sich von dem sichtbaren Schock zu erholen. Schließlich sagte sie: »Das war die Interpretation der Heimleitung, ja.«

»Und wie war Ihre?«

»Als Pflegerin ist man viel näher am Patienten und weiß, wann er was braucht und wann nicht. Die Ärzte schneien doch nur kurz rein und wissen sofort alles. Wir werden ja nicht einmal gefragt. Was meinen Sie, wie häufig ich in den ganzen Jahren schon das Schlimmste verhindert habe, weil es dem Arzt vollkommen egal war, was er mit seiner Medikation anrichtet. Alte, kranke Menschen bekommen nicht selten mehrere Medikamente, und das auch noch von verschiedenen Ärzten. Im besten Fall können die Medikamente sich gegenseitig neutralisieren, im schlimmsten Fall führen sie, zusammen eingenommen, zu schweren Schäden oder auch zum Tod.«

Annette Petersens Stimme hatte mit jedem weiteren Wort sicherer geklungen. Hella spürte, wie wichtig der Altenpflegerin das Thema war und mit wie viel Herzblut sie sich ihrer Arbeit verschrieben hatte. Hella fühlte sich nicht wohl dabei, was sie in den nächsten Minuten tun musste.

»Nichtsdestotrotz haben Sie eigenmächtig gehandelt. Es liegt also nahe, dass Sie es mit den Vorschriften nicht so genau nehmen.« Hella legte eine kurze Pause ein und beobachtete dabei Annette Petersen genau. Die Frau schien innerlich zu beben und sich nur mit Mühe zurückhalten zu können. »Wie war das bei Frau Detlefsen?«

Annette Petersen schwieg mit inzwischen hochrotem Kopf.

»Meine Kollegen haben sich in den letzten Tagen viel Mühe gegeben und die Medikamentenausgabe sämtlicher Bewohner des Hauses kontrolliert, Befragungen durchgeführt und damit die Listen der Personen verglichen, die die Medikamentenausgabe unter sich hatten. Das Ergebnis ist, dass Sie jedes Mal Dienst hatten, als das besagte Medikament mutmaßlich abhandengekommen ist.«

»Quatsch!«, fuhr die Altenpflegerin Hella an. »Das können Sie niemals beweisen.«

»Das sehen Sie falsch, Frau Petersen. Wir sind gerade dabei, die Beweisführung hieb- und stichfest zu machen.«

Hella legte ihr einen Auszug aus Lars' Gesprächen vor. »Uns ist ein Chatgespräch zugespielt worden. Wir sind gerade dabei, die richterlichen Beschlüsse zu erwirken, damit die Betreiber der Seite uns die notwendigen Informationen geben.«

Annette Petersen starrte auf den Auszug. Sie atmete schwer. Inzwischen war sie leichenblass und hielt sich mit beiden Händen am Tisch fest.

»Ich gehe davon aus, dass Sie diese Annette sind?«

Annette Petersen rührte sich nicht.

»Wir haben auf dem Kissen, mit dem Frau Detlefsen mutmaßlich erstickt wurde, Ihre DNA gefunden. Es sieht nicht gut aus für Sie, Frau Petersen.« Als Annette Petersen nicht reagierte, fügte Hella hinzu: »Haben Sie mich verstanden?«

Hella schenkte der Frau vor sich Wasser ein und schob das Glas über den Tisch. Mechanisch griff Petersen danach und trank in einem Zug.

»Haben Sie mich verstanden, Frau Petersen? Wir haben berechtigten Grund zur Annahme, dass Sie etwas mit dem Tod von Frau Detlefsen zu tun haben. So, wie es im Moment aussieht, werden wir für Sie eine Untersuchungshaft beantragen müssen. Haben Sie jemanden, der sich um Ihr Kind kümmert, oder sollen wir das Jugendamt informieren?«

Hella war klar, dass sie sich mit der Untersuchungshaft sehr weit aus dem Fenster lehnte, aber Annette Petersen ließ ihr im Moment keine andere Wahl.

»Jugend…amt«, stammelte Annette Petersen.

»Haben Sie Frau Detlefsen die Medikamente beschafft?«

Es dauerte eine gefühlte Ewigkeit, bis Annette Petersen nickte.

»Sagen Sie es bitte laut«, forderte Hella sie auf.

»Ja, das habe ich getan.«

»Hat Frau Petersen Ihnen dafür etwas versprochen?«

»Nein.«

»Was ist mit der Erbschaft?«

»Das weiß ich schon seit Langem.«

»Es bestand also kein direkter Zusammenhang zwischen der Erbschaft und der Beschaffung der Medikamente?«

»Nein.«

»Hat Frau Detlefsen Sie jemals gebeten, Sterbehilfe zu leisten?«

Annette Petersen sah erschrocken auf. »Nein! Sie wollte die Tabletten auch nur für die schlechten Tage. Es war nie die Rede davon, dass sie Suizid begeht. Dafür waren es auch überhaupt nicht genug Tabletten. Das hätte so niemals funktioniert.«

»In welchen Abständen haben Sie ihr die Tabletten gegeben und wie viele gleichzeitig?«

»Fünf. Mehr nicht. Wie oft, weiß ich nicht. Aber ich bin mir sicher, dass sie immer nur eine genommen hat.«

»Warum hat sich Frau Detlefsen die Medikamente nicht vom Arzt verschreiben lassen?«

»Sie wollte das auf keinen Fall. ›Demütigend‹ hat sie es genannt. Sie wäre nicht depressiv und hätte keine psychische Krankheit. Auf keinen Fall wollte sie das mit einem Arzt besprechen. Sie wollte selbst entscheiden, wann sie die Tabletten nimmt und wie viele.«

»Sie konnten aber nicht kontrollieren, ob Frau Detlefsen die Tabletten nicht hortete? Sozusagen für den Ernstfall.«

»Doch! Ich bin vorsichtig gewesen. Ich habe, wenn ich Nachtdienst hatte, ihren Schrank durchsucht und eine Liste geführt.«

»Haben Sie die Liste noch?«

Annette Petersen schüttelte wieder den Kopf. Sie schien gerade zu begreifen, dass es besser gewesen wäre, die Liste nicht zu vernichten.

»Wir machen hier eine kurze Pause«, sagte Hella, packte ihre Unterlagen zusammen und stand auf.

Hella fand Lars in seinem Büro, von wo aus er die Befragung verfolgt hatte. »Glaubst du ihr?«

»Ich sehe im Moment keinen Ansatzpunkt, sie noch weiter unter Druck setzen zu können. Sie hat zugegeben, dass sie die Medikamente besorgt hat, und auch glaubhaft gemacht, wofür sie gedacht waren.«

»Also ein glücklicher Zufall für den eigentlichen Täter?«

»Oder auch nicht. Vielleicht wusste er ja, dass Edda Detlefsen diese Medikamente besaß und auch einnahm.«

»Oke Jansen?«

»Und vermutlich auch die drei Künstlerfreundinnen.«

»Womit wir wieder am Anfang wären. Also doch …«

Hella sah ihn scharf an.

»Schon gut«, sagte er. »Ich muss immer an die englische Schriftstellerin denken, wenn …« Er zuckte mit den Schultern.

Hella stand auf. »Ich schreibe jetzt das Protokoll und werde anschließend noch einmal mit Petersen reden. Wenn sie ihre Aussage erneut bestätigt, lasse ich sie unterschreiben, und sie kann vorerst gehen.«

»Ich bin nicht ganz so überzeugt von Petersens Ehrlichkeit, aber gut, du hast natürlich recht. Im Moment bekommen wir keinen Haftbefehl. Die Beweise reichen nicht aus. Dass ihre DNA am Kissen gefunden wurde, ist nun mal nichts Außergewöhnliches.«

»Wann kommt Jörg Meier?«

»Um vierzehn Uhr.«

»Okay, wenn ich mit Petersen durch bin, besprechen wir unsere Strategie.«

Hella verließ Lars' Büro und machte sich gedankenversunken auf den Weg zum Verhörraum.

25

»Glauben Sie eigentlich, ich habe meine Zeit gestohlen?«, blaffte Jörg Meier Hella an, als sie zusammen mit Lars den Verhörraum betrat.

»Guten Tag, Herr Meier«, begrüßte Hella ihn höflich. »Setzen Sie sich bitte wieder.«

Die beiden Kommissare nahmen Platz, Hella startete die Bandaufnahme und nannte Datum, Anwesende und Anlass der Befragung.

»Was wollen Sie denn jetzt noch wissen?«, drängte Jörg Meier.

»Es geht noch einmal um den besagten Sonntag und Ihre Fahrt von Harlesiel nach Wittmund.«

»Da habe ich alles gesagt.« Er stand auf und schien gehen zu wollen.

»Setzen Sie sich wieder!«, sagte Hella in ruhigem, aber bestimmtem Ton.

Betont langsam sank Jörg Meier auf den Stuhl zurück. »Wenn Sie meinen.«

»Die Fahrt war also definitiv Ihre letzte Fahrt an diesem Tag?«

»Ja, das war sie.«

Lars beugte sich leicht vor. »Wie lange machen Sie das eigentlich schon so?«

»Was genau?«, fragte er grinsend.

»Schwarzfahrten«, sagte Lars, ohne auf seine Provokation einzugehen.

Jörg Meier lachte hämisch. »Was bitte soll das sein?«

Lars legte ihm die Liste vor, auf der vier Fahrten notiert waren, säuberlich mit Uhrzeit, Abfahrtsort und Ziel. »Vielleicht erinnern Sie sich jetzt ja.«

Jörg Meier starrte wütend auf die Liste. »Was soll der Scheiß? Spionieren Sie mir hinterher? Das waren ganz normale Fahrten.«

Lars legte ihm einen Auszug aus seinem Fahrtenbuch vor.

Jörg Meier schluckte und fragte leise: »Wo haben Sie das her?«

»Ihr Chef war so nett, mir einen Einblick in die Bücher zu gewähren. Wollen wir noch mehr Tage durchgehen, oder reicht das?«

»Was wollen Sie?«, fragte Meier und sah zwischen Lars und Hella hin und her.

»Die Wahrheit«, antwortete Hella. »Bisher hat Ihr Chef nicht mitbekommen, warum wir bei ihm waren. Ich vermute mal, dass Sie nicht erpicht darauf sind, dass sich das ändert.«

»Wollen Sie mir drohen?«, zischte er Hella an.

»Nein, das ist keineswegs Aufgabe der Polizei. Ich denke, wir brechen das Gespräch jetzt hier ab und werden uns einen Einblick in die Bücher der letzten Jahre holen.« Hella war inzwischen aufgestanden, und Lars folgte ihr. »Anschließend sehen wir uns hier wieder zu einem offiziellen Verhör. Der Staatsanwalt wird Sie dann vorladen.« Sie warf Jörg Meier einen auffordernden Blick zu. »Sie können gehen. Danke für Ihre Zeit. Der Staatsanwalt wird Sie …«

»Was wollen Sie wissen?« Seine Stimme klang jetzt zurückhaltend und unsicher.

Hella und Lars verharrten kurz, sahen sich an und setzten sich wieder.

»Wir waren bei Ihrer letzten Fahrt an diesem Sonntag stehen geblieben. Vielleicht erzählen Sie uns einfach, was anschließend passiert ist.«

»Werden Sie meinen Chef informieren?«

»Wir sind nicht von der Steuerfahndung, falls Sie das meinen. Wir suchen einen Mörder.«

»Muss ich offiziell aussagen? So vor Gericht und so?«

»Das kann ich jetzt noch nicht sagen. Unter Umständen wird das notwendig sein. Die Chance ist aber groß, dass Sie nicht als Zeuge vorgeladen werden.«

Hella konnte Jörg Meier ansehen, wie er das Für und Wider gegeneinander abwägte. Schließlich schien er eine Entscheidung getroffen zu haben. »Ich habe die Gruppe später nach Aurich gefahren.«

Hella versuchte, sich ihre Erleichterung nicht anmerken zu lassen. »Wann genau war das, und wer saß bei Ihnen im Taxi?«

»Das war gegen Viertel nach acht. Und nur die drei Frauen sind mitgefahren.«

»Wer hat Sie angerufen?«

»Der Mann. Ich hatte ihn schon auf der Hinfahrt angesprochen und ihm meine Handynummer gegeben.«

»Sie haben die drei also in Aurich abgesetzt. Was passierte dann?«

Jörg Meier zögerte. »Er rief wieder an.«

»Sie sprechen von dem Mann, der die drei Frauen begleitet hat?«

»Ja. Ich war auf der Rückfahrt und schon kurz vor Wittmund. Ich bin dann abgebogen und habe ihn auf halber Strecke aufgenommen. Und dann habe ich ihn zur gleichen Adresse gebracht wie die drei Frauen.« Jörg Meier atmete tief durch, als sei er erleichtert, endlich die Wahrheit gesagt zu haben. »Das war's. Ich habe nie wieder etwas von den vier Leuten gehört.«

Lars beugte sich nach vorn und schien etwas sagen zu wollen. Hella, die ihm ansah, wie wütend er war, gab ihm einen Wink, sich zurückzuhalten.

»War Ihrem Fahrgast klar, dass Sie die Fahrten nicht offiziell abrechnen?«

»Ja, leider. Ich habe ihm einen Festpreis gemacht. Schon für die erste Fahrt nach Aurich. Später hat er mich darauf angesprochen.«

»Später?«

»Als ich den Mann nach Aurich gebracht habe.«

»Wie würden Sie seinen Gemütszustand beschreiben?«

»Sie stellen Fragen. Was meinen Sie damit?«

»War er aufgeregt? Hat er sich genauso verhalten wie auf der ersten Fahrt? Haben Sie mit ihm gesprochen?«

»Er war nicht so gut drauf, würde ich mal sagen. Reden wollte er mit mir auch nicht. Schlechte Laune. Ziemlich schlechte Laune. Trinkgeld hat er auch nicht gegeben.«

Hella fixierte Jörg Meier und entschloss sich, einen Versuchsballon zu starten. »Und wann hat er Sie wieder angerufen?«

Meier erschrak. »Woher wissen Sie das? Haben Sie jetzt auch schon mein Telefon abgehört?«

»Wann war es?«

»Keine Ahnung. Irgendwann. Verflucht, was habe ich mit dem ganzen Scheiß zu tun? Ehrlich, ich bin Taxifahrer, und dann kommen da diese Idioten und brocken mir hier ...«

»Wann?«

»Montag. Das war am Montag.«

»Was hat er gesagt? Mann, lassen Sie sich nicht jedes Wort aus der Nase ziehen.«

»Gedroht hat er mir. Ja, das hat er getan. Ich solle über die zwei Fahrten nach Aurich nichts sagen. Also wenn mich jemand danach fragen würde. Dass gleich die Polizei kommt, hat er natürlich nicht gesagt. Und was da passiert ist, schon gar nicht.«

»Hat er Ihnen Geld angeboten?«

»Kann sein«, murmelte Jörg Meier.

»Wie viel?«

»Keine bestimmte Summe. Und nicht, dass Sie jetzt denken, dass ich da was gefordert habe. Ich habe dem Typ klipp und klar gesagt, dass ich mit der ganzen Sache nichts zu tun haben will. Das habe ich ihm gesagt, so sicher wie das Amen in der Kirche. Fragen Sie ihn doch!«

Lars beugte sich wütend vor. »Hätten Sie gleich die Wahrheit gesagt, könnten wir genau das schon lange gemacht haben. Seien Sie froh, wenn Sie nicht wegen Strafvereitelung drankommen. Das könnte nämlich teuer werden, lieber Mann.«

Jörg Meier schreckte zurück. »Wieso ich? Ich habe doch ...« Er verstummte. »Ich sage jetzt nichts mehr.«

Hella beendete die Befragung und entließ Jörg Meier. Lars begleitete ihn bis zur Eingangstür und traf sich anschließend mit Hella in ihrem Büro.

»Tut mir leid, ich konnte einfach nicht anders. Dieser dumme Mensch hat dafür gesorgt, dass uns Jansen entwischt ist.«

»Schon gut, Lars. Wir waren ohnehin durch mit der Befragung. Und einen kleinen Dämpfer hatte Meier durchaus verdient.«

Lars setzte sich zu Hella. »Und nun? Fall abgeschlossen, würde ich sagen. Ewig kann Jansen sich da auf der Insel nicht verkriechen.«

»Ich spreche gleich mit dem Staatsanwalt. Einem internationalen Haftbefehl dürfte jetzt nichts mehr im Wege stehen.«

Hella machte sich am Nachmittag früh auf den Weg nach Hause, um Leon bei den Vorbereitungen für das abendliche Essen mit Lars und Paula zu unterstützen. Der Haftbefehl für Oke Jansen war ausgestellt, die spanischen Behörden informiert. Im Moment konnten sie nur darauf hoffen, dass Jansen das Versteckspiel nicht mehr lange aushalten und sich stellen würde. Die Auricher Kollegen hatten ihre Recherche zu Jansens möglichen Freunden auf der spanischen Insel ausgedehnt, Hella hatte für den nächsten Tag ein Arbeitstreffen um zwölf Uhr angesetzt.

Mit mulmigem Gefühl ging Hella auf ihre Bauernkate zu. Leons Auto stand auf dem Parkplatz neben dem Haus, der Kamin war bereits an und das Küchenfenster gekippt.

Sie schloss die Tür auf und zog Jacke und Schuhe aus. Leon stand in der Küche, auf dem Herd eine Suppe für den Abend. Sie klopfte an den Türrahmen. »Können wir reden?«

»Hallo, Hella!«

Sie trat auf ihn zu und küsste ihn zur Begrüßung. »Das in Hamburg ist dumm gelaufen. Es war wirklich nicht absehbar, in was ich da reingerate.«

Leon schwieg und rührte mit einem großen Löffel die Suppe um.

»Jetzt mach es mir doch nicht so schwer«, sagte Hella leise. »Ja, ich habe Mist gebaut. Ich hätte mich noch weiter vom Geschehen fernhalten und erst später hinzukommen sollen.«

Leon wandte sich ihr zu. »Hella, sei ehrlich. Du wirst dich auch in Zukunft nicht aus solchen Dingen raushalten. Ich bitte dich nur um eins, sei in den nächsten Monaten vorsichtig, egal, wie schwer es dir fällt. Meinst du, dass das geht?«

Hella nickte beklommen und antwortete fast flüsternd. »Ja, ich verspreche es dir.«

Lars und Paula trafen rechtzeitig zum geplanten Essen ein. Während Leon nach der kurzen Begrüßung der Gäste wieder in der Küche verschwand, setzte sich Hella mit Lars und Paula vor den Kamin.

»Schön habt ihr's hier«, sagte Paula. Mit ihren blonden, leicht gewellten Haaren, den vollen Lippen und dem femininen Gesicht wirkte sie eher wie ein Model. Hella wusste aus eigener Erfahrung, dass gutes Aussehen in ihrem Beruf nicht nur Vorteile hatte. »Auch wenn es etwas weitab vom Schuss ist.«

Lars nickte verzagt. »Paula hadert schon mit Wittmund und würde lieber in einer größeren Stadt leben.«

»Du warst doch in Oldenburg und Hannover«, sagte Paula, an Hella gerichtet. »Wieso bist du aufs Land gezogen?«

Lars stand auf. »Eure Toilette war hinten rechts, oder?«

»Ja, ist nicht zu verfehlen.«

Hella wartete mit ihrer Antwort auf Paulas Frage, bis Lars das Wohnzimmer verlassen hatte. »Du hast nach meinen Gründen gefragt. Ich wollte meine Ruhe und Zeit zum Nachdenken haben – und dafür, mich neu zu orientieren.«

»Klingt sehr abgeklärt.«

Hella lächelte. Ihr gefiel die junge Frau, die offensichtlich kein Blatt vor den Mund nahm. »Du hast recht. Der eigentliche Anlass für den ersten Wechsel war ein Mann, und beim zweiten Mal spielte derselbe Mann eine Rolle.«

»Und eine weitere Frau?«

»Ja, so könnte man es ausdrücken.«

»Tut mir leid.« Hella sah Paula an, dass sie es ernst meinte und nicht nur mit einer Floskel geantwortet hatte.

»Muss es nicht. Nach Ostfriesland zurückzukommen war ein Geschenk. Schon gar in dieses Haus. Ich bin froh, dass ich den Schritt gewagt habe.«

»Ich bin in Hamburg aufgewachsen«, sagte Paula. »Als ich vierzehn war, sind meine Eltern nach Oldenburg gezogen und ich mit ihnen. So ganz überwunden habe ich den Kulturschock immer noch nicht.«

»Lass dir etwas Zeit! So jung, wie du bist, kann noch eine Menge passieren.«

Paula schmunzelte. »Du meinst aber jetzt nicht das, woran ich gerade denke?« Sie warf einen Blick auf Hellas Bauch.

Hella lachte. »Nein, das meinte ich nicht.«

Lars stand in der Tür und fragte: »Worüber lacht ihr?«

»Frauensache«, sagte Paula und zwinkerte Hella zu.

»Das Essen war phantastisch«, schwärmte Paula. »Du suchst nicht zufällig einen Lehrling?«

Leon grinste. »Willst du dich bewerben?«

»Ich? Gott bewahre. Ich habe nicht das leiseste Gespür fürs Kochen.« Sie beugte sich zu Lars und küsste ihn auf die Wange. »Ich hatte eher an Lars gedacht.«

Lars rollte mit den Augen. »So schlecht sind meine Spiegeleier nun auch nicht.«

»Aber auf Dauer vermutlich etwas langweilig«, sprang Leon Paula zur Seite.

»Okay«, sagte Lars. »Wann kann ich anfangen?«

Leon lachte. »Jederzeit! Ich werde ja bald viel Zeit hier zu Hause verbringen. Falls du dich mal an den Deich verirrst, legen wir gleich los.«

Lars zeigte Leon den gehobenen Daumen und trank einen Schluck Wein. Paula hatte sich angeboten, zurückzufahren, und trank wie Hella nur Mineralwasser.

»Jetzt mal im Ernst«, sagte Hella. »Wir sollten das bald mal wiederholen. Ich werde dann mit Paula einen schönen Spaziergang machen, und ihr Männer vergnügt euch in der Küche.«

»Klingt gut«, pflichtete ihr Paula bei.

»Oje!«, murmelte Lars. »Sollte tatsächlich das Jahrhundert der Frauen angebrochen sein, und wir armen Männer müssen jetzt für die Dummheiten unserer Väter, Großväter und was weiß ich noch büßen?«

»Lars, was für ein Blödsinn ist das denn?«, sagte Leon. »Schau mich an, ich darf bei unserem Kind zu Hause bleiben. Glaubst du etwa, unsere Väter und Großväter hätten die Chance gehabt? Und Männer, die gern kochen, wurden früher als Weicheier verlacht. Also mir gefällt die neue Zeit.«

Hella, die neben Leon saß, küsste ihn zärtlich auf die Wange. »Das hast du schön gesagt.«

26

»Ich habe übrigens gestern die Software von meinem alten Freund bekommen«, sagte Lars, als sie am nächsten Morgen in Hellas Büro zusammensaßen. »Soll ich das mit dem Kennzeichenvergleich noch in die Wege leiten? Oder …«

»Auf jeden Fall«, sagte Hella. »Der Fall ist noch nicht abgeschlossen.«

»Okay, ich gebe das nachher an die Kollegen weiter. Was machen wir übrigens mit den drei Inseldamen, die uns so dreist angelogen haben?«

»Im Moment bringt es uns nicht weiter, wenn sie uns die Aussage von Meier bestätigen. Wiegen wir sie noch etwas in Sicherheit und warten, bis wir Jansen haben. Ich verstehe immer noch nicht, warum alle drei Frauen mitgemacht haben. Bei Ilse Schmidt kann ich es noch am ehesten nachvollziehen. Aber die beiden anderen …«

»Die gleiche Frage habe ich mir auch schon gestellt. Vielleicht erhalten wir darauf nie eine Antwort. Sag mal, wann bekommen wir die DNA-Daten von Luca Detlefsen? Aus dem Spiel ist er ja wohl noch nicht, oder?«

»Sind da, ich habe sie schon weitergeleitet und warte auf die Ergebnisse.«

»Glaubst du denn, er hat mit dem Tod seiner Adoptivmutter etwas zu tun?« Lars hatte sich die Aufzeichnung der Befragung von Luca Detlefsen angehört.

»Schwer zu sagen. Auch hier bekomme ich die Puzzleteile nicht zusammen. Wie weit bist du übrigens mit den erweiterten Daten der Detlefsen-Konten?«

»Liegen auf meinem Schreibtisch. Ich mach mich gleich dran.«

»Und Jansens Bankdaten?«

»Ist beantragt«, sagte Lars. »Mit Glück kommen die auch gleich. Für die drei Damen haben wir ja keinen Beschluss. Vielleicht überlegt sich der Richter das ja nach den neuen Erkenntnissen noch einmal.«

»Schau dir jetzt erst mal die von Detlefsen und Jansen an, danach sehen wir weiter.«

Lars stand auf. »Dann bis später bei der Besprechung.«

Hella nickte ihm zu und griff nach ihrem Notizblock, um noch einmal alle Aufzeichnungen der letzten Tage durchzugehen. Gleich zu Beginn fand sie eine Notiz, dass sie sich in Hannover über Dr. Beckmann, die Ärztin, die Frau Detlefsen als Erstes untersucht hatte, erkundigen wollte. Sie forschte im Handy nach einer gespeicherten Nummer und wählte sie.

»Moin, Justus!«, sagte Hella, als sich Dr. Justus Berger am Telefon meldete.

»Hella Brandt! Ich glaub's nicht. Wie lange habe ich nichts mehr von dir gehört?«

Hella lachte. »Das kann sich nur um Monate gehandelt haben.«

»Du sprichst jetzt aber von einer hohen zweistelligen Zahl, oder? Du bist nicht mehr in Oldenburg, habe ich letztens von jemandem gehört.«

»Wie das Leben so spielt. Back to the roots. Ich bin in Wittmund, falls du weißt, wo das ist.«

»Sag mal, was hältst du von mir? Natürlich weiß ich das. Östliches Ostfriesland, fast genau fünfzehn Kilometer Luftlinie von der Nordseeküste entfernt, Kreisstadt, um die zwanzigtausend Einwohner. Die letzte Zahl ist allerdings geschätzt.«

»Beeindruckend. Du bist ein wandelndes Lexikon, Justus.«

Justus lachte. »Das nehme ich jetzt mal als Lob. Oder habe ich da eine kleine Kritik herausgehört, Frau Hauptkommissarin?«

»Nein, Justus«, antwortete Hella und stimmte in sein Lachen ein.

»Sag, was kann ich für dich tun?«

»Ich habe hier einen etwas komplizierten Fall, in dem Dr. Beckmann eine Rolle spielt. Sie war als Ärztin als Erstes vor Ort.«

»Frauke Beckmann?«

»Ja, du müsstest sie aus dem Institut kennen.«

»Stimmt. Sie war mal eine Zeit lang hier.« Justus' Stimme klang zurückhaltend.

»Ich rede mal nicht lange um den heißen Brei herum, Justus. Wie verlässlich schätzt du deine Kollegin ein?«

»Hella! Das ist bei uns ähnlich wie bei euch. Niemand haut einen Kollegen einfach mal so in die Pfanne.«

»Unter uns, Justus. Das erfährt niemand, und es taucht auch nirgendwo auf.«

Der Gerichtsmediziner stöhnte leise. »Sie hat nicht umsonst hier aufgehört. Die Hälfte der Zeit war sie krankgeschrieben. Das war kein guter Job für sie. Salopp gesagt, der Tod war nicht so ihr Ding. Sie ist sicher besser in einer Hausarztpraxis aufgehoben.«

»Das beantwortet noch nicht meine Frage.«

Justus stöhnte noch lauter als beim ersten Mal. »Du hast dich nicht verändert, Hella. Immer geradeheraus und mit dem Kopf durch die Wand. Okay, das aber wirklich ganz unter uns. Ich habe die Kollegin nicht als sehr zuverlässig erlebt. Zweimal hat sie bei einer Obduktion falsche Daten erhoben, was, wenn ich es nicht kontrolliert hätte, zu einem falschen Ergebnis geführt hätte. Ich fürchte jetzt mal, dass du genau darauf hinauswolltest?«

»Justus, du weißt selbst, wie wichtig der exakte Todeszeitpunkt in einer Ermittlung und später im Prozess sein kann. Wenn da Fehler gemacht wurden, kann es ein böses Erwachen geben.«

»Schon klar, Hella. Aber egal, für wie geeignet ich Kollegin Beckmann halte, die Daten für eine Todeszeitbestimmung sollte sie problemlos liefern können.«

Hella bedankte sich bei Justus und wechselte noch ein paar persönliche Worte mit ihm, bevor sie sich verabschiedeten.

Ihr nächster Anruf galt Dr. Wolters. Deren Sekretärin nahm den Anruf entgegen und stellte sie durch.

»Frau Brandt, einen schönen guten Morgen wünsche ich

Ihnen. Leider habe ich nur wenig Zeit. Was kann ich für Sie tun?«

»Es geht um den aktuellen Fall der alten Dame, die Sie obduziert haben. Der Todeszeitpunkt wird gerade ausgesprochen relevant, da ein möglicher Täter vor und nach der Tat ein Alibi hat.«

»Verstehe. Und wie kann ich da helfen? Meinen Bericht haben Sie ja bereits.«

»Ich wollte Sie bitten, die Daten von Frau Dr. Beckmann noch einmal zu überprüfen. Ich weiß, das ist leichter gesagt als getan. Aber vielleicht ...«

»Tut mir leid. Da gibt es nichts zu überprüfen. Kollegin Beckmann hat mir per Mail die notwendigen Daten geschickt, ich habe sie in die Todeszeitermittlung mit einfließen lassen.«

»Stimmten die von Ihnen ermittelten Daten mit denen von Frau Dr. Beckmann überein?«

»Frau Brandt, ich habe den Leichnam erst einen Tag später hier im Institut gehabt. Die Daten, die wir auf Grundlage unserer eigenen Untersuchung ermittelt haben, würden zu einem erheblich größeren Zeitraum führen.«

Hella schwieg. Sie war sich sicher, dass Dr. Wolters bei ihrem ersten Telefongespräch im Hinblick auf den Todeszeitpunkt zurückhaltend gewesen war. Konnte Hella sich so getäuscht haben?

»Frau Brandt, ich helfe Ihnen wirklich gern, aber in diesem Fall sind mir leider die Hände gebunden.«

»Und wenn ich Ihnen die Originalaufzeichnung von Dr. Beckmann besorge?«

»Werfe ich gern einen Blick darauf. Reicht Ihnen das?«

»Auf jeden Fall. Vielen Dank, Sie hören von mir.«

Eine halbe Stunde später kamen die Daten des DNA-Abgleichs. Luca Detlefsens DNA war weder auf dem Kissen noch am Körper seiner Adoptivmutter gefunden worden. Gegen zehn schaute Hella bei Lars ins Büro und fragte, ob er die Bankunterlagen geprüft hatte.

»Mehr oder weniger«, antwortete Lars, der nicht von seinem Bildschirm aufsah.

Hella zog sich einen Stuhl heran und setzte sich zu Lars an den Schreibtisch. »Und?«

»Frau Olthus lag mit ihren siebenhunderttausend Euro etwas zu hoch. Ich habe jetzt die Detlefsen-Bankdaten der letzten sechs Jahre durchgearbeitet. Aber zuerst einmal zu Oke Jansen. Wenn ich es auf den Punkt bringen sollte, hat er nicht nur mit ihr, sondern auch von ihr gelebt. In seinen eigenen Bankdaten habe ich kaum Bewegung festgestellt, hin und wieder hat Edda Detlefsen ihm einen Betrag überwiesen, damit er Versicherungen und andere feste Ausgaben begleichen konnte. Bargeld hat er in dem von mir kontrollierten Zeitraum quasi nicht abgehoben, eine Kreditkarte hatte er zwar, hat sie aber nur selten benutzt, bei der EC-Karte ergibt sich das gleiche Bild.«

»Also ist die finanzielle Abhängigkeit von Edda Detlefsen noch größer, als wir vermutet haben.«

»Wenn er nicht erhebliche Barmittel unterm Bett versteckt hatte, könnte man es so formulieren. Nun gut, die anderen Mitglieder haben aber auch von dem Detlefsen-Geld profitiert. Bis auf Ilse Schmidt hat nie jemand etwas zurückgezahlt.«

»Ein Kredit?«

»Offensichtlich. Frau Detlefsen hat ihr, das war einige Monate, nachdem Ilse Schmidt zum ersten Mal auf Wangerooge war, zwanzigtausend überwiesen. Zweiundzwanzigtausend kamen zurück. Entweder sind das Zinsen, oder es gab noch eine Barzahlung zusätzlich.«

»Und die beiden anderen Damen?«

»Maike Theemann hat keine direkten Zuwendungen bekommen, allerdings sind alle Ausgaben wie Ofen, Töpferscheibe und unzählige Materialien über das Detlefsen-Konto gelaufen. So was nennt man dann wohl geldwerten Vorteil. Kommt am Schluss aufs Gleiche raus. Dann haben wir da noch Theda Mommsen, die Busenfreundin von Frau Detlefsen. Sie hat ebenfalls mehrere Kredite bezogen – ich nenne es jetzt mal so – und in keinem Fall zurückbezahlt. Vermutlich sind ihre Malutensilien ebenfalls über das Detlefsen-Konto bezahlt worden.« Er warf einen Blick auf seine Notizen. »So, das waren die individuellen Zuwendungen. Für sämtliche Gruppenaktivitäten hat Frau Detlefsen auch bezahlt. Eine Finca auf Mallorca, die für vier Wochen im Herbst gebucht wurde, die Flüge für fünf Personen, das Leihauto. Diverse Städtereisen, ich vermute mal, dass es zu dem Zeitpunkt wichtige Ausstellungen dort gab. Paris, Rom, Wien. Flüge, Hotel, was man so braucht.«

»Da kommt einiges zusammen, vermute ich mal.«

Lars nickte. »Kann man so sagen. Ich komme inzwischen auf über eine halbe Million in den sechs Jahren. Wem jetzt was zuzuordnen ist, ist nicht immer ganz klar, aber darum geht es jetzt im Moment ja auch noch nicht. Unter dem Strich kann ich definitiv sagen, dass sich unser Verdacht, dass die Gruppe vor allem vom Detlefsen-Geld gelebt hat, erhärtet hat.«

Hella stand auf. »Okay, wir treffen uns gleich bei der Besprechung mit den Kollegen.«

»Frau Doktor hat Sprechstunde. Da kann ich sie leider nicht stören«, erklärte die junge Sprechstundenhilfe.

Hella legte ihren Polizeiausweis auf den Tisch. »Tut mir leid, sobald Frau Dr. Beckmann wieder frei ist, muss ich mit ihr sprechen. Ich warte hier bei Ihnen.«

Die Sprechstundenhilfe schluckte und schien eine Entgegnung auf den Lippen zu haben, schwieg dann aber und gab sich bemüht uninteressiert. Als die Tür des Behandlungszimmers aufging und eine Patientin herauskam, schlüpfte die Sprechstundenhilfe schnell hinein und kam kurz darauf zurück. »Bitte!«, sagte sie an Hella gewandt. »Frau Doktor hat kurz Zeit für Sie.«

Hella begrüßte die Hausärztin und erklärte ihr, dass sie die handschriftlichen Aufzeichnungen im Fall Detlefsen benötigte.

»Ich habe doch alles nach Oldenburg gemeldet. Wo ist da das Problem?«, fragte sie sichtlich pikiert.

»Überhaupt kein Problem. Für den anstehenden Prozess brauchen wir alle Aufzeichnungen, da sich der Todeszeitpunkt von Frau Detlefsen als ausgesprochen wichtig herausgestellt hat.«

»Sie haben also jemanden festgenommen?«

»Wir sind kurz davor. Würden Sie bitte nach den Aufzeichnungen schauen?«

Kurz dachte Hella, dass sich die Ärztin weigern würde, aber dann stand sie auf und wühlte in einem Stapel Papiere. Schließlich zog sie zwei Seiten heraus und reichte sie Hella. »Dann hoffe ich mal, dass Ihnen das helfen wird«, sagte sie mit einem eingefrorenen Lächeln.

Hella fasste zu Beginn des Arbeitstreffens mit den Kollegen die bisherigen Erkenntnisse zusammen und bat Arno darum, anzufangen. Er hatte ihr zuvor schon eine Nachricht geschrieben, dass es Neuigkeiten geben würde und er nur wenig Zeit habe.

»Wir haben einen Verdächtigen festgenommen«, begann er. »Er ist dringend verdächtig, für die Diebstähle und Einbrüche verantwortlich zu sein. Im Moment verweigert er noch jede Aussage, aber das wird er meiner Einschätzung nach nicht lange durchhalten. Fingerabdrücke und DNA sind abgenommen. Mit Glück haben wir Anfang der nächsten Woche die Ergebnisse.«

»Hast du sein Foto schon im Pflegeheim herumgezeigt?«, fragte Lars. »Eventuell hat ihn ja jemand gesehen.«

»Ich mache mich gleich auf den Weg dorthin. Anschließend machen wir einen neuen Versuch. Vielleicht redet der Verdächtige ja dann.« Er sah in die Runde. »Noch Fragen?«

Als sich niemand meldete, stand er auf und verabschiedete sich.

Einer der Auricher Kommissare berichtete von den weiteren Recherchen zu Oke Jansen. »Wir haben vor zwei Stunden eine Verbindung nach Mallorca gefunden. Ein langjähriger Freund von Jansen lebt dort seit vielen Jahren. Die Spanier sind informiert und auf dem Weg zu der Finca.« Er nahm sein Smartphone in die Hand. »Ich erwarte jeden Augenblick den Anruf.«

»Gute Arbeit!«, sagte Hella. »Was gibt es noch?«

»Die Anzeige wegen Heiratsschwindel. Ihr erinnert euch sicher. Ich habe die Dame ausfindig gemacht und sie sogar befragen dürfen. Das Protokoll dazu liegt übrigens schon auf dem Server. Eine kleine Zusammenfassung vorab: Frau Westphal ist inzwischen zweiundachtzig, die Anzeige hat sie vor siebzehn Jahren gestellt. Eine meiner Fragen war natürlich, warum sie sie damals zurückgezogen hat. Wie vermutet hatte Oke Jansen seine Finger im Spiel. Er ist zu ihr zurückgekehrt und hat auch einen kleinen Teil des ›geliehenen‹ …«, der Kommissar malte Anführungszeichen in die Luft, »… Geldes zurückgezahlt. Die Aktion hat sie letztlich davon abgehalten, ein weiteres Mal Anzeige zu erstatten. Ich vermute auch, sie wollte die Prozedur nicht wieder durchmachen – mit ungewissem Ausgang. Oke Jansen hat sie mir als lebensfrohen Mann beschrieben, der Menschen begeistern kann. Er habe ihr das Gefühl gegeben, wieder jung zu sein und geliebt zu werden. Zum Streit sei es gekommen, als sie ihn mit einer anderen Frau erwischt habe. Der Klassiker, sozusagen. Frau Westphal vermutet sogar, dass er weitere Affären hatte. Zuerst hat sie ihm verziehen, bis sie immer misstrauischer wurde und, wie schon gesagt, vermutete, dass er weitere Geliebte hatte.«

»Hat sie etwas über seinen Charakter gesagt?«, fragte Lars, der sich Notizen gemacht hatte.

Der Auricher Kommissar wollte antworten, als das Smartphone seines Kollegen klingelte. Der sah aufs Display, stand auf und verließ den Raum.

»Du meinst, über das hinaus, was ich bereits erzählt habe? Dann schildere ich mal meinen ganz persönlichen Eindruck: Frau Westphal scheint mir keine Frau zu sein, die auf einen reinen Sprücheklopfer hereingefallen ist. Oke Jansen muss schon mehr geboten haben. Sie war von seiner Arbeit als Bildhauer beeindruckt, aber auch von dem Menschen. Als liebevoll, kultiviert, einfühlsam hat sie ihn beschrieben. Sie ist immer noch überzeugt, dass er sie geliebt hat, aber nun mal auch ihr Geld. Und die Affäre oder Affären wollte und konnte sie ihm am Schluss nicht verzeihen. Ganz ehrlich: Es klang nicht viel anders als so manch anderes geschiedenes Paar. Nach einem absolut skrupellosen Heiratsschwindler hörte sich das alles nicht an.«

In diesem Augenblick öffnete sich die Tür, und der eben hinausgeeilte Kommissar kehrte zurück. »Oke Jansen war bei seinem Freund, aber leider sind die spanischen Kollegen einen Tag zu spät gekommen. Der Freund hat ihnen erzählt, dass Oke Jansen zurück nach Deutschland wollte.«

»Er wäre wohl kaum durch die Flughafenkontrolle gekommen«, sagte Lars.

»Das Gleiche haben die spanischen Kollegen auch zu Jansens Freund gesagt. Er hat dann bestätigt, dass Jansen klar war, dass er gesucht wird, und dass er ihn zur Fähre nach Palma gebracht hat.«

»Gestern?«, fragte Hella.

»Ja, am Nachmittag. Vermutlich ist er von dort aus mit dem Zug weitergefahren.«

»Er könnte also schon wieder in Deutschland sein«, bemerkte einer der Auricher Kommissare. »Falls er nicht noch einen anderen Unterschlupf hat.«

»Wir sollten sofort reagieren«, sagte Hella. »Gibt es noch eine Fährverbindung nach Wangerooge?«

Lars hatte bereits seinen Laptop aufgeklappt und meldete sich wenig später. »Ja, sogar zwei. Die nächste in einer Dreiviertelstunde.«

Lars und zwei der Auricher Kollegen machten sich auf den Weg nach Harlesiel, während Hella Karl Steinmetz informierte und ihn bat, beim Detlefsen-Haus vorbeizufahren.

27

»Ich habe ihn …«, hörte Hella die aufgeregte Stimme von Karl Steinmetz, als sie am frühen Freitagvormittag das Gespräch des Inselpolizisten annahm.

Lars und die zwei Auricher Kollegen waren am späten Nachmittag nach Wittmund zurückgekehrt, ohne Oke Jansen am Fährhafen in Harlesiel angetroffen zu haben.

»Das war reiner Zufall. Er war in der Wohnung von Ilse Schmidt«, fuhr Karl Steinmetz fort. »Ich habe ihn festgenommen. Er ist jetzt bei mir auf der Polizeistation.«

»Sie sprechen von Oke Jansen?«, fragte Hella zur Sicherheit nach.

»Ja, natürlich. Er ist freiwillig mitgekommen. Hat keinen Widerstand geleistet.« Karl Steinmetz schien immer noch außer Atem zu sein. Er sprach schnell und abgehackt.

»Wo ist er jetzt?«

»In der Arrestzelle. Mir wäre es ganz lieb, wenn er heute noch aufs Festland gebracht würde.«

»Kollege Steinmetz, ich melde mich gleich wieder bei Ihnen.«

Hella eilte zu Lars und erzählte ihm von dem Anruf. »Du wirst deine Flugangst wohl etwas hintanstellen müssen. Oder soll ich einen anderen Kollegen mitnehmen?«

Nach einem kurzen Gespräch mit dem Staatsanwalt hatten sie sich auf den halbstündigen Weg zum Flughafen direkt vor Harlesiel gemacht.

»Warum ist er nur zurück auf die Insel gekommen?«, fragte Lars, der neben Hella auf dem Beifahrersitz saß.

»Vielleicht wollte er sich ja auf Wangerooge verstecken. Steinmetz hat von einem Zufall gesprochen. Jansen konnte ja nicht wissen, dass wir inzwischen von seinem Verhältnis zu Frau Schmidt erfahren haben.«

»Oder er ist genau deshalb zurück. Weil die beiden Kontakt

haben und ihm klar geworden ist, dass seine Flucht in einem spanischen Gefängnis enden würde.«

»Alles möglich. Wir werden es hoffentlich bald wissen.«

Das Flugzeug startete direkt, nachdem sie in die kleine Maschine mit vier Plätzen eingestiegen waren. Lars schloss die Augen, als sie Fahrt aufnahmen, und öffnete sie erst wieder, als sie bereits im Sinkflug waren.

Als die Maschine ausrollte, sahen sie am Rollfeld einen Kleintransporter der Feuerwehr, eines der wenigen Fahrzeuge auf der Insel. Das Flugzeug hielt keine zehn Meter von dem roten Wagen entfernt, Hella und Lars stiegen aus und eilten zu ihm. Wenige Minuten später erreichten sie die Polizeistation und wurden von Karl Steinmetz vor der Tür empfangen.

»Danke, dass Sie so schnell kommen konnten. Wartet das Flugzeug auf Sie?«

Hella nickte. »Ja, aber lassen Sie uns doch reingehen.«

Sie liefen hinter dem Inselbeamten her.

»Hat sich Herr Jansen Ihnen gegenüber geäußert?«, fragte Hella, als sie in seinem Büro Platz genommen hatten.

»Ich habe ihn ja nicht befragt, aber wir sind den ganzen Weg von der Schmidt-Wohnung bis hierher zu Fuß gegangen. Jansen hat während der wohl zehn Minuten immer wieder beteuert, dass er mit dem Tod von Edda nichts zu tun habe.«

»Kam da etwas Konkretes von ihm?«

»Er hat quasi die ganze Zeit gesprochen. Als ich ihm die Handschellen angelegt habe, war er reichlich geschockt, würde ich mal sagen. Ja, er hat gesagt, dass es im leidtäte, dass er nach Mallorca geflogen wäre, ohne etwas zu sagen. Und er meinte, dass er den Kopf verloren hätte. Ich habe zu all dem nichts gesagt. Zum Glück sind ja im Moment kaum Touristen auf der Insel. Hätte kein gutes Bild abgegeben, ich mit Oke Jansen im Schlepptau.«

Lars sah Hella fragend an. Sie hatte sich bereits während der Fahrt zum Flughafen eine Strategie überlegt, sollte Oke Jansen die Tat abstreiten.

»Würden Sie bitte persönlich zu den drei Frauen fahren und sie bitten, direkt zum Detlefsen-Haus zu kommen? Falls sich jemand weigert, erwähnen Sie den Staatsanwalt, der sie nach Wittmund vorladen wird. Ich denke, das wird reichen.«

»Und was ist mit Oke Jansen?«, fragte der Inselpolizist.

»Geben Sie mir die Schlüssel für die Arrestzelle, wir kommen mit ihm gemeinsam zum Haus.«

Karl Steinmetz trennte den Schlüssel von seinem Bund ab und suchte auf seinem Schreibtisch nach dem Haustürschlüssel des Detlefsen-Hauses, bevor er sich auf den Weg machte.

Lars sah Hella fragend an.

Sie zuckte mit den Schultern. »Jetzt hast du endlich dein Agatha-Christie-Szenarium: alle Verdächtigen zusammen in einem Raum.«

»Und du meinst, dass das funktioniert?«

»Wenn wir es geschickt anfangen. Ich will wissen, wer wann was wusste und wer letztlich verantwortlich oder auch mitverantwortlich für den Tod von Edda Detlefsen ist.«

»Okay, wie gehen wir vor?«

Hella drückte die Klinke der Eingangstür hinunter. Sie war offen, das Polizeisiegel entfernt.

Oke Jansen hatte auf dem Weg zum Detlefsen-Haus geschwiegen. Die beiden Kommissare hatten auf die Handschellen verzichtet und Jansen in ihre Mitte genommen.

»Wir gehen nach oben«, sagte Hella und ließ Oke Jansen den Vortritt.

Die drei Frauen und Karl Steinmerz standen bereits im Atelierraum. Hella trat direkt nach Oke Jansen ein, begrüßte alle und bat darum, sich an den großen Tisch in der Mitte des Raumes zu setzen. Zögernd folgten die Frauen der Aufforderung.

»Zunächst cinmal danke, dass Sie alle meiner Bitte gefolgt sind. Es gibt ein paar Details Ihrer Aussagen, die wir noch einmal mit Ihnen besprechen möchten.« Sie legte das Aufnahmegerät vor sich auf den Tisch und startete es.

Theda Mommsen, die Hella seit ihrem Eintreffen mürrisch

beobachtet hatte, räusperte sich. »Ist das hier überhaupt rechtens?«

»Frau Mommsen, Sie können jederzeit aufstehen und das Haus verlassen. Sie sind freiwillig hier.«

»Ach, das sind ja jetzt plötzlich ganz andere Töne. Ich dachte, dass Sie unseren Freund verhaftet haben.«

»Das ist richtig, Frau Mommsen. Ich habe von Ihnen gesprochen. Herr Jansen wurde mit internationalem Haftbefehl gesucht und wird morgen dem Haftrichter vorgeführt werden. Zumindest ist das der aktuelle Stand der Ermittlungen.«

Theda Mommsen starrte sie einen Moment an, setzte zu einer Entgegnung an, schwieg dann aber.

»Ich denke, wir können jetzt anfangen?«, fragte Hella in die Runde hinein. Als niemand antwortete, stellte sie die erste Frage.

»Was genau wollte Frau Detlefsen an diesem Sonntag von Ihnen?« Hella sah Ilse Schmidt an. »Wollen Sie anfangen?«

»Nein, ich habe dazu nichts mehr zu sagen.«

Hella warf Oke Jansen einen fragenden Blick zu.

Es dauerte eine Weile, bevor er leise zu sprechen begann. »Edda wollte uns sehen. Alle noch einmal um sich haben. Sie meinte, es wäre das letzte Mal.«

»Was genau meinte sie damit, ›das letzte Mal‹?«, fragte Hella weiter.

»Das hat sie uns nicht gesagt«, murmelte Oke Jansen und starrte dabei auf seine Finger.

»Was sagen Sie dazu, Frau Theemann?«

»Oke hat es doch gerade erklärt«, antwortete sie nach einer Weile.

»Sie alle haben davon gesprochen, dass sich Frau Detlefsen verabschieden wollte. Warum? Ihre Lebenserwartung betrug durchaus noch ein paar Jahre. Da verabschiedet man sich doch nicht.«

»Sie haben nicht die geringste Ahnung von Edda«, zischte Theda Mommsen sie wütend an. »Lassen Sie sie in Ruhe gehen. Dieses ganze Schauspiel ist unwürdig und ehrverletzend. Für Edda und für uns alle.«

»Wäre Ihre Freundin eines natürlichen Todes gestorben, würden wir hier nicht zusammensitzen und den Abend des Sonntags rekonstruieren müssen. Aber sie ist getötet worden. Man könnte auch sagen, ermordet worden. Das scheint hier jeden in dem angeblichen Freundeskreis sehr kaltzulassen.« Hella hatte deutlich akzentuiert gesprochen und dabei alle vier nacheinander für Sekunden fixiert.

»Angeblich?« Theda Mommsen war aufgesprungen.

»Entweder setzen Sie sich wieder, oder Sie gehen!«, fuhr Hella sie an.

Theda Mommsen zögerte, setzte sich aber schließlich langsam wieder auf ihren Stuhl.

»Alle hier in der Runde haben von Edda Detlefsens Vermögen profitiert«, sagte Hella. »Nennen wir es Kredite. Nur eine von Ihnen hat das Geld zurückgezahlt.«

Keiner der vier Künstlerfreunde wagte es, jemand anderen anzuschauen, und Hella spürte, wie die Anspannung wuchs. Im Raum herrschte absolute Stille, bis Lars mit seinem Kugelschreiber klickte. Alle sahen zu ihm auf.

»Sie, Frau Theemann …«, begann er, »… haben nichts dagegen gehabt, dass Frau Detlefsen Ihnen eine komplette Werkstatt gesponsert hat. Auch sämtliche laufenden Kosten Ihres kostspieligen Hobbys wurden von Frau Detlefsen getragen. Von den Reisen und Urlauben einmal ganz abgesehen.«

Maike Theemann schwieg. Ihre Hände lagen nebeneinander auf dem Tisch, sie atmete flach und schien kurz vor dem Zusammenbruch zu sein.

»Und Sie, Frau Mommsen«, fuhr Lars fort. »Hatten Sie keine Skrupel, das Geld von Ihrer besten Freundin zu nehmen? Ich habe in den Bankbelegen der letzten sechs Jahre unzählige Überweisungen gesehen. Unter anderem einen ziemlich großen Betrag.«

»Das hätte ich alles zurückgezahlt«, sagte Theda Mommsen leise. »Alles.«

Lars wandte sich an Oke Jansen. »Sie hatten ja schon eine Anzeige als Heiratsschwindler und wären um ein Haar vor

Gericht gelandet. Wir haben uns gefragt, wie viele dieser Fälle noch in Ihrer Vergangenheit zu finden sind.«

Oke Jansen schwieg, aber ihm war anzusehen, wie unangenehm ihm die Enthüllungen waren. Er hielt den Kopf gesenkt und die Augen geschlossen. Hella hatte bei Lars' letzten Sätzen die drei Frauen im Blick behalten. Maike Theemann sah ungläubig zu Theda Mommsen, die aber Oke Jansen mit weit aufgerissenen Augen anstarrte. Ilse Schmidt schnappte nach Luft und bekam einen Hustenanfall.

Lars fuhr mit seiner Aufzählung fort: »Da Sie offensichtlich nicht über eigene Einnahmen verfügen, hat Frau Detlefsen alle notwendigen Ausgaben für Sie beglichen oder Ihnen die Beträge aufs Konto überwiesen. Von welchem Geld haben Sie gelebt, nachdem Frau Detlefsen ins Pflegeheim gegangen war?«

Dieses Mal reagierte Ilse Schmidt noch heftiger. Sie starrte Oke Jansen wutentbrannt an und schien kurz davor zu sein, aufzuspringen und ihn zur Rede zu stellen.

»Ich habe nur ...«, Lars malte Anführungsstriche in die Luft, »... die letzten sechs Jahre überprüft und bin auf über eine halbe Million Euro Ausgaben gekommen.« Er warf einen Blick in die Runde. »Sie scheinen geglaubt zu haben, das Detlefsen-Vermögen sei unerschöpflich.«

»Kommen wir noch einmal zu Ihrem Besuch in Wittmund«, übernahm Hella wieder. »Wen hat Frau Detlefsen direkt angesprochen? Sie, Frau Theemann?«

Maike Theemann schreckte hoch. »Mich? Nein, mich nicht.«

»Und von wem wussten Sie von der Einladung?«

»Ähm ... also, Oke, du hast doch mit Edda gesprochen, oder?«

Zum ersten Mal sah Oke Jansen auf. Er nickte. »Ja, Edda hat mich angerufen und darum gebeten. Sie wollte uns alle sehen.«

»Wie oft haben Sie persönlich Frau Detlefsen in Wittmund besucht?«

»Oft. Sooft es ging.«

»Lügner!«, fuhr Theda Mommsen ihn an. »Wir alle waren häufiger bei ihr als du.«

»Vielleicht habe ich es nur nicht immer groß verkündet, wenn ich bei ihr war?«, entgegnete Oke Jansen mit belegter Stimme.

»Wer's glaubt!«

Hella wartete, ob sich die Situation weiter zuspitzen würde, und stellte eine weitere Frage, als es ruhig blieb. »Was genau hat Frau Detlefsen von Ihnen gefordert, als Sie bei ihr eingetroffen waren?«

»Nichts! Sie wollte sich von uns verabschieden«, sagte Oke Jansen, jetzt mit mehr Nachdruck als kurz zuvor.

»Warum sagst du nicht, was sie noch gesagt hat?«, fragte Theda Mommsen. »Du solltest ausziehen.«

Hella warf Oke Jansen einen fragenden Blick zu.

»Das hat sie nicht so gemeint«, sagte er kraftlos.

»Hat Frau Detlefsen angekündigt, ihr Testament zu ändern?«, stellte Hella die nächste Frage und sah dabei Theda Mommsen an.

Die Angesprochene antwortete mit aggressiver Stimme: »Sie war verwirrt, das wissen Sie doch. Nicht Herr ihrer Sinne.«

»Nach allem, was ich im Pflegeheim gehört habe, hatte sie neben schlechteren auch sehr gute, klare Tage«, sagte Hella. »Sie hätte auf jeden Fall das Testament ändern können.«

»Wohl kaum«, polterte Theda Mommsen und schüttelte verächtlich den Kopf.

»Sind Sie im Streit abgereist?«, fragte Hella weiter.

»Unsinn!«, kam es im selben Augenblick von Theda Mommsen.

Die drei anderen Künstlerfreunde schwiegen.

Hella wandte sich an Ilse Schmidt. »Sind Sie im Streit gegangen?«

Sie sah Hella mit ernstem Gesichtsausdruck an. »Nein, ich habe mich nie mit Edda gestritten. Wir sind gut miteinander ausgekommen.«

»Wusste sie von Ihrem Verhältnis zu Oke Jansen?«

»Nein.«

»Du Luder!«, schrie Theda Mommsen nach einer Schrecksekunde. »Du hast dich immer in alles eingemischt. Dabei fotografierst du nur. Kein bisschen hat Edda dich gemocht. Ich verstehe überhaupt nicht, warum du im Testament stehst.«

»Ruhe jetzt!«, donnerte Oke Jansens Stimme durchs Atelier. »Edda ist tot. Habt ihr das schon vergessen?«

»Nein!«, zischte Theda Mommsen. »Wer hatte denn nichts Besseres zu tun, als sich sofort ein neues Betthäschen zuzulegen? Gigolo!« Das letzte Wort hatte sie ihm verächtlich entgegengeschleudert. »Was wolltest du denn noch allein bei ihr? Erzähl doch mal, was wirklich passiert ist. Was hast du gemacht?«

Hella entschied sich, noch nicht einzuschreiten und darauf zu hoffen, dass ihr Schachzug, die vier gemeinsam in einem Raum zu befragen, aufgehen würde.

»Ich habe mit ihr geredet. Das habe ich euch alles schon gesagt.«

»Und warum ist Edda dann nicht mehr am Leben?«, schrie Theda Mommsen ihn an.

»Das weiß ich nicht. Ja, sie wollte, dass wir ihr helfen …« Oke Jansen schien über seine eigenen Worte zu erschrecken. Er fuhr sich mit der Hand durch die Haare und legte den Kopf in den Nacken. »Glaubst du wirklich, ich hätte Edda das antun können? Du bist abgehauen, als sie uns um Hilfe gebeten hat. Hast sie vollgequatscht und bist einfach verschwunden. Was für eine Heldentat! Was für eine Freundin. Du hast doch die Sache mit der Galerie betrieben. Du wolltest es und hast Edda unter Druck gesetzt. Du! Genau das hat sie krank gemacht.« Er schnappte nach Luft. »Ja, ich habe nicht laut genug Nein geschrien. Vielleicht war ich auch zu feige. Ja, aber ich habe Edda geliebt.«

»Und genommen, was du kriegen konntest«, fuhr Theda Mommsen ihn wutentbrannt an.

»Ich habe Edda nie um etwas gebeten. Du allerdings schon. Soll die Polizei doch mal kontrollieren, was vor unserer Zeit war. Wer Edda tatsächlich ausgenommen hat. Und wer kam auf die Idee mit Mallorca? Wer hat diese Fünf-Sterne-Finca gebucht? Wer wollte nach Paris und nach Rom. Wer?«

»Alles Unsinn! Rück doch endlich damit raus, was du allein bei ihr gemacht hast! Als wir weg waren!«

»Ich habe mit Edda gesprochen. Über das, was sie von uns wollte und du nicht hören wolltest. Sie wollte nicht mehr weiterleben. Ist dir das überhaupt klar? Sie hat sich fürchterlich geschämt. Sie hätte uns gebraucht. Uns alle. Wir haben versagt. Du, ich, wir alle. Hast du da schon mal drüber nachgedacht? Wer war denn ihre allerbeste Freundin? Wer ist denn abgesprungen, als es ein klein wenig brenzlig wurde? Wer hat Edda denn geraten, in dieses Pflegeheim zu gehen? Wer hat es für sie ausgesucht? Du warst das! Du!«

Theda Mommsen war aufgesprungen. »Ich höre mir das hier nicht länger an. Lügen, nichts als Lügen.« Sie warf einen Blick zu Maike Theemann, die daraufhin aufstand und ihr aus dem Atelier folgte. Ilse Schmidt blieb sitzen und nickte Oke Jansen lächelnd zu.

»Was haben Sie mit Frau Detlefsen besprochen, als Sie allein mit ihr waren?«, fragte Hella.

»Edda wollte, dass wir … dass ich ihr helfe. Ich habe mit ihr darüber gesprochen, dass sie nach Wangerooge zurückkommen soll, dass wir eine Pflegerin für sie besorgen, dass wir uns alle um sie kümmern. Das wären wir ihr schuldig gewesen.« Oke Jansens Blick fiel auf Ilse Schmidt. »Ja, wir beide sind ein Paar. Es ist passiert, und wir haben uns lange dagegen gewehrt.«

»Vom ersten Augenblick an«, sagte Ilse Schmidt leise. »Seit unserer ersten Begegnung. Wir wussten es beide gleich. Ich bin an dem Sonntagabend nicht geblieben, weil ich gespürt habe, dass nur Oke Edda davon überzeugen konnte, wie wertvoll das Leben ist. Auch wenn man an Demenz leidet. Ich war bereit, noch länger auf Oke zu warten. Das habe ich ihm auch gesagt.«

»Ja, das war, als ich dich gebeten habe, mit den anderen zu gehen«, fügte Oke Jansen hinzu.

28

»Glaubst du ihm etwa?«, fragte Lars, als sie drei Stunden später Oke Jansen in einer der Arrestzellen des Wittmunder Polizeigebäudes untergebracht hatten.

»Darum geht es nicht, Lars. Wir müssen es Jansen nachweisen. Vor dem Richter wird es zwar morgen mit dem Haftantrag keine Probleme geben, meinte zumindest der Staatsanwalt.« Hella hatte ihn vor dem Abflug aufs Festland telefonisch über die Festnahme von Oke Jansen informiert und mit ihm die nächsten Schritte abgesprochen. »Aber bis zum Prozess steht noch einiges an Arbeit an.«

»Wenn er es denn war, meinst du?«

»Wie gesagt, wir müssen es ihm absolut sicher nachweisen.«

Sie betraten Hellas Büro. In den Gängen des Polizeigebäudes war es ruhig gewesen. Um diese Zeit, am späten Freitagnachmittag, waren die meisten Kollegen bereits im Wochenende.

»Ein Motiv hat er auf jeden Fall«, sagte Lars, als sich Hella an ihren Schreibtisch gesetzt hatte, um die E-Mails abzurufen. »Edda Detlefsen wollte ihn rauswerfen und noch zusätzlich aus dem Testament streichen.«

»Jansen sagt, sie hat es später wieder zurückgenommen. Auch Ilse Schmidt hat bestätigt, dass Frau Detlefsen es nur im Streit gesagt hat.«

Hella und Lars hatten noch auf der Insel ein Protokoll verfasst und von Oke Jansen und Ilse Schmidt unterschreiben lassen.

»Sie nimmt Jansen doch nur in Schutz.«

»Das wäre eine Variante, wir müssen aber auch in Betracht ziehen, dass der Ablauf des Abends so gewesen ist, wie er jetzt von den verschiedenen Seiten geschildert wurde.« Hella sah auf die Uhr. »Ich schlage vor, wir machen Feierabend. Ich treffe mich morgen rechtzeitig vor dem Haftprüfungstermin mit dem Staatsanwalt. Montag früh geht es dann weiter.«

»Gute Arbeit, Frau Brandt«, sagte der Staatsanwalt am nächsten Vormittag, als Hella ihm noch einmal die Fakten dargelegt hatte. »Motiv, Gelegenheit und Mittel, alles wie im Lehrbuch. Ich denke, wir haben den Täter. Das Geständnis werden Sie auch noch aus ihm herausholen. Ein paar Tage in Untersuchungshaft lösen jede Zunge.«

»Ja, es sieht ganz danach aus, dass Oke Jansen der Täter ist.«

Der Staatsanwalt sah sie verwundert an. »Sie sind nicht ganz überzeugt?«

»Sollte man vor einem Geständnis nie sein. Und selbst mit einem Geständnis ist Vorsicht geboten. Die Sache rundmachen müssen wir ohnehin. Und ein paar Spuren haben wir noch nicht ausrecherchiert.«

Der Staatsanwalt packte seine Unterlagen zusammen. »Sie machen das schon.« Er zögerte, lächelte dann. »Ich habe Ihnen übrigens noch gar nicht zur Schwangerschaft gratuliert. Herzlichen Glückwunsch!«

»Danke.«

»Und Sie bleiben uns sogar erhalten, habe ich gehört. Auch zu der Entscheidung kann ich Ihnen gratulieren. Nicht viele Frauen haben den Mut, das durchzuziehen. Familie und Beruf. Alle Achtung.«

Hella war sich nicht sicher, wie sie die Worte einordnen sollte. Die Frau des Staatsanwaltes hatte ihren Beruf als Rechtsanwältin für Jahre unterbrochen, nachdem sie zwei Kinder bekommen hatte. Hatte Kriminalrat Onken mit ihm gesprochen und dabei kein gutes Haar an Hellas Plänen gelassen?

»Danke, Herr Staatsanwalt. Freut mich, dass Sie das so sehen. Nicht alle Männer sind so offen für dieses Thema.«

Der Staatsanwalt warf ihr einen irritierten Blick zu, lächelte schließlich bemüht und verabschiedete sich von ihr.

Den restlichen Samstag verbrachte Hella mit einem langen Spaziergang hinterm windgeschützten Deich und einer Einladung zum Tee bei Gesa. Die beiden Frauen unterhielten sich lange über Kinder und die Veränderungen, die diese mit sich brachten.

Gesa hatte lange Jahre auf ein Kind gehofft und den Wunsch mit Anfang vierzig schweren Herzens aufgegeben, aber viele ihrer damaligen Freundinnen hatten Kinder und dafür ihren Beruf für immer aufgegeben.

»Du bekommst das hin, ihr beide bekommt das hin«, sagte Gesa warm lächelnd. »Und außerdem bin ich auch noch da. Mit etwas Glück bin ich noch ein paar Jahre fit. Und vielleicht werde ich ja eine ganz passable Ersatz-Uroma.«

Hella umarmte ihre Nachbarin. »Nicht nur vielleicht, ganz bestimmt.«

Am Montag früh saß Hella mit ihren Kollegen zusammen, um die kommenden Schritte zu planen. Für die nächsten Tage standen weitere Befragungen und Verhöre an. Lars und einer der Auricher Kollegen würden mit der ersten Fähre nach Wangerooge fahren, um Theda Mommsens und Maike Theemanns Aussagen aufzunehmen und zu protokollieren. Zusätzlich würden sie Ilse Schmidt noch mal in die Zange nehmen. Zwei weitere Beamte hatten die Aufgabe, die Mitarbeiter und Bewohner des Pflegeheims zu befragen, um den genauen Zeitpunkt von Oke Jansens Abfahrt zu ermitteln. Ein anderer Beamter beschäftigte sich mit der Software, die Lars' Freund programmiert hatte, um Kennzeichen anderer Städte und Kreise mit den beiden noch nicht identifizierten abzugleichen.

Arno berichtete, dass sich im Pflegeheim weder die Mitarbeiter noch die Bewohner an den in Haft sitzenden mutmaßlichen Einbrecher erinnern konnten. Der DNA-Abgleich stand noch aus, seine Fingerabdrücke waren nicht unter den gesicherten. Ein weiteres Verhör würde am Dienstag stattfinden. Arno hoffte, dass er bis dahin belastendes Material fand, das den Verdächtigen mit dem Pflegeheim in Verbindung bringen würde.

Oke Jansen saß in Oldenburg in Untersuchungshaft. Hella machte sich nach der Besprechung auf den Weg, um ihn erneut zu verhören. Zwei Stunden später saß sie in einem kleinen Raum der Justizvollzugsanstalt an einem Tisch und wartete darauf, dass Oke Jansen aus seiner Zelle geholt wurde.

»Guten Morgen, Herr Jansen«, begrüßte sie ihn.

»Hallo«, antwortete Jansen, der dunkle Ringe unter den Augen hatte und sichtbar erschöpft war.

Da der Angeklagte keinen eigenen Anwalt beauftragt hatte, war ihm ein Pflichtverteidiger zur Seite gestellt worden. Als der Rechtsanwalt eingetroffen war, ging Hella mit Jansen noch einmal Schritt für Schritt den Sonntagabend durch. Sie suchte nach Widersprüchen in seiner Aussage oder Passagen, die eingeübt wirkten, fand aber keine Anhaltspunkte.

»Warum wollte Frau Detlefsen Sie aus dem Haus haben?«, fragte Hella unvermittelt.

Oke Jansen zögerte, antwortete aber schließlich: »Damit hat sie immer mal wieder gedroht. Vielleicht war es so verinnerlicht, dass sie es an diesem Sonntagabend automatisch auch gemacht hat. Die anderen Freunde waren ja auch betroffen. Kein Erbe mehr, das Atelier geschlossen.«

»Wie kam es zu dieser Reaktion?«

»Ich habe vorgeschlagen, dass Edda zurück nach Wangerooge kommt. Zuerst sah es so aus, als wenn sie zustimmen würde, aber dann …« Oke Jansen schloss die Augen und atmete tief durch. »Dann hat sie gefragt, ob das alle so sehen. Darauf war ich nicht vorbereitet und die anderen auch nicht. Alle haben geschwiegen, und wie Edda so ist … so war, meine ich, hat sie das sofort als Ablehnung empfunden.«

»Das klingt alles nicht nach der starken Frau, wie sie bis jetzt beschrieben wurde.«

»Wer ist schon immer stark? Nein, man konnte bei Edda nie sicher sein, wen man gerade vor sich hatte. Und damit meine ich nicht ihre Demenz. Das kam am Schluss noch dazu. Nein, auch vorher wechselte sie gern mal ihre Meinung, sie zweifelte an sich selbst, an ihrer Kunst und unserer Freundschaft, an meiner Liebe zu ihr.« Er sah Hella direkt an. »Mir ist schon klar, wie Sie mich sehen. Ich habe von Eddas Geld gelebt, ein Gigolo, der ihr die Liebe vorgegaukelt hat. Und plötzlich war der Geldhahn abgedreht. Was macht der Gigolo? Er bringt sie um und rettet damit sein Erbe.«

»Wenn Sie es so ausdrücken wollen ... Es stimmt, Sie haben ein starkes Motiv, Sie waren zu der Zeit, als Frau Detlefsen zu Tode gekommen ist, vor Ort, und Ihre DNA ist am Tatwerkzeug gefunden worden.«

»Sie sprechen von diesem Kissen?«, fragte der Pflichtverteidiger, der in seinen Unterlagen blätterte.

»Ja, das ist das mutmaßliche Tatwerkzeug.«

»Ihnen ist schon klar, dass mein Mandant das Kissen auch aus einem anderen Grund berührt haben könnte?«

»Selbstverständlich. Allerdings spricht doch viel für Herrn Jansen als Täter. Das ist Ihnen sicher aufgefallen.«

Der Pflichtverteidiger schwieg und blätterte weiter in seinen Unterlagen.

Hella wandte sich wieder an Oke Jansen. »Ist Ihnen, als Sie das Pflegeheim verlassen haben, jemand vor der Tür oder im Flur begegnet?«

Oke Jansen schien zu überlegen. Schließlich schüttelte er den Kopf. »Nein, ich glaube nicht.«

»Kommen wir noch einmal auf Frau Detlefsens Entscheidung zurück, ins Pflegeheim zu gehen. Wie ist es dazu gekommen? Warum haben Sie sie nicht schon zu dem Zeitpunkt von ihrem Plan abgebracht?«

»Ich war nicht auf der Insel«, sagte Oke Jansen tonlos. »Edda und ich hatten uns gestritten. Ich bin abgereist und hatte auch nicht vor, wiederzukommen.«

»Worüber haben Sie sich gestritten?«

»Wahrscheinlich kennen Sie das auch, ein Wort gibt das andere, und am Schluss weiß man gar nicht mehr, was der eigentliche Anlass war.«

Der Pflichtverteidiger unterbrach Oke Jansen und flüsterte ihm etwas zu. Jansen schüttelte den Kopf und konzentrierte sich wieder auf Hella. »Ja, warum? Ich habe mir da auch immer wieder den Kopf drüber zerbrochen. Es ging um meine Kunst, ich steckte zu der Zeit in einer Krise und war wohl äußerst empfindlich. Ich habe mich mehr um mich gekümmert und nicht gesehen, dass es Edda von Woche zu Woche schlechter ging. Damit meine ich nicht ihre eigentliche Krankheit, sondern ihre Angst davor. Sie wissen vielleicht, dass ihre Eltern an Alzheimer erkrankt waren und sie sie gepflegt hat. Edda hatte panische Angst, das gleiche Schicksal zu erleiden. Ihre Eltern hatten zumindest eine Tochter, die sich bis zum Tod um sie gekümmert hat. Edda hatte niemanden. Zumindest hat sie das so empfunden.«

»Sie haben ausgesagt, dass Theda Mommsen die treibende Kraft war und Frau Detlefsen den Wechsel nicht nur vorgeschlagen, sondern auch das Pflegeheim ausgesucht hat.«

»Ich bin nach acht Wochen auf die Insel zurückgekehrt. Wie gesagt, da war Edda schon auf dem Festland. Natürlich bin ich sofort nach Wittmund gefahren und habe sie dort besucht.«

»Und wie hat sie reagiert?«

»Zuerst wollte sie mich gar nicht sehen. Wahrscheinlich hat sie mich mit dafür verantwortlich gemacht, dass sie an diesem Ort war.«

»Sie wollte den Umzug also gar nicht? Ist sie überredet worden?«

»So kann man das nicht sagen. Edda hat den Schritt natürlich bewusst gemacht, davon bin ich nach wie vor überzeugt. Aber wir Freunde haben dabei eine wichtige Rolle gespielt. Ich war verschwunden, und Edda ist mit Recht davon ausgegangen, dass ich nicht wiederkomme. Ilse hat sich rausgehalten, und Theda und mit ihr im Schlepptau Maike haben ihr nicht widersprochen beziehungsweise ihr sogar zugestimmt, dass ein Pflegeheim besser für sie wäre. Edda hat, das vermute ich heute, keinen anderen Ausweg mehr gesehen.«

»Seit wann haben Sie eine Beziehung zu Frau Schmidt?«

»Nicht bevor ich von der Insel geflüchtet bin. Falls Sie das meinen.« Wieder versuchte der Pflichtverteidiger einzuhaken, Jansen ließ sich aber nicht vom Weiterreden abbringen. »Das war später. Vielleicht einen Monat nach meiner Rückkehr. Ich weiß es nicht mehr so genau. Ilse hat ja schon am Freitag gesagt, dass wir beide schon lange wussten, dass wir Gefühle füreinander hegen. Das stimmt auch. Ich habe es nur nicht zugelassen.

Ilse im Grunde genommen auch nicht. Aber irgendwann … Es ist einfach passiert.«

»Sie haben es vor den anderen geheim gehalten?«

»Ja, allein wegen Edda. Theda hätte es ihr doch brühwarm erzählt. Das wollte ich auf keinen Fall.«

»Warum nicht?«, fragte Hella.

»Das hätte ihr den Rest gegeben. Theda hat zwar behauptet, dass ich selten bei Edda war, aber das stimmt nicht. Ich war jede Woche bei ihr. Sie wissen selbst, wie schwierig das mit der Rückfahrt am gleichen Tag ist.«

»Warum haben Sie sie nicht aus dem Heim geholt?«

Oke Jansen überlegte eine Weile. »Ich könnte jetzt einfach sagen, dass Edda nicht wollte. Aber das ist nicht so einfach. Einen Teil der Tage, an denen ich sie besucht habe, war sie kaum oder nur wenig ansprechbar. Seit sie im Heim war, hat sich meiner Meinung nach die Demenz rasant entwickelt. Viel schneller als auf Wangerooge. An Tagen, an denen es ihr gut ging, haben wir viel über die Vergangenheit gesprochen, über uns, unsere Beziehung. Aber jedes Mal, wenn ich ihr vorgeschlagen habe, zurückzukommen, hat sie abgeblockt. Ich weiß nicht, was sie von mir erwartet hat. Dass ich einfach ihre Sachen packe und sie zwinge?«

Um ein Haar hätte Hella mit einem Ja geantwortet. Sie schwieg und warf Oke Jansen einen auffordernden Blick zu.

Er fuhr fort: »Es schien, als habe sie Angst, zurückzukommen. Aber wovor? Vor ihren Freunden? Vor mir? Hat sie uns so wenig vertraut? Dass es finanziell nicht so weitergehen konnte, war allen klar. Hoffe ich zumindest. Diese Luxusreisen und alles, was wir da gemacht haben, waren vollkommen überflüssig. Jede unserer Ausstellungen hat Unsummen verschlungen. Verkauft haben wir mehr oder weniger nichts. Theda nannte es dann ›Investition in die Zukunft‹.« Oke Jansen lachte verächtlich. »Zukunft!« Er sah sich in dem kargen Raum um. »Das hier ist wohl meine Zukunft. Aus dem Schlamassel komme ich doch nicht wieder raus. Oder?«

Hella reagierte nicht auf die Frage. »Hat Frau Detlefsen Sie an dem Sonntagabend direkt aufgefordert, Sterbehilfe zu leisten?«

»Ja und nein. Sie hat von der Schweiz gesprochen, dass es da Möglichkeiten geben würde, sie aber glaubte, dass das für sie nicht galt. Sie hat mir die Tabletten gezeigt und gesagt, dass sie sie schlucken könne – und dann wäre alles vorbei.«

»Tabletten?«

»Ja, es waren fünf. Das wären echte Hämmer, hat Edda gesagt. Schon von einer würde sie tagelang dahindämmern.«

Hella horchte auf. »Hat Frau Detlefsen eine oder mehrere der Tabletten geschluckt, als Sie bei ihr waren?«

»Nein, das hätte ich auch nicht zugelassen.«

»Sie haben am Freitag ausgesagt, dass Sie Frau Detlefsen überzeugt hätten, zurückzukommen. Wieso hat sie sich plötzlich darauf eingelassen?«

»Das kann ich nicht genau sagen. Aber das war typisch Edda. Sie konnte von der einen Sekunde auf die andere ihre Meinung ändern.«

»Worüber haben Sie davor mit ihr gesprochen?«

»Sie hat mir zum ersten Mal von ihrem Adoptivsohn erzählt. Sein Name ist Luca. Er muss kurz davor bei ihr gewesen sein. Sie hatte ihn wohl sehr lange nicht mehr gesehen.«

29

Auf dem Rückweg nach Wittmund ging Hella Jansens Aussage zu den Beruhigungstabletten nicht mehr aus dem Kopf. Er hatte nicht wissen können, dass die Tabletten eine wichtige Rolle spielten. Nach allen bisherigen Berechnungen war er fast eine Stunde allein mit Edda Detlefsen gewesen. Wenn sie die starken Beruhigungsmittel nicht vor dem Besuch der Freunde eingenommen hatte, hätte die Zeit für Oke Jansen nicht gereicht. In Dr. Wolters' Bericht war davon ausgegangen worden, dass Frau Detlefsen die Tabletten eine Stunde vor ihrem Tod eingenommen hatte. Wenn der Todeszeitpunkt stimmte, würde das Oke Jansen entlasten.

In diesem Augenblick fiel Hella ein, dass sie etwas vergessen hatte. Sie schlug mit der flachen Hand aufs Steuer und fluchte laut. In der Hektik der letzten Tage hatte sie die handschriftlichen Aufzeichnungen von Dr. Beckmann nicht nach Oldenburg weitergeleitet.

Verärgert erhöhte sie das Tempo. Zehn Minuten vor der ursprünglich vom Navi errechneten Zeit fuhr sie auf den Hof des Kommissariats, sprang aus dem Auto und lief in ihr Büro. Tatsächlich, die Aufzeichnungen lagen unter einem Stapel Akten auf ihrem Schreibtisch.

Sie faxte sie ins Gerichtsmedizinische Institut und wählte gleichzeitig die Nummer von Dr. Wolters. Der AB sprang an, Hella sprach der Gerichtsmedizinerin eine kurze Nachricht aufs Band und rief gleich darauf das Sekretariat an, wo sie erfuhr, dass Dr. Wolters bis zum Nachmittag des nächsten Tages nicht erreichbar war.

»Verflucht, wie konnte mir das passieren?«, murmelte sie und sprang auf, um ziellos im Büro herumzulaufen. Schließlich ging sie in die Küche und goss sich einen Kräutertee auf. Die Wahrscheinlichkeit, dass die Aufzeichnungen der Hausärztin Fehler aufwiesen, war ohnehin ausgesprochen gering.

Vermutlich würde sie am nächsten oder übernächsten Tag von Dr. Wolters eine entsprechende Nachricht bekommen und die Sache zu den Akten legen können.

Sie sah bei dem Kollegen vorbei, der mit der Software die Kennzeichen kontrollierte. Er gab ihr einen kurzen Bericht und erklärte, dass er bisher noch keinen Treffer habe.

Hella ging zurück ins Büro und traf auf einen der Auricher Kollegen, der im Pflegeheim zu Oke Jansen recherchiert hatte. Nach unzähligen Befragungen hatten sie einen Zeugen gefunden, der Oke Jansen gesehen haben wollte, als er kurz nach zweiundzwanzig Uhr das Heim verließ. Hella saß noch eine Weile unschlüssig am Schreibtisch, bevor sie sich auf den Weg nach Hause machte.

Am nächsten Morgen gegen zehn kam Lars zu Hella ins Büro. Wegen der ungünstigen Fährzeiten hatten er und die Kollegen auf Wangerooge übernachten müssen und waren mit dem ersten Schiff zurück aufs Festland gefahren.

»Alles gut verlaufen?«, fragte Hella nach der Begrüßung.

»So weit, ja. Die Damen haben ihre schon gemachten Aussagen bestätigt. Neue Erkenntnisse haben wir keine. Vor allem Theda Mommsen hat mit den gleichen Vorwürfen um sich geworfen und letztlich ihren Künstlerfreund Jansen in jedem dritten Satz belastet.«

In diesem Augenblick klopfte jemand an die Tür, Lars stand auf und öffnete sie. Der Auricher Kollege, der sich mit den Kennzeichen beschäftigt hatte, trat ein.

»Habt ihr kurz Zeit?«

Als Hella nickte, setzte er sich zu den beiden Kommissaren und reichte ihnen ein bedrucktes Blatt. »Das sind die Ergebnisse meiner Recherche. Die fünf Kennzeichen, die ich am ehesten für relevant halte, habe ich markiert. Aus Hamburg ist auch eins dabei.«

Hella griff nach dem Blatt und sah sich die Aufzeichnung an. Sie schätzte, dass das Programm an die vierzig Kennzeichen ausgespuckt hatte. Hella sah gleich, was ihr Kollege meinte. Ein

Hamburger Kennzeichen war fast identisch. Lediglich das Q war mit dem O vertauscht worden.

»Wir brauchen die Namen aller Halter. Den aus Hamburg bitte als Erstes.«

Lars stand auf und nickte dem Auricher Kollegen zu. »Ich helfe dir.«

Die beiden Kommissare verließen Hellas Büro und kamen nach einer halben Stunde zurück, in der Hella das Protokoll des Jansen-Verhörs geschrieben hatte.

»Und?«, fragte sie gespannt.

»Die Halter haben wir, allerdings ist das jetzt noch eine Menge Arbeit, alle zumindest oberflächlich zu überprüfen.«

»Sind die Auricher Kollegen, die mit dir in Wangerooge waren, im Haus?«

»Die wollten kurz ins Café um die Ecke gehen. Müssten gleich wieder da sein«, sagte Lars. »Schon verstanden, wir setzen uns direkt dran.«

»Schickst du mir die Hamburger Daten?«

Zwei Minuten später erhielt Hella von Lars den Halter des Hamburger Kennzeichens. Es handelte sich um eine Firma, die italienische Weine importierte. Hella recherchierte eine halbe Stunde erfolglos im Internet, bevor sie mit gemischten Gefühlen die Nummer von Kriminalrat Roth in Hamburg wählte.

»Roth!«, donnerte er.

»Hella Brandt. Guten Morgen, Herr Roth.«

»Frau Brandt. Ich wünsche Ihnen ebenfalls einen guten Morgen.« Er räusperte sich. »Sie rufen jetzt aber nicht an, um mir zu sagen, dass Falzones Bodyguard doch Ihr Täter ist?«

»Bisher haben wir keine Erkenntnis in dieser Richtung«, sagte Hella. »Allerdings führt uns ein Hinweis wieder nach Hamburg. Und da habe ich natürlich sofort an Sie gedacht.« Sie nannte ihm den Namen und die Adresse der Firma und fragte, ob er sie kenne.

»Sie haben ja wohl ein Händchen dafür, ständig in Wespennester zu stechen. Das ist gefährlich, verdammt gefährlich, Frau Brandt.«

Hella ahnte, worauf ihr Team gestoßen war. »Sie kennen die Firma?«

»Das ist eine von Falzones Firmen. Und bevor Sie fragen, wir haben den Laden von oben bis unten gefilzt. Alles legal und vorbildlich. Und jetzt erzählen Sie mir mal, wie Sie auf die Firma gekommen sind.«

Hella informierte Roth über den Stand der Ermittlungen.

Der Kriminalrat schwieg einen Augenblick, bevor er sich äußerte. »Wie sicher ist es, dass Luca Detlefsen nicht in dem Auto saß?«

»Der Flug ist bestätigt, selbst vor Ort haben wir durch Kollegen prüfen lassen, ob er dort war. Er müsste einen ziemlich guten Doppelgänger haben, um sich ein solches Alibi zu beschaffen.«

»Was natürlich nicht heißt, dass er den Mord nicht in Auftrag gegeben hat.«

»Wenn Sie mich nach meinem Bauchgefühl fragen würden, steckt er nicht dahinter. Aber eine Garantie kann ich Ihnen nicht geben.«

»Was kann ich jetzt für Sie tun?«

»Ich muss ein zweites Mal mit Luca Detlefsen sprechen.«

»Das lässt sich einrichten.«

»Ich brauche Informationen über die Firma und ihre Mitarbeiter.«

»Und dann? Wollen Sie da rein und wen auch immer verhaften?«

Hella atmete einmal tief durch, bevor sie ihrem Hamburger Kollegen antwortete. »Nein, ich darf und will in Hamburg nicht auf eigene Faust agieren. Selbstverständlich würde ich um Amtshilfe bitten. Letztendlich landet das wohl wieder auf Ihrem Tisch.«

»Fangen wir mit dem ersten Schritt an, Frau Brandt. Wann können Sie hier sein?«

Auf der Autobahn um Bremen herrschte zähflüssiger Verkehr, der Hella wieder eine halbe Stunde Zusatzfahrt bescherte.

Neben ihr saß Lars, der darauf bestanden hatte, sie nach Hamburg zu begleiten.

»Ein Auftragsmord? Glaubst du daran?«, fragte er. »Ich habe mir das Band von deiner Befragung ja angehört. Detlefsen müsste entweder ein hervorragender Schauspieler sein oder komplett abgebrüht. Warum sollte er das in Auftrag geben? Hätte er dazu überhaupt die Macht?«

»Das weiß ich nicht, Lars. Falzone auf jeden Fall.«

»Warum sollte der …?« Lars brach mitten im Satz ab.

»Du weißt, was ich denke?«

Lars nickte.

Luca Detlefsen war inzwischen in die Untersuchungshaftanstalt verlegt worden, die über ein eigenes Krankenhaus verfügte. Das zentral gelegene Gefängnis lag direkt neben dem Gerichtsgebäude der Hansestadt. Nach einer längeren Suche fand Hella einen Parkplatz, zusammen mit Lars eilte sie auf den Haupteingang zu.

Hella begrüßte den fast Vierzigjährigen, der weiterhin in seinem Bett lag, und stellte Lars Mattes vor.

»Ich hätte Sie nicht so schnell wiedererwartet«, sagte Luca Detlefsen. »Gibt es etwas Neues? Haben Sie den Mörder meiner Mutter gefunden?«

»Wir verfolgen eine Menge Spuren. Ich würde gern noch etwas mehr über Ihr Verhältnis zu Peppe Falzone wissen.«

»Ich habe doch schon umfassend ausgesagt. Man sagte mir, dass ich nur gegenüber der Hamburger Behörde sprechen dürfte.«

Hella zog ihr Handy aus der Tasche und wählte die Nummer von Kriminalrat Roth. Als er das Gespräch angenommen hatte, reichte sie das Handy an Detlefsen weiter.

Er sprach kurz mit Roth und gab das Telefon zurück. »Was wollen Sie wissen?«

»Wie war Ihr persönliches Verhältnis zu Falzone? Sie hatten mir schon das ein oder andere erzählt. Können Sie das noch etwas konkreter machen?«

»Peppe hat mich von der Straße geholt. Es ging mir zu der Zeit zunehmend schlechter. Ich glaube nicht, dass ich noch viele Winter überstanden hätte. Sie können sich sicher vorstellen, wie dankbar ich ihm war. Und natürlich habe ich auch zugestimmt, als er mir Arbeit angeboten hat. Ich habe mich bei ihm wohlgefühlt, aufgehoben, zum ersten Mal seit langer Zeit. Ich habe Peppe verehrt, ihn fast für einen Heiligen gehalten. Dass er nicht immer ganz legale Geschäfte machte, ist mir natürlich schnell klar geworden. Ich wusste aber nicht, dass er im großen Stil im Drogenhandel mitmischt. Vielleicht hat er es auch bewusst von mir ferngehalten. Meine leibliche Mutter ist ja an einer Überdosis verreckt. Und das auf einer Bahnhofstoilette in Hannover. Falzone wusste, was ich von dem Zeug halte. Ja, ich gebe zu, dass ich auch meine Augen verschlossen habe. Ich wollte nicht sehen, was da läuft, wollte mein Leben nicht ein zweites Mal verlieren.«

»War das Ihre erste Drogenübernahme, bei der wir uns so unschön begegnet sind?«, fragte Hella.

»Ja, zumindest eine, an der ich so direkt beteiligt war. Bevor ich überhaupt richtig verstanden habe, was dort passiert, hatte die Polizei schon eingegriffen. Danach habe ich nur noch instinktiv gehandelt. So, wie ich es in Italien gelernt habe. Wie ein Roboter bin ich mit Peppe geflüchtet, und als wir auf Ihren Wagen zuliefen ... Es gab keine Zeit, nachzudenken. Ich habe geahnt, was Peppe mit der Handgranate vorhatte. Er hat mich angewiesen, ihm Feuerschutz zu geben, falls jemand aus dem Fahrzeug kommen würde.«

»Wusste Falzone, dass Sie Kontakt zu Edda Detlefsen aufgenommen hatten?«, stellte Hella eine Frage, die sie für ausgesprochen wichtig hielt.

»Nein, natürlich nicht. Das wäre ihm wie Verrat vorgekommen.« Luca Detlefsen versank für einen Moment in seinen Gedanken. Ohne Vorwarnung zuckte er am ganzen Körper und sah Hella mit weit aufgerissenen Augen an. »Sie meinen, er hat mich ... verfolgt? Oder abgehört?«

»Halten Sie das für völlig unmöglich?«

»Nein!« Detlefsen senkte den Kopf und sprach leise weiter. »Ja, das ist natürlich möglich.«

»Haben Sie irgendetwas an Falzones Verhalten bemerkt, nachdem Sie mit Ihrem alten Freund auf Wangerooge gesprochen hatten oder nachdem Sie in Wittmund gewesen waren?«

Luca Detlefsen schien lange zu überlegen. »Das ist schwer zu sagen. Gerade in der letzten Zeit sind wir häufiger aneinandergeraten.«

»Was genau ist passiert?«

»Wahrscheinlich hat er gemerkt, dass ich mich langsam von ihm entfernte. Mich hat mehr und mehr die Brutalität abgeschreckt, mit der er seine Vorherrschaft in Hamburg durchsetzte. Ich war nie dabei, wenn jemand getötet wurde, aber ich habe davon gehört. Es war nur eine Frage der Zeit, bis ich auch einen solchen Auftrag bekommen hätte.«

Hella legte ihm das Blatt mit dem Hamburger Kennzeichen vor. »Kennen Sie dieses Fahrzeug? Es ist ein BMW, 3er-Kombi, dunkelblau.«

Hella bemerkte sofort, dass Detlefsen auf das Kennzeichen reagierte. Seine Augenlider zuckten nervös, und er hielt für einen Moment den Atem an. »Was ist damit?«

»Kennen Sie das Fahrzeug?«

»Riccardo Weinimport?«

»Ja, das ist richtig.«

»Ich kenne das Auto. Ich habe es auch ein- oder zweimal benutzt.«

»Gibt es eine Person, die dieses Fahrzeug regelmäßig fährt?«

Luca Detlefsen nickte.

»Sie kennen ihn persönlich?«

»Lorenzo. Ich bin mit ihm verwandt. Einer meiner Vettern.«

»Wie lautet der vollständige Name?«

»Lorenzo Falzone. Der Sohn von Peppes Bruder. Was ist mit ihm? Warum fragen Sie das alles?«

»War Lorenzo Falzone mit Ihnen an dem besagten Sonntag zusammen?«

Luca schüttelte den Kopf und schien zu erraten, auf was die

Fragen hinausliefen. »Eigentlich sollte er mit uns kommen, aber dann hatte er sich eine Magen-Darm-Geschichte eingefangen.«

»Wo finden wir diesen Lorenzo Falzone?«

30

Hella saß allein im Büro von Kriminalrat Roth und berichtete ihm ausführlich von dem Verhör.

»Selbst wenn Lorenzo Falzone sich dort aufhält, glauben Sie wirklich, dass er Ihnen auch nur so viel …«, er hielt Zeigefinger und Daumen wenige Millimeter auseinander, »… erzählen wird? Wie wollen Sie ihm nachweisen, dass er jemals in diesem Auto nach Ostfriesland gefahren ist und, noch schwieriger, dass er in diesem Heim war?«

»Wir haben DNA an dem Kissen gefunden. Die Tatwaffe. Und jede Menge Fingerabdrücke.«

Kriminalrat Roth griff nach dem Telefonhörer und sprach mit jemandem. Aus seinen Fragen und Antworten vermutete Hella, dass es der zuständige Staatsanwalt war. Nachdem er aufgelegt hatte, lächelte er Hella an. »Hartnäckig sind Sie, das muss man Ihnen lassen. Fahren Sie wieder nach Ostfriesland zurück. Schicken Sie mir einen Bericht und ein Amtshilfeersuchen. Sie hören dann von mir.«

Lars bot sich an, die Rückfahrt zu übernehmen, Hella nahm dankend an und schloss die Augen, als sie sich angeschnallt hatte.

War das der Durchbruch?, fragte sie sich. Hatten sie es am Schluss mit einem reinen Familiendrama zu tun? Mit bloßer Eifersucht? Hatte Peppe Falzone aus falsch verstandener Vaterliebe gehandelt? Hatte er Angst gehabt, seinen wiedergefundenen Sohn an Edda Detlefsen zu verlieren? Im Moment schien alles darauf hinzudeuten.

Auf halber Höhe zwischen Hamburg und Bremen machte sich Hellas Handy bemerkbar. Auf dem Display kündigte sich Dr. Wolters an.

»Guten Tag, Frau Dr. Wolters«, begrüßte Hella sie.

»Gut ist der Tag leider nicht, wenn man solch eine Überraschung auf dem Schreibtisch findet.«

»Die handschriftlichen Aufzeichnungen von Dr. Beckmann?«

»Ja, Sie hatten den richtigen Riecher. Bei der Übertragung ist der Kollegin leider ein Fehler unterlaufen, der letztendlich zu einem nicht ganz korrekten Todeszeitpunkt geführt hat. Es ist unentschuldbar, ich weiß. Ich werde mit der Kollegin sprechen und sie deutlich darauf hinweisen.«

»Wie massiv ist die Verschiebung?«, fragte Hella.

»Eineinhalb Stunden nach hinten.«

»Also nicht mehr zweiundzwanzig, sondern dreiundzwanzig Uhr dreißig?«

»Meine inoffizielle Schätzung, ja. Im korrigierten Bericht wird der Zeitraum von zweiundzwanzig bis zwei Uhr stehen.« Sie hielt kurz inne. »Ich hoffe, ich habe Ihnen damit nicht zu viele Unannehmlichkeiten bereitet.«

»Mir nicht, aber einer der Verdächtigen sitzt seit einigen Tagen in Haft. Allerdings hat er das auch durch seine Flucht provoziert. Ich denke, er wird nun entlassen werden.«

»Wie gesagt, es tut mir aufrichtig leid. Ich werde in Zukunft bei ähnlich gelagerten Fällen umgehend die Originalaufzeichnungen anfordern.«

»Ja, das wird sicher sinnvoll sein. Übrigens, hat sich mein Lebensgefährte schon gemeldet? Er hat einen Tipp für Ihre Suche nach einem Haus auf Spiekeroog.«

»Bisher nicht, aber ich hatte auch mein Handy ausgestellt. Es waren ein paar Anrufe eingegangen. Ich werde mich gleich einmal darum kümmern. Vielen herzlichen Dank, Frau Brandt.«

Lars, der nur eine Seite des Gesprächs mitbekommen hatte, schaute Hella fragend an. Sie fasste kurz zusammen, was sie soeben gehört hatte.

»Das kann doch nicht wahr sein«, stieß Lars hervor. »Wenn du jetzt nicht auf die Idee gekommen wärst, diese Ärztin …«

»Nicht mehr zu ändern, Lars«, unterbrach Hella ihn.

Hella rief den Staatsanwalt an und erklärte ihm die neue Situation. Sie verabredeten sich für den nächsten Morgen zu einem Gespräch. Ohne den noch ausstehenden korrigierten Bericht der Gerichtsmedizinerin sah der Staatsanwalt noch keinen, wie er es ausdrückte, Handlungsbedarf.

Hella verabschiedete sich und lehnte sich erschöpft auf dem Sitz zurück. Die letzte Woche hatte sie Kraft gekostet. Hella war sich nicht sicher, welche Rolle ihre Schwangerschaft dabei spielte. Zwar war sie von den üblichen Beschwerden der ersten drei Monate nicht betroffen, aber anders als zuvor war sie spätestens um zehn Uhr abends so müde, dass sie freiwillig ins Bett ging und auf der Stelle einschlief.

»Wenn ich die Haftentlassung von Herrn Jansen beantrage und wir ihn kurze Zeit später wieder inhaftieren müssen, mache ich mich zur Lachnummer«, sagte der Staatsanwalt am nächsten Morgen. »Das ist Ihnen hoffentlich klar.«

»Absolut. Aber die neuen Erkenntnisse – Todeszeitpunkt und der Verdächtige aus Hamburg – lassen im Moment keinen anderen Schluss zu, als dass Oke Jansen nicht als Täter in Frage kommt.«

Der Staatsanwalt hob seinen Zeigefinger. »Genau! Im Moment. Und was ist morgen? Oder übermorgen? Mir scheint es der Sache angemessener, wenn wir erst einmal abwarten, was aus Hamburg kommt. Wie ich im Bericht gelesen habe, liegt der mögliche Todeszeitpunkt immer noch in dem von der Gerichtsmedizinerin festgelegten Rahmen.«

»Ja, so kann man es interpretieren. Die üblichen vier Stunden, die von der Gerichtsmedizin angegeben werden, sind gerade in diesem Fall zu ungenau. Dr. Wolters hat mir ihre inoffizielle Schätzung durchgegeben. Frau Detlefsen ist eine Stunde, nachdem Herr Jansen das Pflegeheim verlassen hat, verstorben.«

»Inoffiziell! Und Sie meinen tatsächlich, damit gehe ich jetzt zum Richter? Das kann nicht Ihr Ernst sein. Wir sollten das Gespräch hier beenden. Sie machen zuerst Ihre Hausaufgaben, und dann sprechen wir uns wieder. Bis dahin sehe ich keinen Grund für einen neuen Haftprüfungstermin.«

Der Staatsanwalt nahm eine Akte vom Stapel und schlug

sie auf. Hella stand auf, verabschiedete sich und verließ das Büro.

»So ganz unrecht hat er nicht«, meinte Lars, als Hella ihm von dem Gespräch berichtete.

»Fällst du mir jetzt auch noch in den Rücken?«, fuhr sie ihn an, wusste aber im selben Augenblick, dass ihre Reaktion überzogen war. »Tut mir leid, Lars. War nicht so gemeint.«

»Alles gut. Du hast recht. Wenn wir von Anfang an den richtigen Todeszeitpunkt gehabt hätten, säße Jansen vermutlich nicht in Haft.«

»Eben. Ob er trotzdem nicht angeklagt worden wäre, steht auf einem anderen Blatt.«

»Du bist sicher, dass er nichts damit zu tun hat?«

»Nein, das bin ich absolut nicht. Und in der Haut des Staatsanwaltes möchte ich auch nicht stecken. Lass uns an die Arbeit gehen. Das ist im Moment das Einzige, was wir für Oke Jansen tun können. Vielleicht finden wir ja noch weitere entlastende Indizien.«

Lars stand auf. »Oder das Gegenteil. Ich unterstütze die Kollegen weiter bei der Befragung der Fahrzeughalter. Da ist noch einiges zu tun.«

Gegen Mittag erhielt Hella einen überraschenden Anruf von Kriminalrat Roth.

»Sie haben verdammtes Glück«, sagte er nach einer kurzen Begrüßung. »Der Bodyguard hat uns doch tatsächlich verraten, dass Lorenzo Falzone ebenfalls mit von der Partie war, als die Drogen übergeben wurden. Er muss uns entkommen sein.«

»Interessant«, sagte Hella, die eine Vermutung hatte, wie die Aussage zustande gekommen war.

»Wir haben gleich Nägel mit Köpfen gemacht und diesen Lorenzo in den frühen Morgenstunden festgenommen. Fingerabdrücke und DNA sind gesichert. Ich denke, wir werden übermorgen wissen, ob er bei der Drogenübernahme in Falzones Wagen gesessen hat. Wenn nicht, wird er vermutlich aus der Haft entlassen.«

Hella verstand, was Roth ihr zwischen den Zeilen sagen wollte. Er war sich sicher, dass Lorenzo Falzone nicht im Wagen gesessen hatte, und nutzte die Aussage von Luca Detlefsen, um Falzone vorerst in Haft halten zu können. Sie hatten somit zwei Tage Zeit, um Lorenzo Falzone nachzuweisen, dass er in Wittmund bei Edda Detlefsen gewesen war.

»Mein Ersuchen hat Sie erreicht?«, fragte Hella.

»Durchaus, Kollegin. Deshalb rufe ich Sie an. Durch diesen glücklichen Zufall können wir Ihnen problemlos helfen. Die Fingerabdrücke sind gerade auf dem Weg, DNA folgt.«

»Sind haben etwas gut bei mir, Herr Kriminalrat.«

»Das höre ich doch gern, Frau Kollegin. Dann hoffe ich mal, dass sich Ihr Fall schnell klärt. Sie werden mich sicher informieren, sobald es Neuigkeiten gibt?«

»Auf jeden Fall.«

»Moin, Roland!«, begrüßte Hella den Leiter der Kriminaltechnik.

»Hella! Moin! Ich habe deine Nachricht gerade bekommen. Es wird aber eine Weile dauern, bis wir die Abdrücke verglichen haben.«

»Wie lange?«

»Ist es sehr eilig?«

»Noch eiliger, Roland. Der Verdächtige sitzt in Hamburg in Haft, und ich weiß nicht, wie lange noch.«

»Gib mir zwei Stunden!«

Hella nickte, verabschiedete sich und verließ das Büro. Enno hatte ein Arbeitstreffen angesetzt, auf dem alle aktuellen Fälle durchgegangen werden sollten.

Nur mit Mühe konnte Hella sich auf die Berichte der Kollegen konzentrieren und war froh, dass ihr Stellvertreter die Gesprächsführung übernahm. Sie selbst gab einen kurzen Abriss über den Fall Detlefsen und sprach nach dem Meeting mit Arno.

»Wie weit bist du mit deinem Mann?«, fragte sie ihn.

»Er ist in zwölf Fällen geständig, behauptet aber, nie in unserem Pflegeheim in Wittmund gewesen zu sein. Seine DNA hat keinen Treffer ergeben. Die Fingerabdrücke hatten wir ja schon vorher durchlaufen lassen. Ich fürchte, das war's. Selbst wenn er es war, können wir es ihm nicht nachweisen.«

»Wie ist dein persönlicher Eindruck von ihm?«

»Armes Würstchen. Ich glaube kaum, dass der zu einem eiskalten Mord fähig wäre. Wenn du zustimmst, schließe ich die Akte.«

»Ja, Arno. Und danke für die gute Arbeit.«

Ungeduldig wartete Hella am Telefon auf Roland Radmeiers Anruf. Lars, den sie über die neue Entwicklung informiert hatte, kam kurz vor Ablauf der Zeit in ihr Büro und sah sie fragend an. Hella schüttelte den Kopf und zeigte auf den Stuhl vor ihrem Schreibtisch.

Sie trommelte gleichmäßig mit dem Zeigefinger auf die Schreibtischplatte und sah in regelmäßigen Abständen auf die große Uhr an der Wand.

»Hätte er keinerlei Übereinstimmung gefunden, würde es nicht so lange dauern«, sagte Lars. »Wahrscheinlich kontrolliert er noch ein zweites und drittes Mal, um hundertprozentig sicherzugehen.«

Weitere zehn Minuten krochen im Schneckentempo dahin, bis das erlösende Klingeln des Telefons erklang. Hella sah aufs Display und nahm das Gespräch im selben Augenblick an.

»Und?«

»Treffer! Ich habe es dreimal kontrolliert. Kein Zweifel möglich. Den Abdruck haben wir am Bettrahmen gefunden. Dein Mann war definitiv im Raum. Wenn jetzt noch die DNA auf dem Kissen gefunden wird …«

»Danke, Roland. Danke! Großartige Arbeit. Schickst du mir direkt einen schriftlichen Bericht?«

31

Zwei Tage nach dem Gespräch mit Roland Radmeier wurde Lorenzo Falzone nach Oldenburg verlegt. Seine DNA stimmte mit den Spuren auf dem Kissen überein, und es fanden sich zwei Zeugen im Pflegeheim, die ihn an dem fraglichen Sonntag gesehen hatten.

Oke Jansen wurde am selben Tag aus der Untersuchungshaft entlassen, die Ermittlungen zu seiner Person zunächst auf Eis gelegt.

Lorenzo Falzone verweigerte die Aussage. Sein hochkarätiger Anwalt aus Hamburg ließ es sich nicht nehmen, zu jedem Verhör anzureisen. Hella gewann schnell den Eindruck, dass sein Hauptaugenmerk darauf lag, dass Lorenzo Falzone seinen Auftraggeber nicht preisgab. Jedes Mal, wenn Hella das Gefühl hatte, dass Falzone reden würde, grätschte der Anwalt dazwischen und brachte den jungen Mann aus Italien zum Schweigen.

Die Kollegen in Hamburg machten das Auto, mit dem Lorenzo Falzone mutmaßlich in Wittmund gewesen war, dingfest und untersuchten es kriminaltechnisch. Das Fahrzeug war übersät mit Falzones Fingerabdrücken, was die Vermutung nahelegte, dass hauptsächlich er es benutzte. Beim Auslesen des Navis konnten die Hamburger Kriminaltechniker nachweisen, dass der BMW am fraglichen Sonntag in Wittmund gewesen war.

Am Ende einer arbeitsreichen Woche saß Hella Freitagmittag in ihrem Büro und überlegte, ob sie früher freimachen sollte, als Lars mit einer Kanne Kräutertee in ihr Büro trat.

»Zimmerservice! Darf ich eintreten?«

Hella lachte. »Ich bitte darum.«

Auf dem Tablett standen zwei Tassen, die Lars mit dem dampfenden Tee füllte, bevor er sich vor Hellas Schreibtisch niederließ.

»Der Fall ist abgeschlossen?«, fragte er.

Hella trank einen Schluck und setzte die Tasse wieder ab. »Ja, der Staatsanwalt hat mich vor zwei Stunden informiert, dass er Anklage gegen Falzone erhoben hat. So, wie es aussieht, wird es eine Mordanklage werden.«

»Gut so! Leider werden wir den Auftraggeber wohl nicht drankriegen. Schade!«

»Peppe Falzone wird auch so für viele Jahre ins Gefängnis wandern. Kriminalrat Roth hat mich gestern angerufen. Die Anklage steht. Auch wegen des Mordversuchs mit der Handgranate, die er laut Luca Detlefsen vorhatte, unter das Einsatzfahrzeug zu werfen.«

»Dann wirst du ja auch noch deinen großen Auftritt vor Gericht haben«, sagte Lars.

»Ja, sieht ganz danach aus. Auch wenn ich gut und gern darauf verzichten könnte.«

Lars nickte. »Verstehe ich. Er wird die besten Anwälte der Republik haben. Die werden alles versuchen, um dich als unglaubwürdig darzustellen.«

»Wäre nicht das erste Mal, dass mir eisiger Wind ins Gesicht weht.« Sie hielt kurz inne. »Hast du noch was von den Kollegen gehört? Wegen Franzens Wühlarbeit für seine glorreiche Karriere?«

»Nein, im Moment ist Ruhe. Aber du weißt ja …«

»Die Ruhe vor dem Sturm, meinst du? Ich denke, dass er, je dicker mein Bauch wird, mehr und mehr gegen mich intrigieren wird.«

»Und wenn schon. Bellende Hunde beißen nicht. Wir sind hier nicht auf dem Hinterhof, wo der Lauteste und Stärkste recht hat. Und über das, was hier während deiner Abwesenheit passiert, informiere ich dich schon. Keine Angst.«

Hella trank noch einen Schluck Tee. »Du hattest übrigens recht. Die Kräutermischung macht süchtig. Ich könnte sie den ganzen Tag trinken.«

»Hat mir meine Schwester empfohlen. Die bekommt gerade ihr drittes Kind. Wieder ein Junge.«

»Dann gratuliere ihr von mir unbekannterweise.« Hella

musste unwillkürlich an ihr erstes Kind denken, Benjamin. Sie hatte in den letzten zwei Wochen keine Zeit gehabt, sich mit ihm zu treffen. Nur zweimal hatten sie kurz am Telefon miteinander gesprochen. Hella nahm sich vor, ihn am Wochenende zu besuchen.

»Was passiert eigentlich mit Frau Petersen?«, fragte Lars.

»Ich musste die Heimleitung informieren. Annette Petersen hat sich bereit erklärt, ihren Vertrag aufzulösen. Ich habe diese Woche kurz mit ihr gesprochen. Sie wird sich eine Arbeit in einer anderen Stadt suchen. Sie sprach von Oldenburg.«

»Und diese Dr. Beckmann war einfach nur schusselig, oder wie? Ist ja eigentlich auch ein Wahnsinn, dass man damit durchkommt. Sie hat die Ermittlungen massiv verzögert oder sagen wir mal ... unwissentlich beeinträchtigt!«

»Ja, der Fehler ist ihr passiert, und noch einmal ja, es wird keine Konsequenzen für sie haben.«

»Und das Erbe?«

»Ich denke, Petersen wird ihre zwanzigtausend Euro bekommen.«

»Und die vier auf Wangerooge?«

»Rein rechtlich hat sich niemand von ihnen strafbar gemacht. Wie es mit dem Haus auf Wangerooge weitergeht, hängt auch von Luca Detlefsen ab.«

»Der im Moment andere Probleme hat. Ist er jetzt Kronzeuge?«

»Ja, er hat einen Deal mit der Staatsanwaltschaft gemacht. Sobald er aus dem Krankenhaus entlassen ist, wird er in ein Zeugenschutzprogramm kommen. Sein Prozess ist erst mal von der Hauptverhandlung abgekoppelt worden. Wie es weitergeht, konnte mir Kriminalrat Roth auch nicht sagen.«

»Vermutlich wird er mit einem blauen Auge davonkommen«, sagte Lars.

»Ja, ich gehe davon aus, dass er eine Bewährungsstrafe bekommt und dann über das Zeugenschutzprogramm ein neues Leben anfängt. Es wird schwer genug, ihn vor Falzones Leuten zu verstecken.«

»Und du? Hast du keine Angst?«

»Vor einem halben Jahr hätte ich dir noch lapidar geantwortet: Berufsrisiko.«

»Und heute?«

»Ich habe Angst, nicht um mich, aber um meine Familie.« Sie strich unwillkürlich mit der Hand über ihren Bauch. »Aber von Falzones Handgranate in die Luft gesprengt zu werden, war auch keine Alternative. Roth hat mir zugesagt, dass meine Identität beim Prozess geschützt wird. Ich muss nicht öffentlich aussagen.«

»Jetzt denkt man, hier in Ostfriesland wäre man vor diesen Leuten sicher, und plötzlich stecken wir mittendrin im Schlamassel.«

»Wollen wir hoffen, dass Falzone erst mal andere Probleme hat, als seine Leute nach Ostfriesland zu schicken. Sag mal, hast du Paula schon gefragt? Wie ist es nächste Woche Samstag? Kommt ihr?«

»Gefragt ja, und wir kommen gern, soll ich ausrichten.«

»Ich freue mich auf eu...« Sie stutzte, lächelte. »Wir drei freuen uns auf euch.«

Rieke Husmann
INSELRUHE
Broschur, 256 Seiten
ISBN 978-3-7408-0365-0

»Ein Ostfrieslandkrimi mit soghafter Spannung und knisternden Gefühlen: stimmungsvolle Urlaubslektüre mit Tiefgang.«
www.meine-news.de

www.emons-verlag.de

Rieke Husmann
INSELWAHN
Broschur, 256 Seiten
ISBN 978-3-7408-0570-8

»Husmann besticht mit ihrem flüssigen Schreibstil und einem gelungenen Spannungsbogen, der konsequent beibehalten wird – insgesamt also unterhaltsame Krimikost.« Siegerländer Wochenzeitung